U0863857

# 《山西文華》編纂委員會

主　任　李小鵬
顧　問　胡蘇平
副主任　張復明
委　員　李高山　楊　波　郭　立
　　　　閻潤德　李海淵　武　濤
　　　　張瑞鵬　王建武　李茂盛
　　　　李中元　閻默彧　安　洋

編纂委員會辦公室
主　　任　安　洋(兼)
常務副主任　連　軍

## 《山西文華》學術顧問委員會

（按姓氏筆畫排序）

李　零　李文儒　李學勤　袁行霈

唐浩明　梁　衡　張　頷　張光華

葛劍雄　楊建業

## 《山西文華》分編主編

**著述編**　劉毓慶　渠傳福

**史料編**　張慶捷　李晋林

**圖録編**　李德仁　趙瑞民

# 出版説明

山西東屏太行，西瀕黄河，北通塞外，南控中原，是中華民族的主要發祥地之一。中華文明輝煌燦爛，三晉文化源遠流長。歷史文獻豐富、文化遺産厚重，形成了兼容並包、積澱深厚、韵味獨特的晋文化。山西省政府决定編纂大型歷史文獻叢書《山西文華》，以彙集三晋文獻、傳承三晋文化、弘揚三晋文明。

《山西文華》力求把握正確方向，尊重歷史原貌，突出山西特色，薈萃文化精華，按照搶救、保護、整理、傳承的原則整理出版圖書。叢書規模大，編纂時間長，參與人員多，特將有關編纂則例簡要説明如下。

一、《山西文華》是有關山西現今地域的大型歷史文獻叢書，分"著述編""史料編""圖録編"。每編之下項目平列；重大系列性項目，按其項目規模特徵，制定合理的編纂方式。

二、"著述編"以 1949 年 10 月 1 日前山西籍作者（含長期在晋之作者）的著述爲主，兼收今人有關山西歷史文化的研究性著述。

三、"史料編"收録 1949 年 10 月 1 日前有關山西的方志、金石、日記、年譜、族譜、檔案、報刊等史料，以影印爲主要整理方式。

四、“圖録編”主要收録 1949 年 10 月 1 日前有關山西的文化遺産精華，包括古代建築、壁畫、彩塑、書畫、民間藝術等，兼收古地圖等大型圖文資料。

五、今人著述采用簡體漢字横排，古代著述采用繁體漢字横排。

《山西文華》編纂委員會

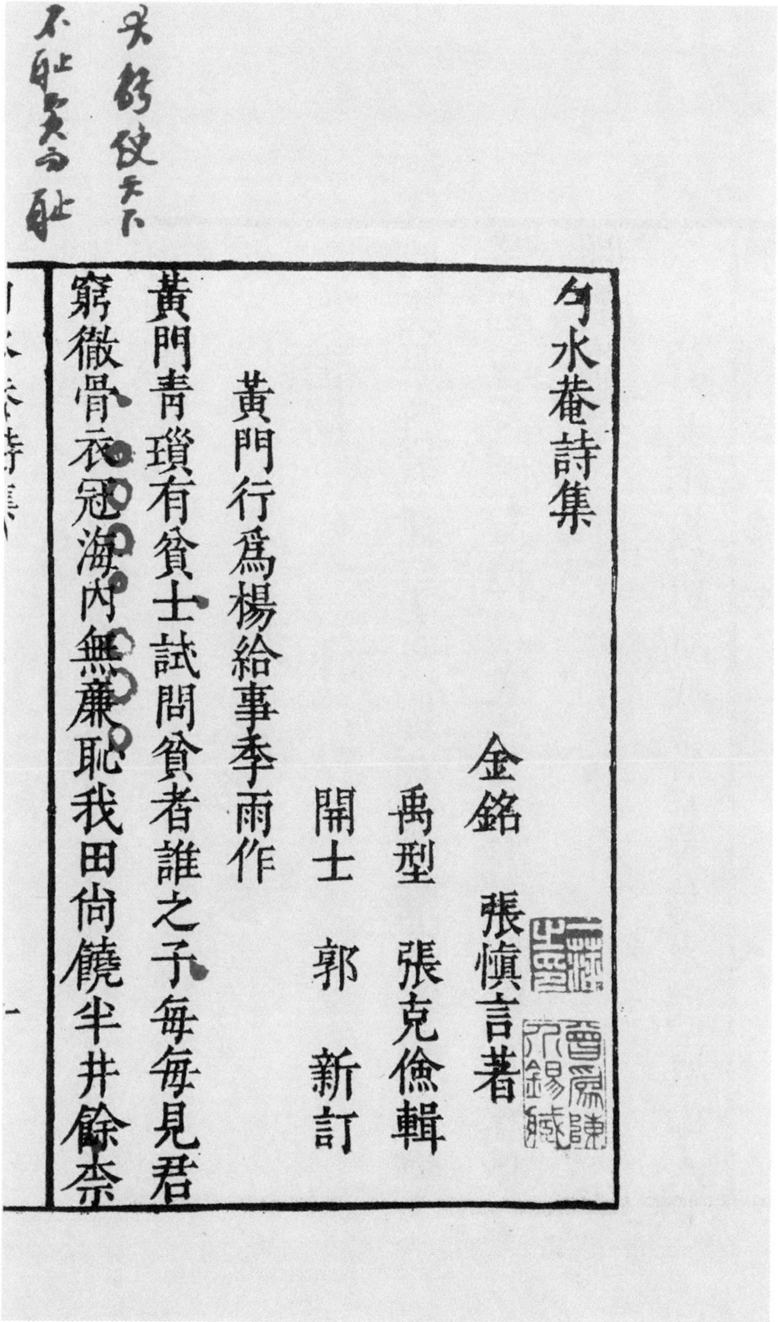
勺水菴詩集
金銘　張愼言著
禹型　張克儉輯
開士　郭　新訂
黃門行爲楊給事季雨作
黃門青瑣有貧士試問貧者誰之子每每見君
窮徹骨衣冠海內無廉恥我田尚饒半井餘柰

民國四庫善本叢書館影印明崇禎年間所刻單行本《勺水菴詩集》書影

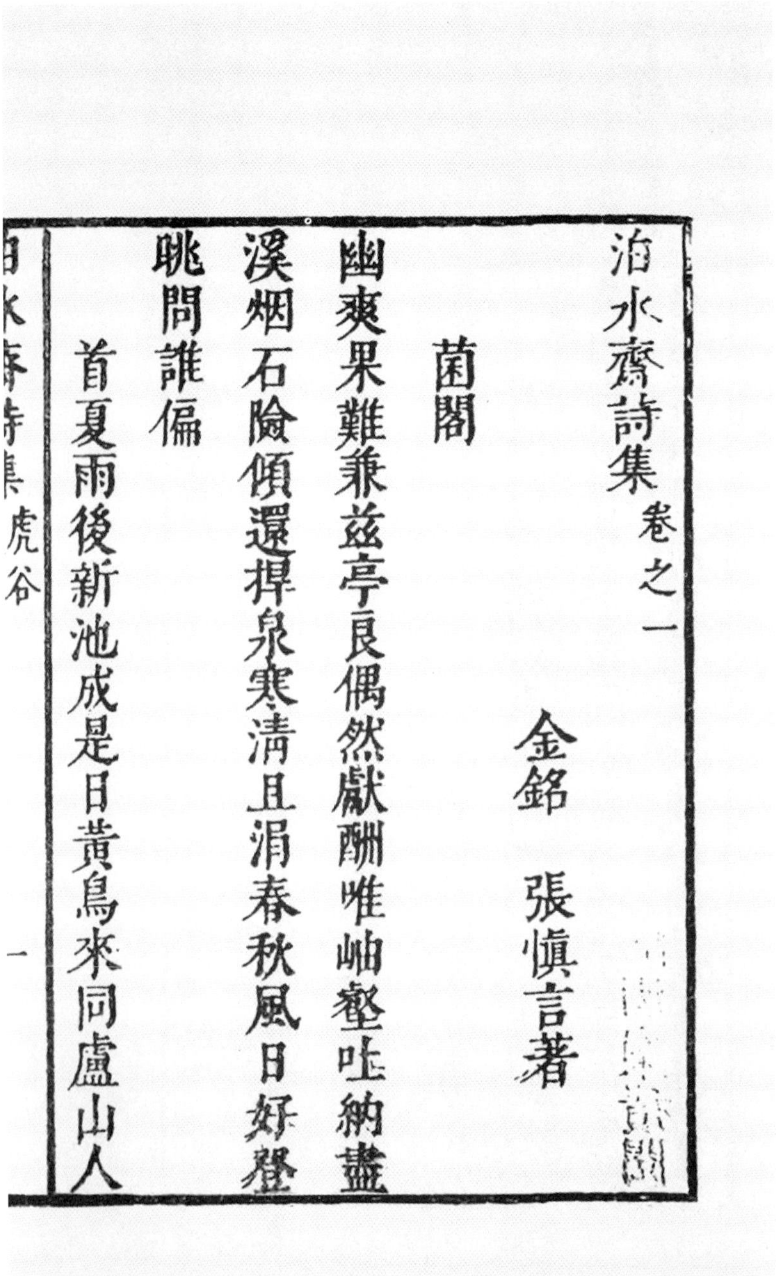
泊水齋詩集卷之一

金銘　張愼言著

菌閣

幽爽果難兼茲亭良偶然獻酬唯岫壑吐納盡

溪烟石險傾還捍泉寒淸且涓春秋風日好登

眺問誰偏

首夏雨後新池成是日黃鳥來同盧山人

泊水齋詩集　虎谷　一

臺北“故宫博物院”所藏明崇禎十四年張履旋刻本《泊水齋詩集》書影

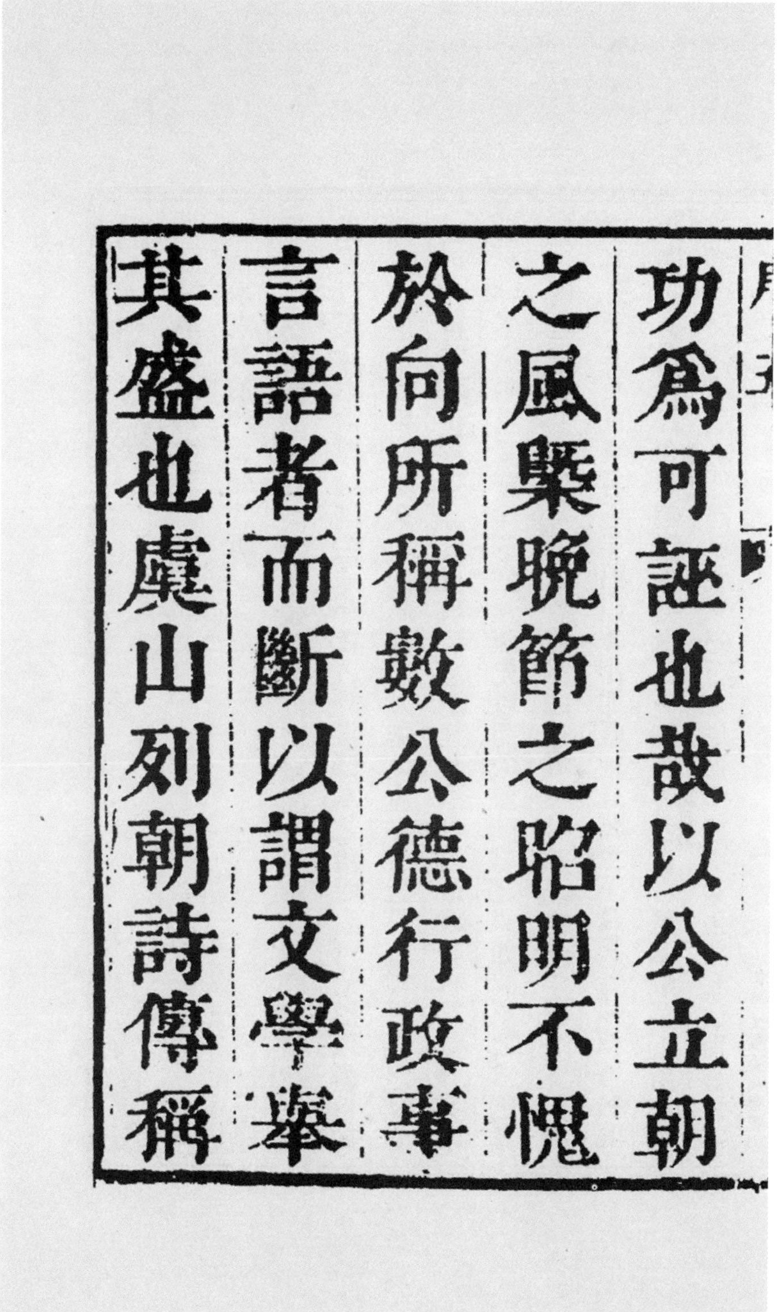
功爲可誣也哉以公立朝
之風槩晚節之昭明不愧
於向所稱數公德行政事
言語者而斷以謂文學率
其盛也虞山列朝詩傳稱

清康熙三十九年張茂生所刻《洎水齋文鈔》書影

泊水齋文鈔卷一　　山右叢書初編

陽城張藐山先生著

本末兼治仰贊國計疏

近以司農水衡告匱議開采議鼓鑄議屯田議開墾議鹽法者既發言盈庭矣臣竊以爲急則治標緩則治本今日之計當標本兼治而后可治標以救目前之急而治本所以爲經久之圖語有之人無遠慮必有近憂蓋爲百年之慮者止可救目前而止圖補苴於目前之急圖且有不可收拾者焚林竭澤終非本計恐字多逾限臣謹齋沐恭繕三疏先以開采鼓鑄言之果如諸臣之言國家獲倍稱之息亦無補於得失之數何言之遠者不具論記二十年前米斗只百錢耳且有不及百錢者近年口口斗小而直踊且騰至三錢矣若以原斗較且將四錢矣是今日金錢四萬止抵當日一萬之數古者百里不販粟近所在軍荒至販粟於千里之外何以故粟死而金生也今日不講生粟之法而專恃一

泊水齋文鈔　卷一　一　山西省文獻委員會審印

民國二十五年《山右叢書初編·泊水齋文鈔》書影

# 出版前言

張慎言(1577—1645),字金銘,號藐山,山西陽城人。明萬曆庚戌進士,與錢謙益、鍾惺等爲同年,官至南京吏部尚書。

《泊水齋詩鈔》《泊水齋文鈔》分别爲張慎言的詩集、文集,但這衹是張慎言的存世作品,他在世時的大量作品隨作隨毀,現已散佚不見。現存詩集可分爲五卷本系統、六卷本系統、單行本系統;而文集三卷則衹有清康熙三十九年張茂生刻本一個系統,卷首有陳廷敬序言,該本爲抽毀之餘,僅有奏疏三篇及序記和雜著。民國年間山西文獻委員會所編《山右叢書初編》中所收的《泊水齋文鈔》,也是據康熙本排印的,而《叢書集成續編》所收録的《泊水齋文鈔》,又是據《山右叢書初編》本影印的。此次重新整理,詩集以臺北"故宫博物院"所藏之六卷本爲底本,校以他本;文集則以清康熙三十九年刻本爲底本,校以同一系統的《山右叢書初編》本,並以《張慎言集》爲書名,列入《山西文華·著述編》中。

盡管這些詩文非張慎言作品之全貌,但通過這些抽毀之餘的幸存者,仍能看出張慎言的生平、仕宦、思想及文學成就。

陳廷敬在爲《泊水齋文鈔》所作的序言中這樣評價張慎言:"始吾所居三十里溪谷之間,有常評事倫及吾祖副使容山公(公諱天祐),皆最能詩,已開文學之先矣,而莫之爲繼。藐山先生奮然獨興於數世之後,其所與交遊者,虞山錢受之、竟陵鍾伯敬,蓋當世之文人皆已知之矣……於是先生之文益昌,而里中名卿碩人、能文之士,彬彬稱盛焉。揆厥所由,則先生推挽之功爲多,不可诬也。"高度評價了張慎言的文學貢獻。而錢謙益則在《列朝詩集》中稱:"金銘爲人有别趣 ,詩亦有别調。懷負志節,敦友誼。"

生於明末亂世的張慎言,還親歷了明末農民大起義,並在詩文中有詳細記載。因此,本書除文學價值外,史學價值也不可低估。

三晋出版社

2016 年 9 月

# 前　言

張慎言,字金銘,明代山西陽城人。萬曆三十八年中進士,除壽張知縣,有能聲。泰昌時,擢御史。明熹宗即位后,會議"三案",張慎言抗疏忤旨,被奪俸二年。天啓初,出督畿輔屯田。天啓五年,被誣盗曹縣庫銀,編戍肅州。莊烈帝即位,赦免。崇禎元年起故官,擢太僕少卿,歷太常卿、刑部右侍郎。讞耿如杞獄,不稱旨,落職歸。久之,召爲工部右侍郎。後遷南京户部尚書,七疏引疾,不允。崇禎十七年三月,京師陷。五月,福王即位南京,命張慎言理部事,上中興十議。山西淪陷後,張慎言無家可歸,流寓蕪湖、宣城之間。明朝滅亡後,疽發于背,堅決不醫治,卒,享年六十九歲。

張慎言作品現存有詩集六卷,文集三卷。其詩集總名有《泊水齋詩》《泊水齋全集》《泊水齋詩選》等,其詩作隨作隨毁,經他人多次刊刻、傳鈔,各个版本收録内容不一。其現存詩集可分爲三个版本系統。

## 一、五卷本系統

1.《虎谷詩集》五卷。明末刻本,山西文物局藏。收録了張慎言詩鈔五卷,分别爲《虎谷》《酒泉》《燕邸》《泊園上》《泊園下》,因該本將原爲一卷的《泊園詩集》分爲上、下兩卷,實爲四卷,卷末有附言,簡略介紹張慎言其人及五卷詩成詩情況。結合全書内容,該書名《虎谷詩集》僅爲第一卷之名,不當用於該書總名。再據該書附言,"玄""弘"字未缺末筆,當系原刻。核之内容,此言不誣。其刊刻時間當早於崇禎十四年張履旋刻本。

2.《泊水齋詩鈔》五卷。《山右叢書初編》本,民國二十五年(1936)山西文獻委員會排印(以下簡稱"山右叢書本")。據卷前提要,該本據"舊鈔本"排印。内容與山西文物局藏本一致。該本在學界流行最廣。

3.《泊水齋詩鈔》五卷。《叢書集成續編》本,上海書店出版社1994年版。該本據《山右叢書初編》本影印。

## 二、六卷本系統

1.《泊水齋詩集》六卷。明崇禎十四年(1641)陽城張履旋刻本,臺北"故宫博物院"(以下簡稱"臺北本")、河南開封圖書館藏。該本前有張慎言子張履旋所撰《刻泊水齋紀年緣起》,後有張道濬所作《大司農藐山先生詩集後序》。該集收録六卷分别爲:《虎谷》《酒泉》《燕邸》《泊園》《勺水菴》《友聲亭》各一卷,在各版本中該本内容最全,收詩數量最多。

2.《泊水齋詩集》六卷。清鈔本,國家圖書館藏(以下簡稱"國圖鈔本")。細審集中"玄""燁"均不避諱,疑其非清鈔本,或爲明鈔本。書中多處有硃筆校改之跡,改後内容與崇禎十四年刻本全同。

## 三、單行本系統

單行本《勺水菴詩集》一卷,明崇禎間刻本,凡一册(以下簡稱"單行本")。卷首正文前有"金銘張慎言著,禹型張克儉輯,開士郭新訂"。據崇禎十四年刻本中張履旋序,提及上郿張禹型、洪洞郭九子所刊刻的單行本《勺水菴詩集》,故單行本《勺水菴詩集》刊刻時間早於張履旋刻六卷本。現可見單行本《勺水菴詩集》有兩種,一爲國家圖書館善本庫藏本，一爲臺灣藝文出版社出版、四庫善本叢書影印本，兩本版式、内容全同，系同一版本。

由于《山右叢書初編》本的五卷本影響大，後世整理本均以之爲校勘底本，如李蹊校注的《泊水齋詩文鈔》（山西人民出版社 1992 年版）、馬甫平點校的《泊水齋集》（三晋出版社 2008 年版）、王麗娟點校的《泊水齋詩鈔》（《陽城歷史名人文存》第一册，三晋出版社 2010 年版）。但五卷本内容不全，至少缺張慎言的《友聲亭》一整卷近百首詩，這對於張慎言的作品保存與流傳都是不利的。

張慎言文集現存《泊水齋文鈔》三卷，清康熙三十九年張茂生刻本（以下簡稱“康熙本”），國家圖書館藏。卷首有陳廷敬所作序。該本爲抽毁之餘，僅存奏疏三篇，其餘皆序記及雜著。《四庫全書存目叢刊》收録。《山右叢書初編》本《泊水齋文鈔》爲山西文獻委员会據康熙三十九年本排印。《叢書集成續編》收録《泊水齋文鈔》三卷乃據《山右叢書初編》本影印。

筆者訪学尋書中，幸得見珍贵之張慎言詩集六卷本。該本收詩數量最多、内容最全。故本書整理張慎言詩集突破前人僅以《山右叢書初編》作爲校勘底本的做法，選用臺北“故宫博物院”藏六卷本爲校勘底本，以山西文物局所藏五卷本、《山右叢書初編》、單行本《勺水菴詩集》爲參校本，同時參攷地方志、拓片、碑刻及其他總集、别集中搜集到的張慎言的詩歌，對張慎言詩集進行細緻校勘。尤其需要指出的是，《友聲亭詩集》一卷共 95 首詩，這部分詩作尚未經過學界披露、整理，此次对《友聲亭》卷進行整理實爲首次。張慎言詩集總名仍使用六卷本《泊水齋詩集》一名。

詩集中，五卷本系統之卷一、卷二，比六卷本多收詩 48 首，今一并補録于各自卷末。

至于文集三卷，則以康熙三十九年刻本爲底本，以同一系統之《山右叢書初編》爲參校本進行整理。文集中依據《山右叢書初編》原目録,進行文體分類。

古籍校勘是一項十分繁雜而艱苦的工作,容不得半點馬虎,雖已竭盡全力,限于水平及學識,不當之處在所難免,誠望學者專家不吝賜教。



張春國

2016 年 9 月 15 日

# 目　録

## 泊水齋詩集卷之二

### 酒泉詩集

泊水齋詩集卷之三

燕邸詩集

泊水齋詩集卷之四

泊園詩集

泊水齋文鈔卷之二

泊水齋文鈔卷之三

啓 牘



墓表誌銘祭文

附　録

# 刻泊水齋紀年緣起



辛巳冬仲，履旋趨省留都刻《泊水齋詩》，自愧不能讀父書，兼生也晚，當大人從政四方，甫襁褓，不識詩文爲何物。及垂髫稍知求解，大人又隨作隨毁，稿不存。踰冠，每於友人屏篋齋壁間所見，輒收録記憶，然不可譜者已十遺八九矣。當癸亥甲子，大人以侍御假歸，有《虎谷詩》。虎谷者，家居山名也。乙丑丙寅忤權投荒，有《酒泉詩》。酒泉去嘉峪不百里。先是趙瞻淇、孟蝶菴梓有《眠書齋》散帙，即《虎谷詩》。楊子木、孫叔豈梓有《快雪齋》散帙，即《酒泉詩》也。戊辰己巳，今上環召復官，晉冏少，歷奉常，遷少司寇，有《燕邸詩》。庚午歸里，家居凡八年，前有《泊園詩》，後有《勺水菴詩》。上鄘張禹型、洪洞郭九子梓有二刻，今仍其名。戊寅，召拜左司空。閱己卯、庚辰，有《友聲亭詩》。友聲亭者，水部後舊有亭，已蕪穢。大人既新之，與同堂劉心盤、李曉湘二先生匡坐其中，形爲歌咏，因顔其亭曰"友聲"，同寅協恭物論多之時，有《友聲亭》合刻。今年辛巳拜南大司農，當有《金陵詩》。爲時未久，又水衡告匱，憫時憂國，不遑及此，嗣當成帙續之。而向以時地不同，並仍其名，志所閱歷云。又懼覽者散漫，合名之曰《泊水齋詩》。泊水者，沁水也。《水經注》一名"洎水"。"洎"字近"泊"，大人因更之義，取澹泊，盖亦"冉溪"爲"愚溪"之意乎。爰搜奚囊私付剞劂，在大人初不許也。男履旋百頓謹識。

當湖宋斌書。

# 泊水齋詩集卷之一

## 虎谷詩集

### 菌　閣

幽爽果難兼,兹亭良偶然。獻酬唯岫壑,吐納盡溪烟。石險傾還捍,泉寒清且涓。春秋風日好,登眺問誰偏?

### 首夏雨後新池成是日黄鳥來同盧山人賦

滂沱溪遂没山根,宛轉渠方來遠村。夢入新淙疑别浦,曉看細溜刻初痕。波虚乍織林文幻,竹静深吞水氣昏。却好流鶯今日到,何妨再洗對花樽。

### 長安送王孝横歸里

送客出門去,歸仍返敝廬。尊餘殘醉酒,案積閲時書。豈但嗟幽獨,還愁苦濘淤。蕭蕭前夜月,寂寞到堦除。

## 又〔一〕

長安爲客久，那更送歸人。況復清秋日，其如多病身。好尋前社友，爲問故園春。倘及余新況，詩朋暨酒隣。

【校記】

〔一〕此首臺北本無，據山右叢書本補，爲《長安送王孝横歸里》之第二首。

## 都下别楊季雨時季雨初第

念君方釋褐，而我正〔一〕歸山。出處譚何易，悲懽語且删。交情無貴賤，懷抱闊喧閒。後此煩珍重，羶途畏路間。

【校記】

〔一〕正　臺北本爲"政"，據山右叢書本改。

## 又

去住人生何可期，歌驪詎料在於斯。訂交投分非今日，解組彈冠此一時。宦味頗從濃淡歷，畏途慎作淺深思。看君鼎實方其始，嶺首雲霞我所私。右都中舊詩，偶於友人扇頭見之，附録。

## 種　松

我種青松如我長，安能立拔十丈强。靈晦會將起風雨，霜皮冷翠摇蒼涼。笑似老翁生稚子，稚子老翁俱没齒。情知稚老〔一〕不相待，學語弄髯差可喜。我今種松頗似此，蓋偃濤翻〔二〕吾老矣！

【校記】

〔一〕老　山右叢書本作“子”。

〔二〕濤翻　臺北本誤爲“翻濤”,據山右叢書本改。



## 泉側種松

潺湲如此地,安可側無松。將無辜好月,何以憩流淙?寂寞生諸響,蒼凉肅衆容。奈非旦暮事,痴想但胸舂。

## 除日種松

今日是除日,臨除仍種松。春來泉脉活,陽癉土膏鬆。辭舊風兼雪,遷新〔一〕壑對峰。來年三四月,細細拔青茸。

【校記】

〔一〕新　山右叢書本作“心”,誤。

## 湫酣亭雨後

谷委風能曲,泉幽暑頗除。草蚊〔一〕欺袒裼,游蟻過攤書。鳥鬪不避我,雲閒時起余。朝來有驟雨,自往理階渠。

【校記】

〔一〕蚊　山右叢書本作“蛟”,誤。

## 泉　側



海懷但寥濶〔一〕,岳想亦徒然。憩我如卷石,臨余一勺泉。袖書當返照,短詠合〔二〕蒼烟。所恨〔三〕年將莫,新松纔及肩。

【校記】

〔一〕濶　山右叢書本作“闊”。
〔二〕合　山右叢書本作“答”。
〔三〕恨　山右叢書本作“懷”。

## 六月七日夜晴坐

初月娟娟墮草堂，新晴檻外但幽凉。星垂小閣疎能照，柳拂高雲影易蒼。風靜埜將横薄靄，園虚竹亦引微香。更誰消息聲光裏，衹見青青夜未央。

## 同楊季雨諸友〔一〕集開明寺

友朋文酒豈徒然，丘壑於人亦有緣。近我寺能饒水木，與君村接一風烟。偶然小集無賓主，率爾相招誰〔二〕後先。縱判春光容易去，泉聲無恙只涓涓。

【校記】

〔一〕友　山右叢書本作“兄”，誤。（康熙）《陽城縣志・藝文志》作“友”。
〔二〕誰　（康熙）《陽城縣志・藝文志》作“無”。

## 題兒履旋画

宿緣原自關山水，豈復如今煩腕指。神明原在筆之先，一草一木皆情理。遲廻近遠澹濃間，意匠經營商起止。胸中所有筆寫之，若合若離良有以。任爾盤礴不爾禁，性情所近姑賢已。畫理原與詩文通，觸類關生從此始。

## 松濤閣宵坐

宵霽流波靜不喧，森然〔一〕衆象紛一園。花顛摇露香光幻，木末來凉聲影繁。灘響能令羣籟寂，烟疎未禁好松〔二〕翻。星辰照我稀可數，緬感來今誰與言？

【校記】

〔一〕然　山右叢書本作“海”，誤。
〔二〕松　山右叢書本作“風”。

## 曹丘〔一〕署中

安往非貧賤，何爲乞向人？宦情甘爾汝，畏路失青春。我作可憐態，誰爲受媚人？愛人還自愛，吾道實堪珍。

【校記】

〔一〕丘　山右叢書本作“邱”。

## 邸中有懷故園

兩歲如在里，栽松又百株。襟情相澹漠，老稚各蕭疎。丘壑定〔一〕無恙，主人懷所居。山田百畝糞，自許上農夫。

【校記】

〔一〕定　山右叢書本作“應”。

## 候　月

月魄載〔一〕生過下弦，時時深坐爲遲眠。喜逢纖影流霞外，坐待孤光横斗前。澹意與之俱静遠，喧人何以答幽娟。更誰肯至三更後，缺月徘徊真可憐。

【校記】

〔一〕載　臺北本誤爲“哉”，據山右叢書本改。

## 上巳日〔一〕集雙溪

年來屢擬理花潭，共撰良辰此月三。新渠乍引香之遠，纖月纔流酒正〔二〕酣。盧讓小鬟呼作采，紅辭重碧釀爲嵐。雙溪遥夾桃花巷，定此誅茅卓半菴。

【校記】

〔一〕日　山右叢書本無此字。
〔二〕正　臺北本作“政”，據山右叢書本改。

## 午日荷陂

橋上佳人橋下蓮，緑荷紅袖兩爭妍。佳人衹自驕春色，不是無情惱少年。

## 夏夜月坐

素月徐流暑漸殘，非關夜色高雲闌。影過河漢星皆冷，澹入溪流聲亦寒。樓閣果能銜莫景，瀟湘真似在闌干。坐來忽掛疎林外，又作峯頭初吐看。

## 山莊〔一〕所構木石居成久之纔一過

曾勞山色照柴門，衣帶清溪非近源。數笏未常煩木石，諸妍遂不集雲根。林亭今始相幽緬，昏旦方能自寂喧。寥闊幾回虚展覿，春來纔往一相存。

【校記】

〔一〕莊　山右叢書本誤爲“居”。



## 新正三日山中步月

幾度欲來空展期，今來恰好月生時。斜光不敵溪烟重，寒影輕辭岫色欹。籬黑犬疑驚虎遁，山深鬼亦覷人嬉。連宵無事容深坐，月墮疎林當稍遲。

## 山中對月留憩殆十日許

月魄今宵皓已盈，初來纔是月哉生。幽娟竟夕消纖滿，淵寂經旬同朏明。時有好風開晚氣，恒無剥啄擾孤清。擬看吐月深更後，他緒牽余悵已行。

## 晦夜看積雪

殘雪照深夜，星辰高且寒。幽光起林色，澹韻動波瀾。竹裏暗逾白，庭陰明欲乾。方塘如積水，又想月將殘。

## 同楊沁湄王孝横集樊山最高處分樊字

往時但見白雲樊，是日登臨秋滿原。山疊層嵐非一貌，霞明細水帶多村。暄寒頃刻更單袷，晴雨紛紜異旦昏。爲囑〔一〕諸君休再醉，詰朝清櫛看朝暾。

## 【校記】

〔一〕囑　山右叢書本誤爲“祝”。

## 龍泉寺獨夜聽泉

清泉非一響,高下若相酬。雜以風將莫,兼之竹逾秋。坐令諸想淨,燈與一龕幽。耳往聲來處,真如容自求。

## 東皋待月時被劾待罪

凉宵有佳候,氣象紛可求。欹月白如昨,殘烟青未收。興來疑有贈,情往若爲酬。光響雖非一,蕭然總一秋。

## 又

草蟲與寒澗,薄莫各爭秋。愁容寂以聽,幽懷冥自酬。頹輪明側嶺,晚氣晦孤州。獨坐誰與語,星河澹自流。

## 又

待月月未出,孤懷有所憑。青天能問否,積靄可披曾?夜久色難定,林開烟欲騰。坐深仍陟嶺,遠氣暗峰稜。

## 又

松靜露成響,峰高月稍遲。青仍横别浦,白已半西陂。待月情何似,懷人感在斯。朗然照我獨,悲喜集兹時。

## 虎谷漫成

桐雨夜離離，晨光濕欲曦。將雛鴉自喜，延頸鶴相思。竹粉青相倚，牀書懶不披。天涯同病者，棄我實如遺。

## 又

此身安所用？眠食不須調。苟且隨鄉黨，支吾度莫朝。詩書真土苴，林石負雲椒。伏枕餘何事，幽居守寂寥。

## 丙午早秋

生事蒼茫渾欲愁，淒然四序但周流。千峰白已迎霜雁，一葉紅先報早秋。身在家園如作客，情同懷土强登樓。天涯朋友都安在，今古悠悠誰與謀？

## 秋　仲

孤緒幽懷恒不堅，衹隨節物作懽憐。林疎寂歷餘悲籟，峰遠森沉但積烟。失侣孤雲横雁外，書空何字結霜前？蒼蒼果否爲真色，搔首踟躕問彼天。

## 初得虎谷取次經營〔一〕

泉石在襟帶，今年却始知。得來藜杖下，喜在東山陲。日往未云倦，人看亦曰奇。林泉作迂事，眠食免喧卑。微路取曲折，幽芳著委垂。桃蹊與竹徑,高下以參差。馴鮪澄芳沼,邀鶯選靜枝。爽兼幽乃可,臺倚月方宜。榭石相撑映,亭林須蔽虧。有岡欣凸凹,無水不玄之。好客歌吟石,當壚戲酒旗。何妨畦菜甲,亦且插花籬。激水成幽響,多松爲靜吹。高軒額賢已,文檻欵南漪。歷歷如在眼,娟娟知幾時。水窮雲起處,香遠客來期。樂事縣相待,悠悠勞我思。

【校記】

〔一〕本詩及本卷該詩以下諸詩臺北本無,據山西文物局藏本、山右叢書本録之。

## 晴　月

春月易窗薄,今宵月頗明。花噴香作靄,雨乍霽爲清。竹露粲可掇,林棲驚有聲。遲明休盥櫛,夙往瞰朝英。

## 旭　牕

朝暾臨户牖,清旭政宜人。几硯粲如水,圖書香可親。人方盥櫛已,梅甫萼柎匀。淵默坐良久,勞勞媿此身。

## 偶　成

我住此村古,清溪帶磧田。富貧無甚異,瓜葛但依然。山取虎名谷,虎谷,里名。松疑漢以前。岳廟松甚古。居平相爾汝,風俗賴能賢。

## 虎谷小築

凡百聊復爾,爲園亦不貪。好花隨部種,名釀借方諳。香欲團爲國,紅成陣若酣。此中招靜友,聽鳥嚼黄柑。

## 又

地僻喧雖遠,園荒雜未除。作亭何必廣,取徑不妨迂。桐影青堪掬,松濤響不居。香光聲氣裡,聊以讀吾書。

## 臘廿六日散步小園後二日立春

去春纔二日,輕煥已春先。聽鳥聲將軟,看雲影欲妍。冬情久似蟄,暄想遂如煙。韻事多迂闊,躊躇開歲前。

## 春首督渠因書所見

春來鳧鸛鳴相呼,爭覓鰍鱗啄敗蒲。水腹漸柔泉脉活,荇芽抽緑蟹方蘇。石稜仍漬苔痕淺,委葉壅將新湍逋。南畝余今看俶載,手親畚鍤試渠初。

## 北郊看桃花是日薄陰上巳之明日

輕陰閣微雨,是日養花天。夜既胎新露,朝仍浴淡煙。枝還臨水側,禊卽在花前。連日喜無客,孤遊亦賞妍。

## 再往北郊看花時方杜門謝客

客來辭以病，此病中膏肓。政爾衡門閉，其如春草芳。燕能摇軟碧，蝶亦飲初香。不可因辭客，花潭負夕陽。

## 同馬伏九諸兄集開明寺看隔水桃花

林含曉露明初暾，溪醮青苔縈遠村。度水花憐光不濕，浮煙岸覺漲新痕。斷霞未斂雲將雨，薄靄纔收月在門。半日霽陰殊恍惚，細研逋景索追論。

## 飲桃花塢時花將落

花落未須惜，半留花在枝。細歌縈墮蕊，薄莫養餘姿。能點苔文好，猶勝樹杪時。躊躇緬今昔，詎止落花悲。

## 苦　荒

家口煩朝夕，參差半井田。一年常苦旱，三黨不微霑。童僕指累百，牛羊角未千。眼看場〔一〕圃畢，倉廩竟蕭然。

【校記】

〔一〕場　山右叢書本作"塲"，屬俗寫體，徑改。

## 悼　鶴

寥闊雲海姿，居然依我廬。爾體潔以遠，神亦與之俱。豈不謀朝夕，飲啄間有餘。戢爾萬里翮，矯首如愁胡。常傍君子前，意密而體疎。陰陽不能賊,抱丹如頂朱。秋氣愛明遠,行散乃郊墟。胡爲不自保,喪爾煙霞軀。我在子敢死,嗟哉亦何愚! 中散不偶世,文舉調亦孤。正平雖霞舉,狂躁非吾徒。爾與三君子,是非果焉如? 遐矣古明哲,野望空躊躇!

## 課　畊

時鳥奏懽弄,蘋藻亦含榮。土膏遂如泛,春氣憤已盈。隴行如踏雪,履跡一何深! 披靡没犁面,牛力頗易陳。烏鴉〔一〕羣噪聒,螻蚓不皇寧。物化固如此,悲喜遂交并。沉吟我良友,聊用觀吾生。

【校記】

〔一〕鴉　山右叢書本誤作"雅",徑改。

## 雪晴步月

雪月豈但清在膚,空明疑似澮皆無。風先有約園生暈,霽後流波光遂孤。委素在園爭欲動,餘清與鶴静相娛。寒林倒影羚羱下,笑我生如集木烏。

## 讀詩即事

居家寡懽趣,百慮何相煎。既念禾黍好,常期子弟賢。詩書珍雅節,風雨愧蒼〔一〕天。惆悵鶺鴒咏,呻吟棠棣篇。斜暉憐薄莫,瑤草度芳年。博奕賢姑已,驕游性所便。鶯花分日賞,童冠集春妍。善謔忘兄弟,酣呼失後前。懽嫌十日少,忿起一朝偏。怒喜胡難測,亭橋輒屢遷。當墟恒繼火,卜夜不曾眠。苦欲分其過,欣聞久自悛。微諷借盃酒,諧語博歡顔。暗裡眉空蹙,逢時笑且先。豈云徒僞喜,不敢有微悁。萬一能珍重，初終頗曲全。觀橋爲梓道，借友作慈先。弱息倘如此，單身奚賴焉？望隨疑轉劇，媿與懼相緣。不飲茱萸酒，惟耽桃李煙。松楸〔二〕荒可哭，蘗餌慢堪憐。君罔思三益，余將覿九泉。遐哉今昔事，鬱塞不能宣。

【校記】

〔一〕蒼　山右叢書本原作"倉"，誤，徑改。
〔二〕楸　山右叢書本原作"揪"，誤，據文意徑改。

## 虎谷雜咏有泉欣迂可來之句因賦

泉源在左沼在右，中間澗仄石嵚崎。今看倒影雲難靜，試問清源人未知。渠未鑿時幽欲訴，波方渟止澮爲漪。拳山勺水何關係，如此因緣靜者期。

# 泊水齋詩集卷之二

## 酒泉詩集

### 秋九月赴戍所道經華陰登華山

借來九節杖夷猶，光氣横空凝且浮。白帝向人何所與，金天有爽但爲秋。三峰秀色愁將墮，萬古黄河咽不流。西顧周文東顧舜，蒼雲渭水各悠悠。

### 又

翠流丹壑秀難名，雲響青崖白有聲。緬矣漢秦都寂寞，凄然涇渭却分明。僊芝可餌詢毛女，奕局誰先問叔卿。彼美西方如可見，擬搴三秀贈生平。

### 又

歷井捫參安所求？戍臣搔首問清秋。巨靈不削芙蓉掌，河伯應懸瓠子愁。誰授丹經能羽化，阿分涇水作清流。天公未肯爲明白，躑躅徒煩箭括頭。

## 又

開典乘危踏杳冥，蕭然象外叩真形。秋高少皞端何事，峽靜希夷睡不醒。幽岫窮探欽化跡，淵霄拱默佇山靈。盈虚消息無從問，雲駛波翻廻未停。

## 又

藤柔葛弱頗堪憂，如陟三〔一〕城十二樓。日霽蒼龍仍作雨，峰寒玉女亦悲秋。心留峽裏雲空白，氣暗關前紫不浮。早識數窮能至此，喜從令尹御青牛。

【校記】

〔一〕三　山右叢書本作“山”。

## 莫宿鐵牛峽詰朝遂雨雲霧填谷如臨積水似可泛舟

雲漲丹崕厚不收，秦川隴樹森難求。驚濤未靜如臨海，積水浮空欲泛舟。側嶺銜暾停乍午，蒼猿叫谷破深幽。始知雲水都如幻，虎豹蛇龍且莫愁。

## 洮上僦趙家亭子看雪

積素〔一〕臨軒如積水，峰文林影幻波瀾。望中光氣遥將合，河外星辰照欲殘。霜乍流空明作霰，烏方啼夜破深寒。遠天開寂供幽獨,滿掬清暉白肺肝。

【校記】

〔一〕素　山右叢書本作“樹”。

## 又

孤光與積素,凝作一清幽。汀樹愁將失,峰雲寒不流。岸遥洮似咽,埜曠檻如浮。微尚當修夜,蕭蕭故國愁。

## 酒泉五十初度

初服難畊濩水田,春風來破月氏烟。榮衰相倚尋常事,貴賤更端五十年。簪筆羞稱霜作字,荷戈喜傍酒爲泉。醉來時倚孤臺望,邊氣黄雲白髮前。

## 雪後登酒泉城西北臺

登臺切莫向西看,節物風光黯不懽。幸爾遠峰開晚氣,蕭然積素送深寒。犬羊漸習音粗解,魑魅無才禦頗難。絶塞有書能借讀,手煎茗酪爲加餐。

## 從健兒郊外

五十從軍仍未遲,撊然韎韋尚堪馳。短衣射虎隨飛將,埜火椎羊傍健兒。金錯盡休愁落魄,連錢新買試權奇。當年〔一〕早署千夫長,總角詩書奚以爲甥

【校記】

〔一〕年　山右叢書本作“時”。

## 善積寺老衲索題所募〔一〕藏經

善哉！五千貝葉真醫案，正徧知爲大藥〔二〕王。隨衆生病拔諸苦〔三〕，慈憫兼傳藥與方。藥秘方奇載素書，可憐世人盲且愚。有老開士佛弟子，蒼然手持日月珠。慚愧更堅願與力，索致皋蘭積石隅。多少有情在〔四〕東土，身當快適無所務。循業漸看諸苦纏，靈文滿篋良不悟。師云病是藥，又云佛卽醫。痛楚不可忍，稽首天人師。嗟哉！不肖百苦奏，賴有禁方繫肘後。般若爲君願作使，簡方救人兼自救。悲淚投誠而隨喜，一切衆生證無漏。

【校記】

〔一〕募　山右叢書本作“摹”。
〔二〕藥　山右叢書本誤作“葉”。
〔三〕苦　臺北本誤爲“若”，據山右叢書本改。
〔四〕在　臺北本誤爲“石”，據山右叢書本改。

## 上巳水濱眺雪看花

遥峰積雪流青烟，烟泛汀洲花氣然。風光〔一〕乍轉〔二〕烟摇曳，雪魄花魂愁欲眠。花間流波碧新軟，光氣與之俱近遠。春色茫茫撩客愁，愁隨春色爲深淺。秋風淒緊春氣〔三〕緩，氣緩客愁仍自滿。切莫休憐春與秋，衹須料理愁復〔四〕愁。歷亂客愁紛不理，流波但見春悠悠。

【校記】

〔一〕風光　臺北本誤作“光風”，據山右叢書本改。

〔二〕轉　山右叢書本誤作“傳”。

〔三〕氣　山右叢書本作“風”。

〔四〕復　臺北本誤作“弗”，據山右叢書本改。



## 戍所寄履旋

攝提貞在孟之端，與父同生良所懽。同正月十六日。我今已及知非後，念爾年纔踰弱冠。爾有佳兒曰阿蘭，眷言思及爲加餐。我已作翁爾〔一〕作父，作父方知爾父難。爾之一身關前後，豈不念之驚肺肝！爾父縱不深督爾，爾不念兒容自寬？

【校記】

〔一〕爾　山右叢書本作“兒”。

## 洮上藍仁舉使君招飲西郊看雪

天涯是處皆芳草，塞上何山無白雲。白雲芳草不可盡，洮水岷山見使君。洮水何清冷，洮石白齒齒。水落石自出，素交政如此。盃酒對君有深故，高臺臨軒眺積素。素雪生烟媚晚汀，青溪摇月開暝霧。君懷滄永澄且潔，我雖愁病頗閒澈。披襟斗酒聊斯須，謬謂可以對明月。

## 酒泉雜詠

開門安所之？只合此垂帷。筆硯憐將廢，詩書道可疑。揮杯惟勸影，聽鵲恨空啼。薄莫〔一〕聊行散，蛾眉宛在西。



【校記】

〔一〕莫　山右叢書本作“暮”。

## 又

萬事輕年少，投荒衰白餘。脾虚堅擇酒，眼暗不窺書。閉閤難終日，看雲苦〔一〕易徂。有時仍自問，吾道竟何如？

【校記】

〔一〕苦　山右叢書本作"若"。

## 久戍從者苦甚頗念之〔一〕乃令更僕

僕御色將倦，深宜體下情。我甘投有北，爾苦太無名。念及慙相對，歸應喜或生。起居知所悉，幸爲報分明。

【校記】

〔一〕頗念之　山右叢書本脱此三字。

## 遣　懷

身世固如此，客懷休悵然。悲歡皆昨日，窮老付餘年。屈賈原多事，阮嵇都不賢。斜陽半壺酒，孤影勸相憐。

## 雜　詩

瘖雁既早烹，文木亦先伐。彼蒼有張弛，妄意圖巧拙。才與不才間，漆園徒臆〔一〕説。我試〔二〕謬舉似，請君論賢劣。不才如糞土，才者蘭與雪。安得居其間，馨穢罔分别。卓哉展禽氏，曼倩忝其列。阮向二三子，醉放徒騷屑。果爾全區區，伊周幾決裂。況復屈賈輩，龍比真醜絶。下逮嵇孔流，冒昧希朗烈。莊生乃噱爾，曰此分塗轍。

越稽五代間，馮道頗稱傑。爰有四時宦，富貴如拾葉。青緑與朱紫，儵忽何韡曄！郭霸諸君子，均爾號桀黠。無乃此輩是，福履罔缺折。詎止嗤巢許，亦且笑稷禼。悠悠此今古，浩蕩難訊詰。郭霸爲人嘗糞。



【校記】

〔一〕臆　山右叢書本作“憶”，誤。
〔二〕試　山右叢書本作“似”。

## 春女行

東鄰女兒惜年芳，花枝摇曳春色〔一〕長。粧成愛向風前立，十里五里逆風香。自倚如花堉如玉，賒春不使朱爲緑。意濃情遠百態新，夜夜如年仍未足。閨閤惟知兒女情，郎言世上有功名。妾心不願富與貴，空留桃李照青春。春光冉冉如緑波，坐對春風可奈何！花霧晴迷眠蝶醉，柳烟柔弄曉鶯歌。此時芳心政如水，香風剪剪波微起。花潭柳嶼春茫茫，寒食清明兼上巳。音紀。南陌輕塵泛超忽，皓若晴空見明月。翠珠脂粉毫不施，白者是簪黑者髪。髪膩簪斜滑欲落，氣静光幽神寂寞。士女如雲空嘆嗟，盡都惆悵氣消索。流波微轉盼春芳，似見當時玉作郎。娭光如癡不自惜，徘徊欲脱雙明璫。汀洲芳草真可惜，斜陽頃刻秋蕭瑟。願言采采莫相忘，花光欲倦春無力。浣紗可羡若耶溪，采桑羅敷空自歸。妾心豈不惜名節，春風可憐無是非。西家少媜空自苦，抱貞守潔誰與語！東鄰香閣玉生烟，西壁空牀淚如雨！花風吹我羅裳開，却罵春風何事來。妾心豈不惜桃李，羞踏門前〔二〕畏緑苔。

【校記】

〔一〕色　臺北本作“風”，誤，據山右叢書本改。
〔二〕前　山右叢書本作“外”。

## 老圃行詩作於丁卯秋初戊辰新正乃敢脱稿

老圃老矣老且瘻，年紀長我二十餘，見我短揖不過膝，揖已仍復把其鋤。我時偶冠方山冠，兼聞我語似里閭。遽復向前相爾女，曰爾來此胡爲乎？擬議欲荅不能荅，支吾左右〔一〕挽其須。良久渠云苟生活，少壯猶可老崎嶇。阿妻衣破露兩肘，鬢毛垂領衰過渠。對我拉兒摩其頂，但恐舍此委溝塗。鄉音剌剌不可已，滂沱涕泗霑襟襦。我亦聞之淚如雨，向伊橋梓咽且嗚。口噤不敢道平昔，但説田園勝讀書。高車駟馬安可料，死生禍福縣須臾。朱纓赤紱清道出，後者雲擁前者呼。俄驚一路鋃鐺出，可憐株送連妻孥。朝秉節旄莫就吏，鬼薪城旦安所逋。時賢借乎〔二〕嚴黨錮，露章封事盈公車。欣言節甫良可用，遑説刑無上大夫。毛舉細故何足道，告緡且欲藉其居。反脣顔異纔驚死，詩成楊惲又方誅。封疆有吏頗倔强，三木囊身鼠嚙軀。蘭蕙遽同蕭艾殞，鳳鸞遂與鴟鳶俱。更有賢豪真可羨，九遷乃在半年餘。腰縣寶帶直萬金，尚餘千束委箱纑。他物狼籍萬倍是，球琳琅玕朝灌輸。稱觴明旦珠爲炊，選玉今朝市已虚。璇閨繡閤睡未足，那知門巷填簪裾。公卿雜遝不可問，門者嗔喝徒次且。往謂吮癰嘗糞者，聊甚言之理所無。理之所無事所有，媚兒弄子如醍醐。忍將此物换富貴，效颦學步誰賢愚。恩讐毛髮無遺恨，喜則爲龍怒則魚。甚且爲魚不可得，既燔且炙爲醢葅。富貴自言千載近，崑崙爲壑滄溟枯。尚方神物且不畏，安計他年有董狐！斬焉在疚者誰子，摐金考鼓雄邊隅。半楮媚書剛頃刻，居然世胄執金吾。不佞曾聞前哲説，物極必變果有無？刻下妍媸難細剖，鄙拙曩曾馳上都。咳唾隨風明月珠，揮毫落紙青珊瑚。謬謂詩書不我誑，許身自笑拙且迂。眼前陷阱看不見，爾今抱甕我執殳。夢寐未敢洩前語，聊復爲爾譚斯須。老圃聽我道未已，破啼爲笑仍驚吁。小摘菜甲遂盈把，仍前作禮致區區。我對老翁除隙地，明發就君傾一壺。

海老水乾魚鱉死，此曹爲爾供盧胡。

【校記】

〔一〕左右　臺北本作“右左”，誤，據山右叢書本改。
〔二〕乎　臺北本作“手”，誤，據山右叢書本改。



## 春草行

曉踏芳茵苔織砌，弄春人醉春花氣。長林好鳥不留春，風光棄妾嗟容易。聽鳥看花遲所思，寄書頗道春爲期。鳥弄餘花花欲盡，又報朱華冒緑池。書到曾嫌春到遲，花飛又恨春歸速。可憐遲速不由人，年年結恨芳洲曲。離魂有夢夢依依，汀沙艸軟玉驄嘶。色映征袍青冉冉，紫游韁繫緑楊枝。芳顔入户如紅玉，風光照妾光可掬。香薰嘉樹雜花烟，酒釀前汀波水緑。徘〔一〕徊勸君君不難，流霞晚浸君顔丹。花落鳥啼都莫問，芙蓉狼籍驕餘酣。

【校記】

〔一〕徘　臺北本作“裵”，誤，據山右叢書本改。

## 贈賀二府歸里賀賢者以左官去

徘〔一〕徊瑤草贈將岐〔二〕，爾我榮枯安可辭？持斧謬馳三輔北，荷戈今過五涼西。人歌舊憩棠無剪，柳弄新烟鶯欲啼。君渡黄河煩借問，幾時春色過焉支？

【校記】

〔一〕徘　臺北本作“裴”，誤，據山右叢書本改。
〔一〕岐　山右叢書本作“歧”。

## 又〔一〕

去矣無歌行路難，天山春色尚漫漫。近來新譜凉洲曲，纔唱楊枝春不寒。

【校記】

〔一〕此首臺北本無，據山右叢書本補録。

## 登城北最高處三面皆虜纔東走張掖一綫爾

登臺面面盡黄埃，邊氣胡陰慘不開。有客衹宜東向望，白雲片片盡西來。

## 乙丑即事作於乙丑愛我者促令焚去附録於此

南北司偕二五耦〔一〕，鼠變爲虎豸作狗。爾曹欲待不能〔二〕待，倒授河魁送渠手。操刀不割恐失期，國憲王章輕脱口。越紈吴綺何繽紛，大貝南金量用斗。五侯七貴看顔色，説客詞人締密友。掉臂朝披閶闔風，側身夜過金張酒。緩帶長揖内外間，縱横筆舌牢且久。左手掣電右風雷，倒捲黄河向西走。魑魅逢人爭鼓掌，狐兔相看營窟藪。賤子一言猥勸君，欲言不言君聽否？吾儕共庇紀綱中，紀綱既壞君希有。尚方有物何陸離，祖宗呵令神鬼守。

【校記】

〔一〕耦　山右叢書本作“偶”。
〔二〕能　山右叢書本作“可”。

## 臨洮張孝廉母節孝行

夫子爾安往,所遺姑與子。子尚未滌髮,姑衰已没齒。中間者爲誰,躊躇生與死。嗟我未亡人,强勉爲料理。苦哉洴澼絖,朝夕侍甘旨。札札機杼音,咿喔書聲裏。俛仰長太息,静言保終始。決絶亦何有,苟生非得已。勖爾藐諸孤,何以報君子!

## 節婦行

臨洮某氏,年十六歸於張,再踰期而生女,又再踰期而夫死,又再十有五年,而女歸於趙。女歸之明日,焚香自經而死。余之戍所,道經洮上,其侄諸生張漢儒兄弟求余紀其事。

女蘿依松柏,所願松柏長。松柏有貞姿,女蘿結柔芳。彼姝者誰子,婉孌抱幽香。嘉運欣夙昔,作嬪君子堂。

## 又

眷言侍巾櫛,琴瑟良静好。上堂拜姑嫜,黽勉供蘋藻。瑶翠敢自芳,擬比朝日皎。不惜機杼勞,貧賤甘垂老。

## 又

好合詎偶爾,乃忽罹陰陽。勉勉我夫子,嘉運方未央。悽愴告天地,妾身願自將。夫子有嘉耦,連枝當嗣芳。賤妾亦何爲,遺罹徒嗟傷!

## 又

藥餌既不靈，彼蒼亦匪仁。胡奪我夫子，我生良不辰。顧兹襁褓者，苦[一]哉悲且嗔。嗔此呱呱泣，一言難遽陳。

【校記】

〔一〕苦　臺北本作“若”，誤，據山右叢書本改。

## 又

生男尚自可，生女無人哺。女兒如拱璧，曲折如覼縷。兄嫂不可託，支離誰念汝。傍皇生死間，寃親真會苦。

## 又

强勉閲居諸，寒暑倏已易。不知春草芳，秋霜遽云厲。女郎將及笄，眷言貞乃字。焚香告君子，作嬪曰某氏。

## 又

嗟嗟我夫子，墓木將拱矣！嬌癡視女郎，纖纖習鍼指。緬言今昔間，詎敢忘悲喜！悲哉女漸長，喜將善吾死。如兹悲喜情，嬌癡那會理！

## 又

六禮既得將，華燭引香輿。好言謂宛若，將兒出里閭。嗟我未亡人，所忌近簪裾。爲囑前導者，華燈[一]稍徐徐。定知我夫子，躑躅臨道除。

【校記】

〔一〕燈　山右叢書本作“燭”。



## 又

女郎出香閨，歸來淚如洗。母道我已終，婦道爾云始。善事姑與嫜，我將報君子。哀哉三尺練，頃刻徒綦履。

## 之酒泉道經聞喜過葉問義時
## 太公禮齋先生八十初度索余詩登華後却寄〔一〕

穆皇四載奏賢書，七歲弧星始誕予。荷戟過君年五十，恭聞維岳降申初。公中隆慶庚午鄉薦，丁丑言乃生。

【校記】

〔一〕本詩及本卷本詩以下各詩臺北本均無，據山右叢書本補録。

## 又

黄髪行將九十年，曾經耳目五朝間。中間消長循環事，歷歷分明在眼前。

## 又

當年起草宿明光，袖惹香煙侍玉皇。欲識前朝忠厚事，都來緑野問馮唐。

## 又

少微起視夜何其,仰對仁明奏當詞。稽首清朝無一事,讀書喜在白雲司。公爲比部郎。

## 又

午橋東畔樹重重,桑梓相過曰必恭。小子見君何所訊,颺言拜手説神宗。

## 又

澮水前頭急問津,起居喜見百年身。可憐狂瞽羞黄耇,過里仍思崛彊人。趙鼎,聞喜人。

## 又

君家麟種事三韓,朝晝榆關莫策檀。淮蔡方推臣度可,如今珂里勸加餐。問羲僉憲密雲。先是,以司馬郎關前贊畫。

## 又

灝氣横空廻不收,振衣直上最高頭。香山秀接蓮花色,涑水波添瓠子流。

## 隴西道中

秋遠客難眺，途窮感易深。攤書行篋少，薄酒野村珍。故舊不可料，新愁仍苦侵。寄言遊客子，所貴善居心。

## 關　山

巖壑百餘里，清流潄其間。巉岈激衆響，草木遂多顔。躑躅情應苦，蒼凉谷自閒。嶺經秋雜繡，苔積石爲斑。日月峰虧蔽，橋梁水間關。經窮看欲盡，峘折復如旋。憐此樵蘇路，分爲隱者山。應酬勞耳目，究竟惜潺湲。蹈此愁將盡，誰能度隴艱？

## 春仲移居宅西偏有桃李

客裡遲春春日斜，寒風瑟瑟走汀沙。酒闌顔熱時相訊，刻日先開故國花。

## 立春夜作

東郊泉水澮潺潺，造物無私春等閒。戍客酒酣猶未醒，春光已度玉門關。

## 倚樹作

事從古昔幾曾奇，道路曾經夢所思。萬卷尚閒頭已白，百年强半擬何爲？溪雲無恙仍清世，眠食依然仰聖慈。槐老空庭枯欲盡，書餘閒倚看霜髭。

## 庭前老樹欹斜偃蹇月夜徙倚遂書觸目

庭前老樹半離奇,浸月饕霜人不知。爾我相依休謾誚,支離臃腫各多時。

## 又

有客自憐憐鳥烏,徘徊不肯集庭枯。月明更欲飛何處,觱栗風吹天入胡。

## 又

夜靜星闌鳥不棲,空餘缺月掛枯枝。半邊老樹探春信,早晚春過小月氏。

## 春仲水濱擬往踏青寒甚齋中作

汀洲草色果如何? 遥憶芳蓮碧水波。鄉路五千知近遠,青青不斷度黄河。

## 酒泉無黄鳥兼無蟬

蟬響鶯鳴寂不喧,朝煙晚靄靜誰翻。方憐節物良如此,纔軫孤懷安可論。只有鳥啼悲夜月,側聞無語泣秋根。無何燕子仍辭去,剩有涼飈積淚痕。

## 打帳詞

塘傳虜帳駐飛狐，士馬宵奔偷殺胡。馬首歸縣三四級，居然明日長千夫！

## 又

淋漓血蹟染鞍韉，酒債新償五十千。此物近來良減價，公移簡勘又經年。

## 郊　行

懷哉瑤草費呻吟，天水頻看春照襟。向北有天青亦遠，自西流水碧能深。荒唐戰伐秦將漢，寂寞溪山古至今！如許乾坤容七尺，悠悠寥闊易爲心。

## 齋中偶成

絶境耳目古，間如得所求。朴真如我意，簡寂自生幽。槐老寒不媚，心廉世易酬。連朝風日好，翻畏説郊遊。

## 獨　坐



繄余居此地，悲喜頗難明。昨日看山意，今朝憑几情。蒼茫如有會，惝恍不能名。向夕抱幽獨，孤燈對我青。

## 寄故園友人

喜聞鄉國信，懶作故人書。萬里艱來往，三時闕起居。寒温煩瑣細，眠食頗蕭疎。所恃在垂炤，臨楲空復餘。

## 城南野望

寒汀衰草見穹廬，南北雜居羌與胡。回首不堪斜日盡，白雲盡處是康居。

## 坐黄草渠

袖書臨遠水，書倦卽看雲。雁字不可讀，鷗波良易羣。牧兒奔返照，鋤唱愛餘曛。我亦攜書去，翛然何所欣！

## 夏日黄草渠看雪

霞文摇積雪，明滅夏雲端。雲峰既緬杳，雪意亦波瀾。流景何難掬，清暉真可餐。遐哉百里外，襟袖領餘寒。

## 河西頗狎套虜然大酋終不可知謬紀其事

河西士馬狎胡兒，幕北王庭果漸移。聞道南山收部落，新傳十萬逼闕支。

## 士得首功未遽得餉輒滅直買醉

塞上健兒那解愁，醵金貰酒醉無休！刀環血漬摩娑看，昨賣胡奴新髑髏。

# 泊水齋詩集卷之三

## 燕邸詩集

### 初入都早朝憶往

歲月君恩深未酬，胭脂酒泛乳花浮。酒泉有胭脂堡。地憐積石春無主，氣咽臯蘭水不流。喜遇時清愁鬢髮，媿逢主聖説恩讐。歸來衮職何曾補，僅逐鴛行拜冕旒。

### 己巳元日回憶酒泉

投畀椒盤兩薦辛，蒲萄酒浸緑爲醇。天過窮石無芳草，雲到西方是美人。夢裏梨花紅入暈，秦時戰骨夜飛燐。彼中魑魅都無恙，應念行吟舊逐臣。往之戍所，夢紅梨花。比歸，渡河，李民部見招，演《紅梨花記》，却憶前夢，遂用瞿然。

## 元日早朝

暾將拂檻吐青妍，影逐千官始自憐。卿雲迎旭糾相縵，禁柳窺春憺欲眠。投戟腐心荒徼北，颺言拜手聖人前。小臣未識天顏喜，閶闔風清報卷簾。

## 又

喜逢魑魅笑迎人，披赭重看雪嶺春。豺虎向憐柴作骨，衣冠今喜玉爲鄰。香分紫極雲多色，響徹句臚樂已新。此日去年天欲曙，兜鍪持戟拜楓宸。

## 己巳初度

百歲憐爲强半人，再分前半可逡巡？欲知後此枯榮味，但看前時悲喜身。散帙差饒千卷富，買山始覺一官貧。功名鐘鼎都泡影，止有烟霞似夙因。

## 憶戍所再經初度

兩度弧星正攝提，天山春草夢萋萋。倘徼離伍投戈日，便是長林豐草時。豈謂鶴書煩再命，却忘鷗侶爽前期。從教薪積休中熱，但說從軍歸未遲。

# 量移冏少

休説乘驄來上都，又叨趣馬問生芻。幾曾補衮羞司直，未許繩愆告僕夫。克正自緣臣匪諛，無邪何以馬斯徂。曠官誰念人唯吉，膂御其專在執駒。

# 夏首游碧雲

看山率爾但孤來，羣岫迎筇青已開。滄爽何心更旦晚，食眠隨意選莓苔。來前衆玅幽誰領，雨後餘清靜自裁。石瀨松聲紛向夕，況逢霽月復空臺。

# 碧雲晚坐

將夕澄波滄遠灘，疏鐘流響破幽巒。半留〔一〕斜炤峰文暗，徐引孤光松影寒。晴雨川容頻自换，起居客興幾曾闌。年來喧寂詢山鬼，深坐令人劇慨歎。寺後有魏璫塚，塚空，復爲他璫有。

【校記】

〔一〕留　山右叢書本作“流”。

# 又

碧雲纔破月流波，變彼姗姗如度河。況復餘暉分夕麗，更饒清響近宵多。聲意去還生寂悟，沉吟今往亦悲歌。風塵明發長安路，回眺青霞奈我何！

## 弘光寺

迴環葱倩遶玄之，已到門前仍未知。清梵每嫌松篠密，疎鐘時罥岫雲低。青來下界留難住，翠往長安付阿誰？倉卒躋攀艱領略，退携幽秀静相思。

## 邸中雨霽獨坐

嗟哉我亦竟茫茫，蘭薄椒塗耻不妨。宦向此中呼作海，悲從何處覓爲航！可憐投刺紛時侶，誰與垂帷裛古香？却喜今朝梅子熟，滿天風雨散清凉。

## 正月望後同楊蕢田貴聞二年兄登報國寺閣

偶然臨眺使情多，日月光華可奈何！檻拂莽蒼如陸舫，雲浮緬邈是煙波。柔披澹靄條將舞，緩弄新風鳥欲歌。廿載來兹凡且再，中間榮悴總江河！

## 報國寺松

二十年來此再逢，憐仍擁腫對龍鍾。支離待我胡箕踞，偃蹇題君曰不恭。宛在水山堪共語，散如嵇阮笑相從。幾時擕置奚囊裏，風雨蕭蕭伴瘦筇。

## 楊貴聞年兄除京兆幕以前湯陰令謫

蕩水梟飛清漾瀾，宫槐淞冷旭將殘。宦情蓼集愁誰語，交味蘭芳渴可餐。入幕乍云纔釋褐，空囊但説甫之官。長安鼎貴知多少，都作鄰虚埜馬看。

## 魏元白〔一〕還京兆兼新娶

磨蝎同君奈往何，衹將嘉話譜君歌。峰抽菡萏囊餘草，元白有《游華山詩並記》。蜃吐樓臺海不波。按，東國有《海市》詩。柏省霜仍寒舊簡，蘭帷黛欲寫新蛾。青槐影夾香車近，報道郎還五日多。

【校記】

〔一〕白　諸本作“伯”，誤。魏光緒，字元白，山西武鄉人。以下均徑改。

## 邸中晤田子聘愴焉今昔余之戍所子聘爲兩浙鹽使者又晉南銀臺

泗上諸侯憶輔車，年來契闊失雙魚。感時始信宜交友，悔往方知未讀書。劫運似經秦以後，威儀再見漢之初。武林〔一〕山水秣陵酒，曾否西凉錯念余？

【校記】

〔一〕林　山右叢書本作“陵”。

## 任參之侍御以言被謫

勁節蕭蕭安可柔,西方彼美但優游。彈文氣懾中朝色,焚草身輕一葉秋。聖主原教霜淬斧,微臣歸用蒯緱緱。萋萋芳草長安路,唐介星言已不留。

## 趙澹寧憲副自楚入賀擬借冀南先是汾陽守

使君爲政自風流,閶闔風吹青翰舟。賦就汨羅投正則,搴將蘭芷媚靈修。楚烟暮暗湘娥瑟,汾水雲思帝子秋。休覓蘇門長嘯侶,朱幡早晚舊并州。

## 之共城過〔一〕趙澹寧泉上園亭有懷

文杏爲梁桂作楣,翛然風軌用欽遲。秋高鴻雁書難寄,霜冷蒹葭憶所思。鶴過魚紋圜欲没,苔横花影静俱漪。佳人南國知何事,黄鳥閒翻閣外枝。

【校記】

〔一〕過　山右叢書本作“遇”。

## 五月望後獨坐苗户部水榭

小坐蒹葭水一方,静喧隨在不相妨。肉絲何處騰波緑,羅綺無情恨晚粧。花韻遲看都寂莫,雲容頃變遂蒼凉。袖來騷卷何曾讀,徙〔一〕倚危欄戀夕陽。

【校記】

〔一〕徙　山右叢書本作"徒"。

## 賀中泠程芸閣諸年兄集北郭水濱

峰文如洗散青霞,鐘報新晴落水涯。靜浴素鷗鳴〔一〕澤蓼,香翻珠露泣汀花。清時可戀人將老,往事遥思今已奢。却愛僧閒分半日,蕭然遲客但茶瓜。

【校記】

〔一〕鳴　臺北本誤作"明",據山右叢書本改。

## 送郭夢白自請之榆關

幾年烽火徹甘泉,慷慨誰爲勒燕然?臺作金高從隗始,門開玉峽在超先。度關舞待鷄聲曉,磨楯花流墨氣鱻。聞道胡兒爭問覡,有人單騎請籌邊。

## 又

誰甘披髪効纓冠,起舞婆娑星已闌。楊柳風嘶驄汗血,芙蓉霜淬劍花寒。酒酣汶水歌三雅,泥塞函關止一丸。詎是書生誇表餌,聊將尺組繫呼韓。

## 送錢受之年兄歸里

緑暗江南薜荔村,奉身歸去是君恩。芙蓉〔一〕花好開應待,桃李蹊成靜不言。棹撥滄浪人自遠,秋高拂水道何尊。乃占爾夢時相憶，王屋雲飛〔二〕泊水根。

【校記】

〔一〕蓉　臺北本誤作“容”，據山右叢書本改。
〔二〕雲飛　山右叢書本作“飛雲”。



## 張子馨兄見過

與爾契闊亦已久，相期豈料在長安。升沉往事良難盡，生死間關未易殫。尊酒今當風雨夕，齒牙兼領雪霜寒。我懷微尚逢君説，彈者誰知是鷃冠。

## 壽戚畹李太夫人

三十年來良所難，光依慈里敢求安。戚臣豈炊麟爲髓，婺秀恒將熊作丸。夫子教原貽式穀，文孫堦已叶徵蘭。孫孝廉亦已生子。猗與誰表河山度，煒管香流芝簡寒。

## 趙滙旋侍御顔其齋曰醉墨索題

古人往矣但夷猶，千載依稀〔一〕墨氣流。懷遠緬思瓊樹渴，漱芳唯恐蕙蘭秋。披帷纔見人斯在，下榻誰爲仲與游。君向此中甘濡首，未知沉湎幾時休。

【校記】

〔一〕稀　臺北本作“希”，據山右叢書本改。

## 楊貴聞年兄之上林署有懷

落葉紛紛秋可懷，上林東向有孤臺。霜吹鴻雁將安往，日夕羊牛自下來。尺五豈縣天近遠，尋常但步月裵徊。生芻自是人如玉，嘉客逍遥幾日廻？

## 李九波中秘以家園索題往令壽良曾過其家

憶别河陽曾幾時，葯房蘭畹遂多奇。握中瑶草珍相待，花裹靈修芳自持。游洧豈伊酬雅謔，折榮聊以贈相思。嗟余遲莫懷公子，回首并州鬢已絲。

## 房海客年兄謫上林訊之

上林風物竟何如，吾友蕭蕭賦《子虚》。可笑餘人衣上土，安能侵爾案前書！花將韻待鶯啼好，柳已青同客眼舒。閉户不關竿牘事，報君節物鼠爲駕。

## 范質公太常見過

譚餘尋繹味仍香，出處曩今未易量。意表幽貞玄自貴，理中清遠儁無傷。精神遥覺過於體，寄託兼推用所長。對爾自羞言富貴，快瞻眉宇澹何芳。

## 送房海客年兄之白門

門無竿牘晝嘗[一]扃，又復歌驪未肯停。芳草去縈千里碧，蘭槳來理六朝青。詩醒南國花無夢，美憶西方隰有苓。白露未霜人已遠，白門葭菼雨冥冥。

【校記】

〔一〕嘗　山右叢書本作“常”。

## 送徧如之五臺

山開紫翠喜斜陽，遥見崑崙伯仲行。姑射向曾詢綽約，震丹[一]今復問清凉。拈花何以煩調御，微笑[二]居然見遠[三]光。曾識臺山前路否？禪鋒相觸止鋮芒。

【校記】

〔一〕丹　山右叢書本作“旦”。
〔二〕笑　山右叢書本作“喜”。
〔三〕遠　臺北本誤作“飲”，據山右叢書本改。

## 送晉摩蒼以假歸里

高卧元龍未下牀，雲仍風貌曰維桑。望才鈔撮[一]名兼集，清簡雙題品自芳。綽約來餐姑射雪，委蛇歸袖紫墀香。他年再啓山公事，誰識清卿是舊郎？

【校記】

〔一〕撮　山右叢書本作“攝”。

## 送甥孫伯元之儀封令

綰綬欣言初度河，秋風瓠子澹將波。進思鞅掌肩三事，退食從容念五紽。行矣治須除泰甚，嗟哉民苦是煩苛。側聞濩澤官如水，謂澤黄九如刺史。爾往將無詠伐柯。

## 程芸閣年兄招集北陂徐園同陶路叔甄錦石

重來翻似樂新知，白水青菰皆可悲。快矣友簪逢帝里，翛然文酒戴清時。芙蕖悔作前年好，鴛鷺寧將此日期？謂丙寅、丁卯後先。暝色依依葭菼靜，各搴蘋芷説相思。

## 甄錦石諸兄飲北郭水次

漠漠香生好雨初，霞褰霽影靜菰蒲。中央宛在思航葦，一曲如今似鑑湖。人遠星稀〔一〕吴楚聚，波閒心與鷺鷗俱。枝頭啼鳥詢名字，江左呼云是鷓鴣。

【校記】

〔一〕稀　臺北本誤作"聠"，據山右叢書本改。

## 送朱滄起太史奉使江南

皇華南國便如僊，況復詞臣是少年。旌節竟分眠柳去，使星到喜落花前。芝函曉帶諸天雨，采筆清波〔一〕六代煙。歸路邗江明月好，瓊枝無乃待君妍。

【校記】

〔一〕波　臺北本誤作"披",據山右叢書本改。



## 同趙滙旋魏元白〔一〕二侍御集朱滄起太史許

侵星鳴珮晚悠悠,棐〔二〕几匡牀良可留。坐有解人能恕醉,酒名狂藥反醫愁。譚鋒偶觸機相逗,帙粉初乾香欲浮。聚首今朝珍重在,無何溝水各分流。

【校記】

〔一〕白　諸本并作"伯",誤。按,魏光緒,字元白,山西武鄉人。
〔二〕棐　山右叢書本誤作"斐"。棐几,用棐木做的几桌。

## 朱滄起招集擬演丁卯以前新劇不果

傳將近譜佐軒渠,曾與同朝共曳裾。新史好煩遷固手,劫灰未燼漢唐餘。子雲可惜曾爲賦,文君〔一〕當時似有書。聞道諸君仍視息,不知何以度居諸?

【校記】

〔一〕君　臺北本誤作"若",據山右叢書本改。

## 移探春花齋頭

苦霧兼霜凝不開,未知春信幾時廻。却教蒼帝煩相訊,遂遣花奴索報來。寒燒青傳芳草澀,翠帷香醞早梅胎。幽悰孤緒聲光裏,夢卧翛翛蝶不猜。

## 陶路叔年兄以名手畫瓶蓮索題

昨日江頭遺珮歸，凌波乘月熠羅幃。烟姿霧采相思夜，離合神光知是非。

## 同徧如坐碧雲作示其侍者

青靄將殘岫色迷，風光紛向晚離披。松濤石瀨煩酬應，認取當年良久時。

## 聞賀中泠篁川佳勝詩志嚮往

南國佳人修且猗，幽居乃在水之湄。部分草木餘何事，料理烟霞奚所爲？掩卷孤情抽靜緒，懷人千古是相思。試詢清享胡如此？芳草青谿總不知。

## 錢牧齋年兄以十四韻詩見示喜步其韻

室邇人遐誰共譚，却如山北與山南。崎嶇世態經曾歷，喔咿〔一〕人情飽所諳。蓬蒿擬闢三爲徑，鞶帶差辭七不堪。政好銜盃澆磊塊，何如拄笏望烟嵐。濠梁有樂魚同惠，雲嶠高飛鶴作耽。錦軸牙籤玄亦史，燒空煮石煉將參。逍遥且住無懷國，歡喜而歸補處龕。雲白時堪流遠眺，江清可以漱餘酣。鸞雖鎩翮人都惜，鴻已高飛弋不慚。蟫蠹丹書成脈望，蛾蜚〔二〕園客薦春蠶。喜攤鄴架經過五，笑擁吴兒粲已三。甌泛翠濤爭鬭茗，鶯翻新響紵傳柑。酒人文士襟同契，棐几匡床友盍簪！當日柳州愚谷好，君家泉水亦名憨。

【校記】

〔一〕喔咿　山右叢書本作“屋促”。
〔二〕蜚　山右叢書本作“飛”。

## 己巳至日憶酒泉是日接熹廟訃

相煩投畀事遐荒，豺虎仍留來帝鄉。醉憶金微泉是酒，夢縣僊掌玉爲漿。遺弓徒灑孤臣淚，委珮新沾紫極香。皇愧賜環傷往事，不知何以答君王！

## 同陶路叔諸年兄集淨業寺水濱

竿牘繽紛良不然，遥尋積水但幽偏。樓臺半掛將時〔一〕色，林鳥平分欲莫烟。風掠文湖摇返炤，霞霏殘雨忽〔二〕秋天。淩波晚更驕餘媚，綽態滂心真可憐。

【校記】

〔一〕時　山右叢書本作“晴”。
〔二〕忽　山右叢書本作“或”。

## 萬堅之民部招同魏元白〔一〕趙滙旋二侍御飲十方菴水次細話今往

可憐重此問花津，却憶前年安可論！客向尊前私耳語，鳥從花外亦窺人。丙寅前後，道路以目，此地無偶語者。光華今早菰蒲借，氣色還分盃酒新。百爾仍煩〔二〕思正直，當時君子怨沉淪。

【校記】

〔一〕白　諸本作“伯”，誤。按，魏光緒，字元白，山西武鄉人。以下均徑改。

〔一〕煩　山右叢書本作"頻"。

## 聞沁湄兄幽居成有懷

爾築新聞村以北,我居乃在泊之陽。濯纓下上同清冷,釀黍卬君共郁芳。删去蓬蒿迎好客,袖將[一]玄草走相商。秋來頗覺溪多韻,各卧高齋聽未央。

【校記】

〔一〕將　山右叢書本作"相"。

## 又

修禊前曾此碧潭,如今却喜卓君菴。翛然身在硯之北,颯爾風來牕以南。誰是羊求人可二,聊開松菊徑爲三。誅茆薙草何容易,訂爾同辭七不堪。

## 秋杪有懷沁湄

紅葉離離泊水灣,君將叱馭我歸山。九天但覺梧垣近,十畝其如桑者閒。葭暗秋汀人自遠,風清瑶珮夜初還。西山拄笏將無念,溪上何人獨閉關?

## 又

園廬相望水縈洄,歸思紛紜未易裁。得句偶先分韻往,聽松每約過溪來。抗言在昔夷將惠,握手於今王與裴。細雨雙鴻秋寂寂,懷人千里有孤臺。

## 送王六瑞掌科左官去

率爾同酣隴首雲，何曾交臂夙相聞。言自戍所歸，六瑞分守隴西，晤於公署。一官豈足稽元亮，三已方知重子文。筆寫晴霞披楚夢，帆開春水漾湘紋。解驂未報殊皇媿，把袂天涯已再分。六瑞座師某，乙丑擬稿，以墨劾不肖言，六瑞力止之，不然，疏上必逮。

## 又

別來幾見白雲新，盃酒重看慰逐臣。楚澤烟青思帝子，秋蘭莖紫憶佳人。隴頭雁字慬相訊，梧掖春星聚不真。歸去詢君何所事，細將《天問》荅靈均。

## 賀函伯以篁川諸目索題

日暗蒹葭懷所思，遥聞只在水之湄。碧潭芳樹深深處，一葦洄環往溯之。

右窈窕溪

霜湛空明浸〔一〕曉暾，蕭蕭吾亦守歸根。清嚴但恐成孤詣，俗軌如何肯到門。

右秋水齋

青雲白雲何雲閒，但説白雲長在山。移文頃欲謝青者，碧嶺丹崖未許還。

右雲茆

響在寒空秋草根，青柯文渚向誰論。廣長舌相園難擇，寂悟都無來去痕。

右圓[二]聞地

葯房安在在中阿，楚水吴天去幾何？檻静雲將飛震澤，帷褰[三]雨忽自湘波。

右浪光閣

披衣清盥襲空凉，水漾青霞空亦香。夜半似經踈雨過，飛來山翠洗新粧。

右錦香堤

一篋圖書聊自隨，空憐林水意棲遲。君今同我長安道，遥碧空青付阿誰？

右鑑湖曲

江天漠漠水悠悠，冷艷淒妍安可留？慘澹無人堪領略，一齊分付與孤舟。

右釣雪灘

亭軒橋榭盡能幽，好月多情在在留。何事更煩專作此，殷勤清淺待新秋。

右珂月郵

天地大文時卷舒，此中傳有古丹書。邀將楊許諸人讀，脈望居然是蟲魚。

右朱陽館

感慨當年喜乞身，長將草木侍衣巾。頃聞花蒨蒨離奇後，終日青青望主人。

右青葱林

溪外長林林外溪，溪林徑復溯將迷。頃來欲問人間事，故遣桃花出水西。

右篁川莊

【校記】

〔一〕浸　山右叢書本作“侵”。
〔二〕圓　山右叢書本作“圜”。
〔三〕褰　山右叢書本作“搴”。

## 移梅入卧室

遥同聲氣下懸床，入幕相將總不妨。格聯彝鼎標孤韻，芳襲圖書裛古香。乍見欹斜燈弄影，似流清淺月依牆。體疎意密玄相對，如望蒹葭水一方。

## 陶路叔招集楊崐岑諸年兄薄莫飲槐下槐古甚

喜盼庭柯惜晚曛，陶家原自説徵君。殘苔雨漬前朝氣，積〔一〕繡霜堆勝國紋。晝靜青烟同鶴瞑，月高疎影共鴉分。離羣念我真枯寂，今往同誰醉緑雲？

【校記】

〔一〕積　山右叢書本作“績”。

## 擬晉撫獄不當降旨切責席藁作庚午二月二十日

冒昧邦刑謬仔肩,容臺禮樂奈便便。以太常推左司寇。聖恩誕布王正後,臣罪欣當昧爽前。正月以册立覃恩。召自焉支幾萬里,天依尺五未三年。敢言十畝投閒去,屏息歸畊泊水田?

## 聽擬二月二十七日已下院寺

長樂纔聽午夜鐘,生來劫習未從容。祁連自負兜鍪往,白粲今辭城旦春。前戍酒泉,今側聞將擬鬼薪。謬問生芻來趣馬,慚叨章甫奉黄琮。主恩涓滴何曾報,冀倖區區作下農。

## 席藁辱甄錦石楊崐岑賀中泠<br>程芸閣陶虎溪年兄見枉作

可憐兄弟集天涯,頃刻真成生别離。分袂各尋芳草去,相思惟寄白雲知。曩今追念殘燈夜,啼笑更端盃酒時。從此路岐慳後約,豈如年少易前期。

## 待罪妄冀恩放作三月三日

支離病骨勉婆娑,荏苒春光奈我何!臂約休文銷欲盡,愁方〔一〕平子四仍多。花香可擷團爲餌,燕語新擬譜作歌。南浦征夫何所見?青青草色醮流波。

【校記】

〔一〕方　山右叢書本作“分”。

## 册立大典成頒詔大赦臣言以先一日獲罪私邸待命冀倖恩放作此志喜兼用悔省



風軟鶯新乍霽餘，草芳香惹逐臣裾。玉函潤帶芝泥下，星渚祥開絳節初。堤柳眼纔青覷客，遠峰眉已黛〔一〕迎車。微臣拜手歸何事，閉閣思愆讀舊書。

【校記】

〔一〕黛　山右叢書本作“待”。

## 院寺確擬以聞蒙恩宥閑住將束裝作

幾年生事漫西東，積石滹沱路已窮。恩重尚懸楓陛月，身輕却愛柳堤風。岑牟曉着青山好，欵段驕嘶香草工。鶯叫晴時鳩唤雨，春光且莫太悤悤。

## 酬賀函伯年兄以詩作别三月七日

驪歌早晚雨溟溟，賴有瑤華炤客星。懷去爽將侵遠岫，吟來清似漱中泠。倉庚曉破長楊夢，菜甲春開濩水青。消渴頗思陽羡草，知君未肯吝芳馨。

## 將發辱諸兄屢集



隔日春明晤已疎，頃將長别復何如？殷勤花任春深淺，珍重人頻囑起居。不醉豈惟辜片月，加餐徒爾枉雙魚。家園此夕遥相念，耳熱星闌會憶予。

## 酬楊崐岑年兄

沅蘭澧芷見同心，短袂將分易水潯。姑射預愁懷客苦，湘波久已向君深。君山幾斷青蓮手，鵬鳥徒煩洛下吟。試去三閭煩借問，可知憔悴似予今。

## 將發春明作

將歸仍著進賢冠，宦味如嘗鼎一臠。望裏風烟摇淺碧，車前燕語澀輕寒。看花光挾蜂鬚潤，散帙香浮蠹粉乾。饒有酒儔詩侶在，時時相枉爲加餐。

# 泊水齋詩集卷之四

## 泊園詩集〔一〕

### 真定逆旅庚午三月二十日

柳塘花塢愛斜曛，三徑蕭條暗暮雲。法座黯無杓斗色，旅塵半與馬牛分。燐飛戰骨愁爲魃，鬼哭郊原夜始聞。逐客不堪回首處，欃槍仍未靜妖氛。

【校記】

〔一〕山右叢書本將《泊園詩集》分爲上下兩卷，分别作卷四、卷五，并于“集”後注“上”“下”。

### 過洹水將入里有懷長安故人

洹水纔過丹水流，客愁爭似水悠悠。汀洲緑映征袍淺，桃李香迎鳥語柔。耽靜計將書卒歲，懷人豈但日爲秋。歸來鄉里都如故，仍説余今是少游。

## 道經黎陽喜晴發潞水作

愁閣凉雲濕不行，何妨既雨復能晴。窺波鷺濜汀前影，流響鶯傳碧裏聲。柳浪輕將開積靄，峰文遠遂送空青。歸途無事看生態，喚雨〔一〕銜泥皆性情。

【校記】

〔一〕雨　山右叢書本作"語"。

## 潞水聞鶯

征途忽爾墮綿蠻，響徹清漳潞水灣。從此友聲歌伐木，何勞杜宇復間關。移文頗似羞逋客，招隱如聞賦小山。到日酒盃騷卷裏，好音晴雨不曾慳。

## 抵里泊園甫成

將發郊餘半渚煙，比歸水木遂幽娟〔一〕。我登臺畔如初客，花到鶯時是莫天。聲影靜能資淨業，霽陰朝更集諸妍。何關草木禽魚事，夙慧清機自往還。

【校記】

〔一〕娟　山右叢書本誤作"捐"。

## 又

丙舍傍從去後添，此中開秀足相兼。孤衷桐雨敲生韻，里耳鶯聲俗可砭。圖史恣探能養福，雲烟奢取不傷廉。更饒菜甲新〔一〕鋤好，小摘供庖點石鹽。

【校記】

〔一〕新　臺北本誤爲“親”，據山右叢書本改。



## 五月南山山莊

路僻林深日已昏，幾家烟火便爲村。山迎逋客青無恙，雲宿丹崕白有痕。穉子鄰翁仍半識，度阡越陌枉相存。流鶯也覺多情緒，𪇆𪆷枝頭語亦温。

## 又

光華可惜等流波，四十年來七度過。後先四十年矣，凡六七過〔一〕。青壁肯憐衰鬢否，餘年其〔二〕奈白雲何。松能墮子森成樹，竹已生孫翠且多。釣石中央仍宛在，還從溪友借漁蓑。

【校記】

〔一〕後先四十年矣，凡六七過　臺北本置于正文題下，據山右叢書本改爲注文。

〔二〕其　山右叢書本作“豈”。

## 又

何煩投劾慰遐思，微罪歸如晤所期。合圍槐憶前方拱庭前槐已合抱，三十年前纔如拱把〔一〕，出岫雲還頃不遲。節物溪山真有待，朱顔華髮豈多時！課奴仍種山頭樹，再見巢烏未可知。



【校記】

〔一〕庭前槐已合抱，三十年前纔如拱把　臺北本置于正文題下，據山右叢書本改爲注文。

## 山莊諸父老蜡祭辱損胙同粟函嘿田力田

闐闐社鼓響荒村，率爾山行集友昆。主賸野翁推祭酒，祈年衰散愧饔飧。鴉雛趂母飛高下，麥氣將秋變曉昏。表啜水庸何以報，居然縹緲享雞豚。

## 山行晚憩

衰閒今甫擬山居，閒見山中良起予。憩石坐思傳鳥譜，穿林葉偶墮蟲書。雲含莫雨過青嶂〔一〕，牛負斜陽返敝廬。溪友村翁何所事，既耕且種待秋餘。

【校記】

〔一〕嶂　山右叢書本誤作"障"。

## 草堂同粟函嘿諸兄夜飲聽白雲觀暨諸伎絲肉

碧澗丹崖雲可愁，朝烟莫靄各悠悠。朱絲纔奏青將破，清響方騰翠已流。往事幾年徒自惘，空山五月遂如秋。此中偃仰差無事，喚雨明朝倩早鳩。

## 料理舊渠兼葺山上草屋

甃石爲梁斸石渠，疏來埜水到堦除。村憐〔一〕僅住三家好，田止堪供八口餘。雲碓香舂勞水石，林翻山靜自居諸。頃來小憩何多事，又鑿雲根葺敝廬。

【校記】

〔一〕憐　山右叢書本作"鄰"。



## 山中五月朔日聞蟬

戴勝鳴鳩聽未央，新蟬又復度長楊。鶯嬌燕佞非君侶，露泣風嘶祇自傷。悽矣無煩歌變徵，翛然政爾按清商。調孤韻細誰賡汝，短詠微吟不可長。

## 謁大司馬桐楊[一]先生年八十一

曾看曳履躡星辰，況復維桑步後塵。彝鼎尚[二]存三代古，典刑喜見六朝人。側聞繩祖勤明主，自合玄纁問老臣[三]。君自歸山多閉户，頃來後進不堪論。

【校記】

〔一〕楊　山右叢書本作"陽"。
〔二〕尚　山右叢書本作"向"。
〔三〕臣　山右叢書本作"成"。

## 病　足

寂喧多緒亂愁余，病榻翻令愁遣除。舊畜枯藤防屐齒，新題尊足署吾廬。沉吟簾外鶯花課，狼藉牕前甲乙書。遠想孤衷難寄託，姑延二豎與同居。

## 病榻作

衰且白矣安所求，體中小極遂無休。垂帷何事差餘静，所獲無多但有幽。簡寂不妨恒小病，空明兼喜戀深秋。丹霜碧水休倉卒，待我扶笻登隴頭。

## 病中玄公自白雲寺見過

癯凴棐[一]几思難裁，蒿掩重關静不開。響聽雨餘紅葉墮，敲聞僧自白雲來。林間啼鳥門無履，物外窺余徑有苔。問臘所爭寧幾許，齋前雙樹手曾栽。

【校記】

〔一〕棐　臺北本與山右叢書本均作“斐”，誤，當爲“棐”。棐几，用棐木做的几桌。

## 又

藥囊詩帙任紛紜，病榻差堪静見聞。積雨[一]書香同茗啜，斜陽僧頂共鴉分。顛隨行嶺雲俱白，面積家山峰有文。玄公，徽人，住行山下白雲寺。又道錫飛仍不住，葦航春杪劃江紋。玄公將返黄山。

【校記】

〔一〕雨　山右叢書本作“雪”。

## 閲玄公詩却贈

嘯臺西向白雲屯，寺在蘇門西。泉涌丹崖錫有痕。衣染翠微疑帶雨，鬚任[一]吟斷不曾髡。玄仍鬚。譚餘氷雪玄堪貴，詩洗袈裟氣自尊。聞向黄山深處住，白雲空爲鏁蘇門。

【校記】

〔一〕任　山右叢書本作“仍”。

## 秋九月仍病

垂帷却掃遂多時，聞道萸丹菊届期。短晷卧惟牕影覺，深秋宵向葉聲知。六時枕簟分過半，一室圖書耿所思。病況閒情差自若，長林風雨任離離。

## 又

夏秋容易枕邊過，藥餌蹉跎三月多。梧老陰仍留缺月，風乾響已鬬殘荷。茶防冷癖烹惟玩，墨不能書嚼自磨。同病相憐誰可語，算來古德有維摩。

## 秋望前一日夜有所聞

月之皎矣飲且甘，風恬聊以散餘酣。鶺〔一〕鴒鳴急聲何劇，棠棣華多萼可探〔二〕。敢曰知非年逾五，頃來自反〔三〕日惟三。德音如此清秋夜，念我無良衹内慚。

【校記】

〔一〕鶺　臺北本誤爲“脊”，據山右叢書本改。
〔二〕探　山右叢書本作“㨂”。
〔三〕反　山右叢書本作“返”。

## 又

掩卷悠然究且圖，静言深念往何辜。季方元自難爲弟，僕射無端笑阿奴。伯仁謂其弟曰：“阿奴火攻，固出下策耳。”飲酒偶然歌棣萼，登高想徧插茱萸。唐絶曰：“徧播茱萸少一人。”不然何以當清夜，側弁俄俄忽過吾。

## 示兒履旋將赴試

交友休從意氣生，寂然聲臭澹相迎。寸心苟可游今古，四海何曾少弟兄。誤世謬因譚節俠，隨人姑且冀科名。聽之何以煩神鬼，珍重原來在友聲。

## 黄九如郡守入計先是郡縣以東事急硝黄諸役督促迫如星火

縣官遂乏水衡錢，閭左蕭騷如筭[一]緡。謬謂倉皇煩束濕，誰知料理妙烹鮮。采詩喜頌麟之趾，上計應將鳳改年。索賦於今横海内，行山丹水各爲天。

【校記】

〔一〕筭　山右叢書本作“算”。

## 政灌園雨蒼兄使者至自長安訊虜耗志喜

蓬蒿十丈鏁[一]重門，静倚高雲自灌園。草薙徑惟留碧蘚，水流余但坐秋根。轆轤梧井聲良好，鼙鼓榆關卧不喧。衰謝自甘鋤五畝，眠餐刻刻是君恩。

【校記】

〔一〕鏁　山右叢書本作“繅”。

## 辛未元日

新故相乘多所思，遠懷幽抱積於兹。兩年鬼哭嗟荒徼，丙寅丁卯戍酒泉。午夜鴛行逐此時。庚午待罪冏寺。今往許身誰稷契，溪山果不負巢夷。追思六七年間事，悲喜如前安可知？

## 人　日

左个青陽召逐臣，是日，酒泉聞報，戊辰春歸里。感深涕淚欲霑巾。幾年謫宦浮如梗，此日家〔一〕山逢曰〔二〕人。好雪花删〔三〕前夜出，前二日立春。衰顔心悵故園春。芳辰韶月何容易，悔往空悲勞此身。

【校記】

〔一〕家　山右叢書本作"佳"。

〔二〕曰　山右叢書本作"日"。

〔三〕删　山右叢書本作"山"。

## 新正齋中宵坐履旋亦篝燈讀書

往矣馳暉安可馮，念兹芳夜負何曾。春開竹氣浮雙幙，窓泛梅花各一燈。短詠微吟皆有會，衰年穉節不相能。眷言門館何蕭寂，我固安之子不憎。

## 自題小像

四十無聞斯已矣，七十良希〔一〕古亦然。我今五十更有五，前後都饒十五年。往如空翠結清曉，朝暾臨檻光多少。來若青霞明遠村，餘暉孤映爭黄昏。縱令七十亦無多，況復未知可奈何！假使造物真我思〔二〕，此十五年奚所爲？思來事事都無益，向者好醜我曾歷，只合空山守枯寂。松風溪水亦無情，媚誰他日留清激。

【校記】

〔一〕希　山右叢書本作“稀”。
〔二〕思　臺北本誤爲“私”，據山右叢書本改。

## 韓中散見枉泊園

水石清激泊爲淙，砰訇復雜渋與湘。廻飆颯入岸傍松，松濤淙響聲撞舂。況復虎溪流泠月，了了松間明積雪。此中能令幽感生，珍重分明向誰説？跫然有聲扣可喜，有客浮淮渡瓠子。海情岳想何蒼茫，胸中筆端良有以。媿我飯糲酒不旨，泊韻松風聊復耳。

## 送別韓中散之嵾上〔一〕

自昔奇人多帶癖，情理求之安可得？奇人有癖癖乃奇，試問世人那得知？汲冢已發石鼓碎，沉緬其中癡若醉。侯芭欲問不敢問，手持一編酣且睡。土花血碧幻丹煜，光怪欲見鬼母哭。饑不可餐寒匪衣，産破千金矜不粥。人言需此胡爲乎，口但不言撚其鬚。五字七字青珊瑚，一字不妥髯半枯。傲岸如山不可裁，駡者殺者皆〔二〕爲災。屐禽孰〔三〕軟曼倩滑，君笑斯人安在哉！俳諧雅俗語不休，若雜若剌聞者讐。觸口欲發發乃已，不發有如蠅在喉。文武火烹丹子母，霜芽亂撒如糞土。聊嘗試之理有無，詎效世人耽阿堵。羊裙杜絹作襪材，仿皇顧之生塵埃。王侯達官皆歎息，能事不敢相督催。倏爾發狂欲大叫，瀏離渾脱風塵開。錦衣玉貌公孫舞，瀟湘可剪峨眉摧。頃者前事都若掃，自言有訣長不老。腸化爲筋骨作鐵，世人不識曰枯槁。君學不死我無生，伯休北渚弟與兄。不肖倘未〔四〕填溝壑，雙眼看爾騰青冥〔五〕。

【校記】

〔一〕臺北本于標題前衍"歌行"二字，據山右叢書本删。
〔二〕皆　臺北本誤爲"將"，據山右叢書本改。
〔三〕孰　山右叢書本作"熟"。
〔四〕未　山右叢書本作"爾"。
〔五〕冥　山右叢書本作"暝"。

## 春初松下作

松根何〔一〕以冥吾炤，身在瀟湘縣圃隈。衆有都將無作劫，諸音皆以寂爲胎。山空雨雪生靈慧，耳静聲塵隨去來。從此諸書都削盡，中池有士共裵徊。

【校記】

〔一〕何　臺北本誤爲"可"，據山右叢書本改。

## 漫　作

少悲落魄頃衰殘，哀樂相尋詎有端。今往情深歸雁斷，黄虞色古一燈寒。月生新水光同淺，春澀疎林響尚乾。自理荒園儲旨畜，内經欺我不須看。

## 禁　酒

余嗜飲，間亦讀書。不能强記，居心永日而已。飲後，詰朝遂不能讀，讀亦不解，頓覺賢聖去人甚遠。去年自夏徂秋，卧病半年，强能止酒；然病中所得甚於未病。乃悟中人以下，小病是福。頃仍嗜酒，案頭所積，對之太息而已，奈何！

紫房朱衣者爲誰，攖吾寧者誰所尸。縹緲無方茫若馳，有物爲孽神去之。潭空嶺秀月影入，清夜沈沈[一]山鬼泣。有聞無聲難爲名，儼若臨我冥抱一。倏爾澒洞摶羊角，黄河西翻海水立。嗟哉此意那得知，恭對圖史乃驗之。聖賢去人詎遼杳，谷神靈窈静所司。客歲哀我病欲死，藥餌不靈絶所旨。乃覺病者原未病，虚明如綫良危矣。善病何曾解誤人，能悟此者誰之子？

【校記】

〔一〕沈沈　山右叢書本作“沉沉”。

## 張璇源年兄見存却贈璇源以私許中考功法歸猥反相賀兼懷其弟崞西年兄太常

孤鶴歸來鳴索羣，可憐擲筆有閒雲。蒹葭淒想伊人在，芳草春思阿弟分。元亮自能甘解組，稚圭早已䖍移文。青蓮丹水都無恙，回首將無念卯君。

## 花　朝

故國五年春别離，空園芍藥摇相思。五年春作一年看，還我春光應倍之。春光九十情難展，展入夏首鶯爲期。古人所以重斯節，命曰[一]清和良所宜。送春不識春歸處，春在鶯邊人不知。人多狎春春不住，如我憐春春我私。落花游絲白日静，豈敢雜以肉與絲，我今但以閒消之。

【校記】

〔一〕曰　山右叢書本作“日”。

## 午前三日夜雨

端陽之前三四日，仍借清和一雨餘。自是晚凉清枕席，却疑秋氣到郊墟。春深似覺鶯邊去，夏淺還如燕子初。持與黄花前後較，惠風爽氣共相疎。

## 夏復病足廿八日立秋

頃來病足廢經行，花徑青苔已漸生。痛楚忍能消溽暑，支離却免費將迎。高雲細雨嗟何莫，藥裹書籤枉自清。枕席夜來秋已到，朝聞凄早咽蟬聲。

## 八月望後三日宵坐

幽松密篠向宵攢，蒼影徐開殊不難。三月病慳良夜酒，五年今甫故園看。光摇落葉紛難定，輪浸秋波側未安。魂斷焉支愁裏角，飛來雪嶺炤人寒。

## 八月晦前

明迴蕭疎秋不妨，無端多緒但悲凉。哀吟〔一〕蟬似歌前懊，急響蛩如詠卒章。鶯燕不辭人竟去，蒹葭何故忽爲蒼。秋從林杪籬根盡，剩有峰雲白可商。



【校記】

〔一〕吟　山右叢書本誤作“咏”。

## 九月望後待月

躊躇良久辭青嶺，倉卒離披開紫烟。林暗棲烏驚乍響，欄凴癯影炙孤妍。淩波遥望光離合，香霧因之爲後先。無酒蕭條成獨坐，風吹霜氣集襟前。

## 秋　晚

孤霞綺綴夕陽流，纖月方來霞不收。静想分途延衆妙，凉飆端爲凛深秋。鴻高别浦書何處，烏集衰林人倚樓。身世衹應消白髮，却多幽感亦生愁。

## 晚坐虎谷石梁感賦〔一〕

幽則鏁〔二〕愁疾，屏氣如不息。豁爾眺蒼茫，天地落胸臆。冥抱與奇懷，倏忽如相失。不幽不曠間，安所投吾跡。遐哉古之人，何以展良覿！我生乃末俗，慨歎良非一。蕭然坐石梁，水石奏清激。嗚咽如有人，代我愬惋惻。忽見嶺首雲，白是羲皇色。

【校記】

〔一〕感賦　山右叢書本作“有感”。

〔二〕鏁　山右叢書本作“纚”。

## 新亭成晴眺

嵐氣霞容紛若遺，娟娟水木澹多思。月將破靄銜峰後，山却初晴乍雨時。卓爾孤軒隨所向，翛然衆妙且焉之。遥情幻思堪誰語，試問青筇筇不知。

## 泊園松苑



湘水泊水聲幽凉,寒松和之悲且長。空聲裹徊思未央,有客躑躅於其傍。寂感冥契渾無方,秋既素兮春復芳。鶯前雁後紛聲光,耳目奔會何芒芒!彷皇不定耿所積,媚兹獨者周有易。灑練六藏養五德,黄庭中人憺何極。

## 虎谷飛閣成落之

别浦乍晴新雨後,長林纔弄好音初。筇將倦矣雲多白,酒忽醒時松正疎。淙響欲逋留可住,泠風送善領其餘。看來諸好紛紛落,着此孤亭良不虚。

## 水　濱

悠悠誰與道相敦,寂莫之濱思所存。林杪白沙疑墮月,汀長青靄暗孤村。四時各有良朝夕,一日仍能變曉昏。草木年隨顔鬢改,坐來欣慨向誰論。

## 秋雨卧病作

匪研《繁露》不窺園,積雨沉痾恒閉門。對以琴尊羌自晤,取諸懷抱亦辭喧。雲流清響三更墮,徑漬[一]蒼苔十畝痕。遲暮衹堪供藥餌,相思不復采芳蓀[二]。

【校記】

〔一〕漬　山右叢書本作“積”。
〔二〕蓀　山右叢書本作“孫”。

## 秋坐菌閣

何曾日日陟斯顛，尅定期當霽後先。積想朋從良豁爾，諸妍類聚一蒼然。斜陽半濕將晴雨，殊響同淒欲莫天。翻見孤村如物外，星星雞犬越溪煙。

## 東　皋

淒妍思不禁，不可不登臨。風日兼閑美，襟情集慨欣。離羣艱永日，流眺即居心。坐見碧雲晚，秋琴閒至今。

## 初晴列朝詩集選〔一〕

豈不念搖落，中懷無所名。愁非緣滯雨，喜却爲新晴。夕炤佳〔二〕難久，秋高響易生。少年當此日，襟抱積空盈。

【校記】

〔一〕列朝詩集選　臺北本無此五字，據山右叢書本補。
〔二〕佳　山右叢書本作“住”。

## 雨後東山深坐觀殘瀑

細岑瑣巘叠砰訇，水石之間清有聲。坐聽峰陰幽自轉，霞褰瀍影倏如輕。問雲何事無心出，扣寂緣知衆響生。物候果然因一雨，眒夫隱者各爲情。

## 晚登東山列朝詩集選〔一〕

恐負淒清水木閒，頃來無日不登山。都將慷慨悲歌意，分付孤鴻細雨間。勘物靜歸根自寂，撫躬衰與世何關。綺霞紅樹紛如織，鴉翼相銜是倦還。

【校記】

〔一〕列朝詩集選　臺北本無此五字，據山右叢書本補。

## 秋病〔一〕後有懷

雲凉苔冷葉縱横，寂莫垂帷觀我生。澹此多心翻愛病，兼之真寄不求名。卧聽壁響非山水，靜挹芳馨豈杜蘅。良友天涯殊仕隱，中間存没愴吾情。

【校記】

〔一〕病　山右叢書本作"雨"，誤。品詩作内容，乃病後之感，與"雨"無關。

## 郭九子至自平水見枉

細雨幽痾門不開，偶看雁字一登臺。却當爽節蕭晨後，政爾淵人靜者來。今古其間情自緬，秋冬夫豈易爲懷。嗟兹泊水真寥落，皎皎胡煩遠溯洄。

## 留郭九子讀書泊園以歸省展期

語默三冬擬獻酬,纔言温清豈能留?晨昏永思淵何塞,筆墨清娟雋欲流。千載黄虞神足往,四方聲氣静相求。睠兹濤韻松淙裏,芳草春雲約[一]再游。

【校記】

〔一〕約　山右叢書本作“無”。

## 偶然作

金高於斗未皇寧,耿耿雙眸肯遽瞑!聰穎殆將虚造物,寵靈無乃負朝廷。後先元氣留能幾,日月光華迅不停。六籍盡翻無可譬,聊歌《薤露》一垂聽。

## 病中讀康樂詩卧疾豐暇豫有省

翰墨優游可勿論,沉疴原自起中根。向來心跡何曾并,頃覺淵蜎固所存。静挹古香紛媚獨,遥辭褦襶不敲門。古人所以推深穆,恭領其餘勉自敦。

## 病　起

作楚喜能消積暑,沉疴纔起却初秋。淵情爽節如新豁,逸爵孤筇失舊愁。一壑之中幽自賞,小瘥以外澹何求。頃來頗覺宵良久,床下莎雞政不休。

## 初冬過澤孟蝶菴周石蓮趙瞻淇楊月苑諸兄邀集碧落寺寺饒松僧傖甚月苑工隸隸其石

濤凉雪密洗松魂，聲色都爲澗所吞。憐好友朋非比屋，惜佳山水不鄰村。長風聊足供郵耳，快韻何曾及寺髡。眺覽斯須皆寂莫，一煩籀史斸苔痕。

## 辛未十一月暨閏大雪深三四尺招貴聞沁湄兄不至悵然有作

冬緒嚴枯擁不宣，高寒臨眺蔚森然。冥搜似見天之載，寂契玄通象以先。氣斂朝暾何澹泊，霞騫晚霽遂孤妍。攜筇降陟徒幽賞，此地原無訪戴船。

## 又

友聲黯澹可長歎，清福如兹孤享難。空涵岫作鄰虚影，埜濶天同一水看。馮久闌干浮欲去，光摇浦溆不曾安。幽衷曠想向誰説，支許羊何跡已殘。

## 閏十一月朔二日郊行看雪歸治園獨飲有懷作

孤嚴性凛雪之先，冷素虚明況我前。天嶺川原同一肅，襟情杖履澹何淵。傾壺飲但嗟予美，謝客幽能多所捐。静享從來難曠侶，深懷微抱不須詮。

## 又

幾曾如此一冬看，積靄浮烟未易殘。素影夜流無晦魄，初暾晨瘦讓清寒。前汀亂水咽如訴，隔浦疎鐘夜稍乾。萬卷百城誰坐擁？從來止有一袁安。

## 題履旋小像

似爾阿翁庚子前，修眉豐頰亦翩翩。卬今懊惜知多少，辜負詩書三十年。

## 閏十一月望夜賦得明月炤積雪

寒光慘澹日氣澀，白濤素浪雪卧立。涼飈振岳高雲闌，夜來始見參井乾。月流清淺如新水，恬源靚霧渟中沚。淨浦璿華翻似月，泛灩摇曳波之裹。漭瀁天野將無同，夜色不定霜花空。下上其間歸積氣，賴有星辰辨天地。寥寥空堂欲二更，老僧不語磬希聲。萬有忽動磬反靜，茫茫我孰知其正。

## 寒夜寂坐詠瓶中梅花

花光纔放香已舒，我迫求之香欲無。却當有意無意間，悠然淵永翻有餘。餘花作態耻與伍，孤影孑孑立嚴枯。抱兹幽獨誰與語，色味良爲靜者敷。香果在花還在嗅，去來孰辨同與殊。落落穆穆安可測，遠體乃與遠神俱，果然不可爲親疎。

## 讀書歎

辛未冬再仲，積雪連朝，夜永燈青，心神竦肅。開卷欣然，輒苦目力不副。但取短章，擊尊斝，一唱三歎，涵泳性情而已。不復能連篇累牘、數行俱下，瞿然長歎，爲之慨泣！用作《讀書歎》以告來者。

衰年事事嗟愚劣，讀書更與少年别。少年豪有一往氣，志在博聞與彊記。不則展卷一尺强，且曰了不異人意。有如少壯湎於酒，仰視星辰酌大斗。既旨且有有且多，壹醉日富濡其首。嗟今斗室盈圖書，彷皇顧之空踟躕。獵取恣探安敢冀，微吟短咏漱其餘。衰顔倚酒豈不飲，但思柔酒聊沾濡。神明無賴借章句，撫兹老醜羞形愚。一日無此肝脾枯，我身我心安所居！

## 西山課松

西山，余預置墓田也。與虎谷池亭相望，謬作此，代他日“山鬼”。

亭皐墟壠刦東西，泊水淙淙中間之。池閣遥看空翠積，髑髏青喜暗苔滋。松風爽澈重泉下，明月高曾昔醉時。舊宅詩書塵幾許，兒孫豈問夜何其。

## 大雪再招友人不至寄嘲

良友不過我，撫躬殊可羞。影形難自顧，聲氣亦何求。負此辰夕好，徒然水石幽。歸仍抱我獨，短詠酌思柔。

## 又

臭味聲華曩足求，遐哉今但愛其幽。睠言一室餘懷抱，顧念前交匪匹儔！道阻伊人歌白露，榻思孺子下南州。從來瀉水置平地，無奈東西各異流。

## 點燈行

點燈子，賊號也。辛未夏五月廿〔一〕六日，河曲賊奔汾以南，衆纔五六百人，兵尾其後，互擁士女。兵之害更慘於賊！謬紀其事，用告來者。

旦夕虜無事，主將氣益驕。剥士到骨髓，閶闔深且高。側聞河曲賊，强半皆吾曹——首禍者爲誰，曩時弄筆刀。王家胤是河曲書吏。點燈子副之，主貳豈智驍？嬰城徒自守，掘鼠成坑壕。今者我爲政，盟猷互相邀。殺此復何有，不如使其逃。邊鄙匪作日，原野空蕭條。頗聞汾水南，不獨財賦饒。我曹爲中權，縱賊爲前茅。主將爲後勁，河上乎逍遥！兵賊如期會，踵接爭掠鈔！輜重嫌紈綺，輕賫愛鏹鏐。深閨索靜女，盈盈姝且妖。自下所騎馬，且爲控馬鑣。跪以孝主將，色貨羅周遭。主將恣所擇，餘則賜諸獠〔二〕。媚之以温語，曰酬兒輩勞。邊將呼士卒輒曰"兒"。狰獰良可憎，被服皆羅綃。赤鯨與紫鳳，曲折繡雲濤。嗟此珠宫物，徒以被獍梟。兵賊率繡裙半臂。衷其袙若褌，部伍相矜嫽。是所掠士女褻衣。婉彼清揚者，魚服垂纖腰。蓁首戴兜鍪，柔荑挽轡鞘。緗鈎穿鐙銀，瓠犀噉腥臊。士女結束，反如健兒。陋者策跛驢，娟者馬則驃。陋者供晝炊，娟者同淵宵。嬲雜巢日月，光氣爲之消。娥娥紅粧婦，青絲玉作搔。沈沈閨閤秀，嬌未詠"桃夭"。何以罹兹禍，似是業所招。賊乃詭曰兵，僞建大將旄。兵又詭曰賊，民敢犯秋毫！賊尚且狼顧，恐兵尾其尻〔三〕。兵則何所忌，歌舞侑酕醄。我民耳目亂，呼天但號咷。矢礮〔四〕不敢發，牛酒不敢要。哭愬中丞公，赤子真嗸嗸！寧可死賊手，無煩方與召！



【校記】

〔一〕廿　山右叢書本作“二十”。
〔二〕獠　山右叢書本作“媢”。
〔三〕尻　山右叢書本作“尻”。
〔四〕矢礮　山右叢書本作“礮矢”。

## 兵荒販米者自碭山睢陳間來價踊甚

百里不販粟，此語殊未然。斗直過三百，途遥將二千。關經天作井，陸易舫爲肩。辛苦三旬裡，相饒無半緡。

【校記】

〔一〕此首山右叢書本置于卷五“《泊園詩集》下”最後。

## 寇　至〔一〕

嗟哉吾父老，聽我前致詞。釁起在貪酷，牽累到廉慈。富者所作孽，貧者代受之。達官惡愈甚，微賤委溝泥。秋郊聞鬼哭，帝聽不能卑。悲風千里號，骸骨相撑持。還顧富貴子，秉燭代馳暉。作者果自受，豈不快所爲。假兹盗賊手，豪舉良足奇。作受胡乖忤，造物嗟小兒。所苦在貧賤，哀哀訴向誰！



【校記】

〔一〕山右叢書本此首以下屬卷五“《泊園詩集》下”。

## 辟難奔城中偶然作

肝腸與筋骨，勁緩不相隨。撫髀坐悲嘆，年華安可追！太平當稚節，志意空葳蕤。如今彈短劍，缺折無光輝。秋空一以眺，落葉徒紛飛！

## 又

我尋《高士傳》，不免餓與饑。顧我何菲薄，豈但免於斯。祖德悠且長，黽勉饒甘肥。有田幾半井，桁上餘縣衣。慚愧在君父，尺寸何所施！坐擁此七尺，飽煖[一]將安之？區區胡足道，徒爲達者嗤。

【校記】

〔一〕煖　山右叢書本作"愞"。

## 賊闌入吾境在析城砥柱間是死地惜無有能擊之者

地形兵勢何多數，圮絶於今犯者三。峻谷崇崖柱以北，歸迂入隘析之南。從軍豈但行無伍，餌我何妨詞且甘。肉食自能當此事，憂心徒使我如惔！

## 見賊乞撫書紀事

果能擒縱否？賊倦悔無良。珍重過汾水，殷勤託渭陽。賊遣其舅來。甘詞容作餌，佳幣薄云將。陣卷雲爲黑，旌移鳥欲藏。雌雄千隊遶，妾馬萬金裝。眉豈甘重赤，巾寧肯再黄。奉詞先負弩，持節討遐方。我已安狐兔，君休畏虎狼。犢牛將解佩，刀布擬通商。不憚隣〔一〕爲壑，惟虞豺作鄉。行遲天子詔，泣借使君章。婦女半相雜，妖氛仍自揚。隼旟遥不見，鳥道走何妨。溝壑量將滿，烟塵昏未央。亦知招不易，聊以遄其行。且熟南牕睡，糟床菊蕊香。



【校記】

〔一〕隣　山右叢書本作"林"。

## 剿賊卽事

蒼生胡不辰，搔首扣青旻。文武煩王命，宣雲遣丈人。王臣宜蹇蹇，弟子却駪駪。司農郎某發覺，間遣，乃以贊畫前驅。厮養譚何貴，胥靡節且新。長庚絙白晝，大角熠冤燐。容易過函谷，逍遥指孟津。晉於秦作壑，楚以豫爲脣。吾土仍傳柝，他方合徙薪。昊天何降割，維岳冀生申。胡以延兹禍，君其問水濱。禍始關中，嗣渡河而東。癸酉冬，又自晉渡河而南，楚蜀騷然。

## 寇至後大祲疫且甚與死於殺掠者幾等

鄙人不但咎潢池，忍淚含涕當控誰！天子原知亂有以，諸臣合用德承之。頃觀疫與饑交至，豈盡兵兼賊所爲！造物悠悠何可問，吾儕君子迫相規。

## 寇至作示維桑諸公

長歌《萇楚》往焉徂，謬謂蒼蒼仍可呼。蠢爾徒言天降割，驕人且曰我何辜。里鄰已自愁鵝鴨，枯苑猶然賦烏烏。錫祉薦瘥都有故，願言百爾念其初。

## 正德流寇之變亦以壬申癸酉感賦

盗賊爾何意，難窺造物心。人休歌《蕩》《板》，天殆警貪淫。殺運秦兼晉，妖氛井閒參。王師征不戰，敝賦索難任。偵爾時將莫，憐余水益深。寃燐宵不夜，兵氣晝嘗陰。左次亦何咎，中權誰所欽。燕齊雖戒往，壬癸又如今。藿食予何鄙，填填聽鼓音〔一〕。

【校記】

〔一〕音　山右叢書本作“聲”。

## 秋仲泊園卧病

政宜衰病坐秋園，簡寂蕭疎各不繁。感物謬知身以後，觀生默識我之原。殘荷落葉喧相答，霜雁寒淙静對言。松自能疎雲自冷，則知有待便爲煩。

## 閒居寥落念一歲中春杪夏初暨秋冬之際風日清美不當辜負余嚴寒溽暑但合杜門兀坐而已

鶯邊風日花開謝，雁次烟霜〔一〕菊後先。政是奇懷兼韻節，自〔二〕宜清朗暨淒妍。餘堪散帙垂帷可，及此登臨眺詠偏。造物使人良不倦，胡爲草草答風烟。

【校記】

〔一〕霜　山右叢書本作“霞”。

〔二〕自　山右叢書本誤作“目”。

## 有　懷

故人瑤草隔風烟，門掩蓬蒿榻晝縣。桐雨松風相贈答，峰雲林影自周旋。古人寂莫依緗帙，玉柱蕭條静綺絃。向者揮盃仍勸影，頃來肺病益堪憐。

## 久不得楊給事消息

幾載爰〔一〕書險且繁，微臣何敢遽鳴寃！羣工慮以臣爲戒，官守原來職在言。塵暗蛛〔二〕絲縣舊草，霜飛梧葉墮前垣。當年問夜修封事，帝式臨之耿不諼。

【校記】

〔一〕爰　山右叢書本誤作“奚”。爰書，古代記録囚犯供詞的文書。

〔二〕蛛　山右叢書本誤作“珠”。

## 又

束身司敗望平反，簪筆當時聳禁垣。人驍愚臣甘觸罔，我云明主可忠言。與貪同敗曾何悔，以直投羅矢不怨。淒緊蕭騷懷不見，日看雁字倚秋原。

## 憩虎谷松下

我所種松我自娛，蕭疎澹永爾兼吾。歌聲淒向風相豁，杖〔一〕影癯憐蒼共扶。坐見雲來求所泊，行烹茶往拾其枯。交遊名實都安在？賴此風期迴未殊。

【校記】

〔一〕杖　山右叢書本作“枝”。



## 墓田丙舍督畊作

機士食其智，細人食其力。皇媿此兩人，但食我祖德。墓田三十畝，參差相負側。造物無偏頗，雨露滋荆棘。持斧課農夫，區區事剪剔。坐見南山好，晴雨狀匪一。空翠遥飛來，攬之何可得？我愛夕陽佳，傭且喜落日。四體竟日勞，自然有倦色。莫同飛鳥歸，步步生太息。

## 落　葉

秋來物物歸其根，坐此霜根隨且昏。任彼梧楸紛向落，綿予踵息謇如存。汀寒葭白前宵露，浦響鴻飛何處村？世閲人兮人閲世，支離苟且媿饔飧。

## 偶然作

衰至拙所營，徒然媚耳目。有如市井兒，得錢充口腹。長歌醉飽餘，此外皆長物。翻笑富貴者，蚤夜徒碌碌。天地何其寬，貪人自局促。日月何其光，貪人自神辱。彼豈異人哉，才勢稱所欲。我貴果安在？我才又樸遬。窮老安本性，匪是甘止足。媚目匪粉黛，媚耳匪絲肉。問我此何故，我亦自回惑。

## 秋冬

往者憐秋空自捐,今秋秋色轉悠然。襟期不禁悲兼喜,風日寧堪淒且妍?高潔水同霞競爽,鮮新粧比岫誰娟。東皐徙倚徒搔首,結想如烟未易詮。

## 又

落葉紛紛秋滿園,秋冬之際更難言。夕陽映水有餘好,霜樹流鴉時一翻。壑轉雲歸容自静,灘寒石瘦易爲喧。曰兹改歲期將近,且莫蕭條孤掩軒。

## 癸酉兒履旋赴試崇禎六年〔一〕

前年西上有新詩,憶此渾如昨日時。訊爾三年何所得,捫心終夜自堪疑。衰庸躭静良多感,英少方喧總不知。散帙灌園吾已矣,言提其耳止於斯。

【校記】

〔一〕崇禎六年　臺北本無,據山右叢書本補。

## 又

悠悠昨者不須論,臨發丁寧冀稍存。訟往再甘行所悔,圖今一味静彌敦。柔嘉可以酬先積,簡澹方將固夙根。否則我惟安藥餌,《孝經》《曲禮》弄吾孫。

## 又

爾從汾上尋芳草,我向花潭看白雲。花潭亦有芳堪把,汾上仍多雲有雯。新月纔生秋尚淺,蘋花未歇雁初聞。頃來羣少何挑達,敬爾威儀攝所羣。

## 冬初自省

堪驚電駛悵流波,日月其將奈我何！尚惜冥探空遠寄,況焉恒舞暨酣歌。古人才且隨年盡,今我愆將與日多。絳帳青箱羞式穀,空搔白首歎江河。

## 上巳後欲雨

上巳清明都已殘,春來好雨何其難！曉聽鳩語〔一〕聲如濕,起眺峰文雲不乾。柳未假眠柔自舞,桃〔二〕翻帶露泣新寒。詰朝擬向西郊去,物色風烟定一寬。

**【校記】**

〔一〕語　山右叢書本作“雨”,誤。
〔二〕桃　山右叢書本誤作“挑”。

## 穀雨後雨時以辟寇奔城

展期肯向雨前寬？靈雨纔零節已殘。客緒況從時事積,花情欲傍鳥聲闌。陰晴春自留難住,喧寂余姑任所安。多故如今譚匪易,鳴鳩乳燕總無端。

## 燈下作示兒履旋

一燈孤迴炤垂帷,所獲矜多前此時。澹自能先聲味入,幽堪静與色香期。古人去我何曾遠,晚節憐余悔始遲。三十年前如此日,安知聲實止於斯。

## 冬仲示兒輩

棐几緗函篆鼎烟,蹉跎幾度擲三年。人寬且曰年方富,自恕何如冠以前。筆墨幽令神自貴,圖書香沁骨皆妍。此中清享誰消得,往結膏粱酒肉緣。

## 解嚴走泊園對花作

芍藥芙蕖總若斯,豈惟萇楚羡無知。風清露白幽何預,霧采烟姿媚自持。對此無情空積恨,采之盈袖且遺誰。芳辰奇抱終相豁,流血乾坤合幾時?

## 泊園對月

側嶺孤輪澹自流,蕭然在在媚吾幽。梧間已弄影能碧,松杪仍翻凉欲秋。臺引青蒼開藥徑,欄牽空緑滿蘋洲。不知何處逢迎是,徹夜閒人勞不休。

## 虎　谷

石室溪橋泊水東，玄根幽構易爲衷。起居竹氣花光裏，眠食泉聲鳥語中。抱此孤悰求所似，終焉虚美悵如空。愴今懷往良徒爾，寂莫蕭條叩未窮。

## 癸酉冬聞寇渡河作

祖功宗德委纏綿，三百年來此二年。村惜千家餘百口，米纔二斗直千錢。丁抽已自箕難斂，手實仍將孥作緡。一葦頃聞航已盡，俄傳鄖楚又騷然。

## 寇退料簡作

我從大夫後堪憐，生理將侵夫〔一〕里廛。斷織刈葵何可學，簞瓢結駟豈皆賢。販脂委實羞翁伯，握策躊躇愧子錢。來歲飯羊兼牧豕，污斜種我北山田。

【校記】

〔一〕夫　山右叢書本作“天”。

## 對雨花作

寂莫〔一〕竟何事，徬皇水水間。雨憐芳艸静，花愛主人閒。有酒自斟酌，無人誰〔二〕往還？賴將春欲莫，鶯語早關關。

【校記】

〔一〕莫　山右叢書本作“寞”。

〔二〕誰　臺北本誤作“自”,據山右叢書本改。



## 集故太宰踈菴外翁西池

黄耇居然見老成,苔藏履跡想遺聲。垂髫曾記瞻先進,摩頂仍傳畏後生。緬矣霞文褰静碧,遐哉水木澹孤清。淑人君子嗟安往,漱石挹芬愴我情。

## 又

舞象纔歌芹藻芳,騎箕公已白雲鄉。深慚國士縣相許,仰想淵人安可忘。槐蔭愴思誰接武,黍離悽忍再登堂? 兩家世講原瓜葛,念祖曾規中表行。言總角時翁卽以今日相期。

## 集石斎雲西池晚過白家亭子

林泉是處有將迎,何可終朝不出城? 半里誰知連水竹,幾家君更領深情〔一〕。芳津静欲搴文藻,平楚蒼然度友聲。遥見彼其池閣在,晚携餘興若爲情。

【校記】

〔一〕情　臺北本誤作“清”,據山右叢書本改。

## 贈楊中岳父母北上

潢池纔弄嗣無秋，孔邇欣言歌不休。神爵定應更歲紀，飛鴻早已集汀洲。花迎雙舄鳧將遠，月靜孤琴鶴肯留？簪筆螭頭知艸奏，合先辛苦説并州。

## 裒書岩獨坐

陰晴草樹只孤村，眠食周旋僅夢魂。雲好未嘗增見業，濤喧翻覺靜聞根。鳥過初夏多新響，雨集荒池失舊痕。獨往閒情何所止，賫將冲炤向黄昏。

## 泊園聽雨

逋烟積靄暗朝昏，林嶺郊坰接一魂。桐篠殊音開異想，凄清同淨示圓〔一〕根。鶯來選樹啼新濕，溪領羣淙赴遠村。既雨果然晴亦好，滿園空緑候初暾。

【校記】

〔一〕圓　山右叢書本作“圜”。

## 夏日菌閣坐雨〔一〕

雨餘物象遂紛紜，氣候山中亦屢分。空翠欲逋難類族，孤雲失侣往求羣。仍兹偃仰前朝莫，似長溪山新見聞。理趣生生何可已？天人遞爲幻情文。

## 【校記】

〔一〕坐雨　山右叢書本作“雨坐”。



## 園花盛開自顧菲薄對之慚愧

玄工無乃傷雕繪，貺我羣芳幽且妍。感激因之生愧怍，徬皇屢且失周旋。靜言何以酬真宰，撫己無如念塞淵。自昔哲人稱澡練，神明玄對各悠然。

## 花朝靜對作

行散登臨安所宜？等閒辜負好花期。自堪對以圖兼史，否則無寧肉與絲。喧寂豈宜徒草草，鶯花空爾太孜孜。可憐更自矜清福，曰是幽人靜享之。

## 四月朔八日作

燕語丁寧鶯語柔，柳情綽約花情幽。氣交疎箔風初軟，露引新桐月甫流。我願定之調御氏，有人云在葛天遊。從來福慧誰供取？真宰專爲靜者留。

## 對花有懷故人

可惜今年芳艸時，蕭條感慨遂兼之。文章南國推誰最？薜荔山中怨所思。誰遣好花紅盛作，却教衰鬌白如兹？閒園偶影朝將夕，造物悠悠寧我私。

## 晴曉首夏望前二日

乍晴空緑漾將流,逼曉西峰雲半收。簡穆此中何所喜?蕭疎竟亦不名愁。看雲問水仍清擾,花謝春歸頗靜尤。折簡頃將遲我友,難言此地鮮羊求。

## 遣　懷

我居曰虎谷,簡僻如他山。淨喜貧爲福,衰耽病是閒。貪皆才所使〔一〕,清與拙相關。煎迫煩家累,忸怩多厚顔。

【校記】

〔一〕使　山右叢書本作“便”。

## 蚤〔一〕起對花有省

往年倉卒過花時,喧默余隨今所爲。韻已能令神自遠,幽堪更與靜相宜。芳香自抱難其似,秀潔無慙對者誰?投分幾人無世味,何如冥契此芳期?

【校記】

〔一〕蚤　山右叢書本作“早”。

## 又

花亦有夜氣,露采泫精瑩。清盥亦何事,粲粲啜朝英。物固有本性,因之念我生。相看何冥默,匪以媚幽人。爾我兩不媿,各自保其真。

# 泊水齋詩集卷之五

## 勺水菴詩集

### 黄門行爲楊給事季雨作

黄門青瑣有貧士,試問貧者誰之子?每每見君窮徹骨,衣冠海内無廉恥。我田尚饒半井餘,柰何君僅倍餘夫。莠驕糞少蕪不治,蕭條歲晏惱妻孥。江陽明珠禺氏玉,朝鮮文皮吴綺縠。達官此物何克牣,君家瓶盎無儲粟。粒米狼藉秋價廉,羞索囊中鮮半緡。三月四月踊莫比,笑君二斗用千錢。貪賈三之廉賈五,稽貯居〔一〕奇子權母。本富爲上末次之,君前不敢道斯語。今之君子何其才,剖符綰綬甫歸來。頓忘飯藿羹藜味,甲第田園晨旦開。煮海鑄山猶未足,睥睨鄉里堪魚肉。孤嫠之先多餒鬼,頃來每向秋郊哭。世人皆黠君豈愚,却看此輩真蠅蛆。當今尊主富民者,傍徨舍子其誰與?家不肥兮神不瘠,我獨欽子神克實。富兒世上翻顛頳,日弄牙籌鑽李核。世人走富我諂貧,我與君皆天放民。粉蠹宿生原帶腐,縹緗終日噉香芸。薦紳先生都似子,百穀生兮黄金死。彌縫衰晚向羲農,吁嗟滿世誰語此?聖明乃有貧諫臣,粧點清朝良足矣。

## 【校記】

〔一〕居　臺北本作“君”,據單行本改。

# 遣悶戲作

乾坤真浩蕩,今古實冥漠。么麿寄微軀,滄海一毫末。我貧何足憂,妻孥煩叫聒。幾載食爾貧,妄冀爾臺閣。爾官今已矣,我願何時豁。東鄰暨西舍,所事都撐達。粲粲鳳銜珠,鬌唇胡曍曄。煌煌鱗出水,波濤繡曲折。疑皆若鬼工,否則鮫宮出。夫子亦爲官,入眼無此物。我實命不同,敢笑良人拙。無柰親戚大,所事不寬綽。金銀如蜂蠆,到手怕辛螫。莞爾謝德耀,蜉蝣歌掘閱。我懷良鬱紆,未敢畢鄙説。往者人暴殄,天怒斯降割。我家尚未貧,我又恥干謁。冬亦自輕温,夏亦足絺葛。食亦有兼味,尚未厭藜藿。不記荷戈時,萬里戍積雪。陰森墨松林,胡騎常撇烈。有夫生九首,有鬼却一脚。单車儻遇此,爾我便永訣。當其未戍時,緹綺候逮縛。楊左已齏粉,妻兒難叫闕。生死在人手,性命繇〔一〕掣曳。當日倖偷生,甘我共饑渴。聖恩真廣大,目今猶苟活。四方事格鬬,天地尚流血。至尊且罪己,減膳而徹樂。家世受國恩,至死愧忝竊。作法況在涼,祖德懼我薄。荆妻周〔二〕轉圜,遽爾劇懽悦。往者怨買臣,兹且謝冀缺。瞥見妻子喜,頓覺世界闊。且復策我杖,東皋陟峻崿。青天無片雲,萬里胡寥濶!

## 【校記】

〔一〕繇　單行本作“由”。

〔二〕周　單行本作“固”。

## 病中有省

謬數世間人，不宜病者五。負有大經濟，舉世仰如母〔一〕。有懷在明發，菽水懽萊舞。自食其力者，升合求何苦。否則有大德，叔季賴之古。兼具福與慧，純嘏儔能伍。嗟哉不肖軀，遴遬何須數。偃蹇且支離，在世如駢拇。爾既不用世，世亦安用汝？徒爾費饔飧，醜劣難覼縷。儻在少壯時，拙尚用勤補。蹉跎今老矣，靦焉羞稷黍。爾苟報無恙，病合當誰與？自視下農夫，老嬾愧風雨。何況大福德，塞默無可舉。只合牀蓐間，承受瘺與疽。庶此謝造物，不敢道痛楚。

【校記】

〔一〕母　臺北本作"毋"，據單行本改。

## 經方伯李西谷先生喬梓故第

已矣涕洟安所從，易齋先生宜人，是言母黨。嗟哉遺澤念其宗。庖中犬尚前餘肉，廡下人誰今借舂。子孫蕩鬻略盡。樓桷百年雲作拱，詩書三世子爲傭。爲傭甚且無繇〔一〕得，溝壑相將泣夜蛬。

【校記】

〔一〕繇　單行本作"由"。

## 又

橋〔一〕梓喜蟬聯，相看寧幾年？貽謀開甲第，晢眼到曾玄。譜牒憐香火，絲綸守墓阡。後來居此者，瓜瓞定綿綿。

## 【校記】

〔一〕橋　單行本作“喬”。

## 又

燕翼垂千禩,兒孫鮮半椽。閣連星可摘,壁鑄鐵爲堅。當日無今想,他時似此年。願言諸長者,物類尚相憐。

## 花朝卧病

偃蹇誰堪與作緣,頃來别領一山川。花時晴雨何超忽,榖旦烟雲亦便娟。貧儉世翻從我古,蕭條地轉向人偏。却妨孤傲招時忌,病喜浸尋花鳥前。

## 春仲望前招楊沁湄諸君子看花是日雨雪

今年春色蚤相過,闌入嘉平十日多。寒晚雪將梅共舞,雨遲鳩引燕同歌。好花隨意春分付,疎酌因循政不苛。垂領亞枝傷底事,當時童冠竟如何?

## 又

往者蕭條門未開,喜君攜我踏青苔。花情各領春深淺,鳥韻輕隨風去來。雪日澹柔山自永,灌烟秀靚渚仍洄。譸張頃刻能爲幻,一雨羣情靜不猜。

## 穀雨日作

離離桐影漾新晴，戴勝來時桑葉青。氣至鳥先花作候，辰芳雨喜穀爲名。汀餘水炤〔一〕釀空碧，峯半雲開落曉英。蒼帝署余爲掌記，聊書節物寄餘生。

【校記】

〔一〕炤　單行本作“照”。

## 立夏前一日聞鶯

平旦朱明方欲廻，應期不後不先來。寢園擬薦櫻桃候，花事方將芍藥開。啼月杜鵑胡太苦，求明鶡旦孰爲催〔一〕。鳩林好雨新晴後，倩爾丁寧勸酒杯。

【校記】

〔一〕催　臺北本作“摧”，據單行本改。

## 暘月行

春光强半仍蕭索，鶯花繾綣更相約。今年上巳芍藥開，暗逗朱明人不覺。𥨍月纔過維夏初，積暉如水人如魚。身遊遥碧空青裡，憺此多心不可居。一月傍皇四氣齊，四時之氣具而微。凉不薄肌暄不灼，芳淑清妍各有之。吾儕藻德合如此，高明沉潛良有以。喜不毗陽怒毗陰，平粹冲夷神所喜。有如初古至成周，天地文章舒且畱。前者鬱勃後大盡，沆瀣清晨畜欲流。斯夕斯晨肯閉門，紛紜氣候變朝昏。情文覿面如恐失，聲影香光誰吐吞？清機躍躍仍軋茁，沉吟惆悵徒騷屑。何以荅之我心結，僭當改此爲暢月。

## 泊園良夜月頗多狀往曾有作<br>今年春再逢往夕又爲歌行以暢之

孤光勃窣臨葱蒨，澄湖蘋藻波文變。物象紛綸不可譔，有如臨風閲吹萬。松月扶疎花月倩，檻月闌珊臺月緬。篠月靈幽蘿月幻，相彼雨雪先維霰。桐月蔽虧荷月艷，遥隔湘簾窺婉孌。青蒼一縷煙如練，有風自南柔且善。行坐徙倚渾未厭，敝體告勞情不倦。稚婢癡童伸且欠，清朝追賞煩鉛槧，聊書時日告親串。

## 病

澹然守吾病，黽勉偃東扉。病至消諸想，衰臨省積非。書堪常自掩，春但任將歸。萬法固應爾，觀生悟所依。

## 晴　晚

峯陰晴自轉，灘響遞新聞。暝色摇殘霽，輕風送倦雲。句艱遲後押，鵶晚失前羣。積靄將開處，蒼蒼見月垠。

## 泊園坐月

待月無須待其滿，纖如新水流清淺。婉孌傍皇心與房，澹澹微瀾何静遠！偃仰不必樓與臺，花陰林影政徘徊。凉颸漸欲開新爽，香霧青暉紛且來。此時無客兼無酒，儵儵但有影作偶。揚眉竪拂枯松根，政在默然與良久。彈指商量春復秋，清淑兼挾光氣流。此中休安生悲喜,寂莫端居何所求。不禁愴焉念初古,黄虞邈矣余心苦。不知無懷葛天人,蒼凉對此情如許。塞默但聽蛩與鴻,雲際籬根何可同。性情所迫惡可已,短歌難長思不窮。



## 劉實林大行見枉

豈敢耽丘壑?積慾蒙遷斥。豈敢忘富貴?散才安廢棄。豈敢厭詩書?昏昧難彊記。園廬十丈蒿,略似張仲蔚。交識滿京華,往返無半刺。夫子峨嵋秀,曰是天下士。問君何從來,況自人海至。門有萬里客,稚老都驚異。邨嫗滿墻頭,入眼見車騎。語次稍及餘,宛然如隔世。良久頗欷歔,氣運與人事。車塵馬足間,雙眸炯静慧。癡兒見異人,倉卒敢問字。誰知四海人,便肯吐肝肺。此土真鄙夫,牙齒亦詭閟。匪伊閟且詭,斗筲政此輩。自見吾子後,不敢妄菲棄。稍稍理舊業,掇拾開昏憒。咳唾餘芬香,子父仍追味。几席筆研間,尚塞空靈氣。所以杜陵叟,作詩爲紀異。

## 秋

悲喜果然難自繇〔一〕,牢騷再變作悠悠。偏人卓犖良多感,老至蕭疎反不愁。緬彼空明生我白,澹兹清迥是吾秋。朝來扶策東臯望,昨〔二〕日浮雲竟不留。

【校記】

〔一〕繇　單行本作"由"。

〔二〕昨　臺北本作"作",據單行本改。

## 東山夕眺仍待月

斜陽坐盡擬將歸，霞紫烟青競夕霏。無柰烟霞方冉冉，却流泠素澹依依。夷猶漸欲開蒼靄，掩抑回看戀翠微。政似千呼萬喚出，仍將紈扇滯雙扉。

## 歎

緬焉今往自傍徨，柿葉纔紅梧葉黄。六藉何緣酬魯叟，兩畫多事惱羲皇。雲看嶺嶠朝多變，天對孤笻晚但蒼。此物竟將安所寄？世間解自有津梁。

## 有　省

丹霞翠壑共相疎，寂莫秋根慧欲枯。實相向曾参月指，傾暉寧閲幾居諸？水雲泡影誰真幻，淵鏡塵紛定有無。昨夜萬緣都寂寂，果然只是一文殊。

## 柿子岡

斜陽何處好？在我東山隅。平楚遂如積，浦烟遥欲無。逐羣雲自往，失侣雁相呼。賴我坐良久，前峯月不孤。

## 謬得訛報遂辱問訊戲作

年來漫釣沁溪魚，赴隴俄傳有鶴書。矜假自應防屐齒，倉皇家已飭衣袽。便焚芰製荷裳去，蚤捹青霞白石居。貧鬼吹燈宵唧唧，曰無此事笑何如。

## 人日過楊季雨[一]蘋閣招同楊貴聞[二]作數日集



鳥喧柳起度芳津，沙淨烟生柔且匀。宛轉溪光纔十里，參差林閣隱三人。花開卜日招求仲，酒熟分時問水濱。語默不同同者在，汀洲蘭芷采爲紉。

【校記】

〔一〕雨　單行本作“雨兄”。

〔二〕聞　單行本此字後有“年兄”二字。

## 又

素心一已貴，得二便爲多。莫逆成三子，相思時一過。奇文與疑義，快賞共研摩。珍重更相勉，餘年能幾何？

## 季雨有詩云沁流原自遠<br>圓折我蘋洲余愛其語用次句爲詩

悠悠千里流，圓折此蘋洲。遥叠層層岫，輕來片片鷗。濤喧人逾靜，霜染樹宜秋。中有幽人在，書聲常未休。

## 又



春青在何許？新柳暨晴波。柳色波分半，波光人借多。輕黄淨碧外，啼鳥帶嵐過。如此消衰暮，居諸柰我何？

## 望後再至楊貴聞[一]齋頭招季雨又作三日飲

嗟君有奇抱,歸柰隱蒿萊。孝友能爲政,菑畬畧見才。味饒玄與白,窗有竹兼梅。好客頃成癖,經過多所懷。

【校記】

〔一〕聞　單行本此字後有"年兄"二字。

## 又

出門安所往?率爾向君停。豈但安眠食?兼能任醉醒。節文何簡遠,燈火亦幽青。落落穆穆裏,他人匪所經。

## 又

盍簪匪一日,總角至於今。各隱如經約,無言相向深。端居難永日,交勉易爲心。素友數晨夕,曩賢所最欽。

## 貴聞齋頭距市不數武

門僻晝常鎖,居心淨有原。人幽能自遠,市雜不成喧。共剪深更燭,都爲靜者言。桑榆兄弟好,各喜在田園。

## 花月泊園獨坐

羣芳揖讓若相酬,人遠心清芳始流。本性豈甘矜作媚,無言各爾抱其幽。色香在昔胡能假?淡艷居然不代謀。恬憺無爲玄對好,深情凉月但悠悠。

## 又

鳥歸紛向夕,月迴見星繁。細蘂流清氣,遥音扣静園。沉吟懷友集,寂莫作琴言。抱獨自相媚,誰知我默喧?

## 三月望前大雪

欲暮春光蒸紫烟,紛紛繁蘂墮尊前。纔疑紅雨桃花地,忽釀香雲絳雪天。琪樹乍看成冷艷,雜華翻爾作凄〔一〕妍。一彈指頃真如幻,窅矣玄工何可詮?

【校記】

〔一〕凄　臺北本作"妻",據單行本改。

## 穀雨日雨是日聞布穀

此日芳辰呼曰穀,今朝好雨始爲靈。不先不後期如赴〔一〕,隨霧隨烟細不停。已見條風初善軟,又教時鳥再丁寧。彼蒼悔禍應兹始,如信還疑未敢寧。

【校記】

〔一〕赴　單行本作"起"。

## 四月〔一〕朔白長洲見枉泊園後二日立夏時芍藥開黄鳥至

春杪仍看兩日餘,遥青空緑淨何如?乍流清露桐將引,纔綻繁英客到初。行散忽聽新弄鳥,譚餘悔有未觀書。始知戲謔原非虐,花落鶯啼總不虚。

【校記】

〔一〕四月　單行本作“夏首”。

## 沁湄不赴貴聞及不肖言集作此問之

將無有待覺爲煩，丘壑良朋寧遽諼。玉樹養之疑作杖，蘂珠誦已定無言。研朱閉閣修玄艸，抱素冥思憩德園。豈不登蘋懷所想？如余倚策伫秋原。

## 秋　原

澗岩有餘美，況復當清秋。響漫鴻流渚，愁誰歌倚樓。翻憐凄緊好，日愛蕭條遊。自昔懷余美，相思時未休。

## 又

風日何開滌，對以澹多心。霜原無近矚，素渚饒空音。怊悵亦何極，沉吟徒至今。秋能令人遠，又復使人深。

## 又

何哉風物繫長思，夏首仍兼秋杪時。氣湛聲華韶以令，霜清水木澹多姿。雲英欲墮收爲采，雁字横空勸作詩。所以枯藤無住着，非登山即水之涯。

## 虎谷有懷

丘壑將無前日同，紛綸氣候生無窮。浮雲豈歔向余白，木葉全然爲爾紅。霜雁聲文誰作譜？汀烟近遠難爲容。頃來病况向君説，雙眼生華耳昨聾。

## 秋好志喜

秋好臨秋喜欲狂，朝餐爽氣暮斜陽。溪光是處濠將濮，雲色依然羲與皇。枕石夢游君子里，開函身到古人鄉。升沉氣運原如此，往者牢騷衹自傷。

## 又

秋將熟矣又焉求？日日攜書負策游。雨在西峯吹欲到，霞褰南浦碧將流。耦偕桀溺兼長沮，家似方壺暨祖洲。抱膝搘頤無所事，聲聲黄鳥過樓頭。

## 勺水菴

勺水酌不盡，渴每愛江河。汩汩情無已，茫茫流自波。磊塊澆未厭，溪壑亦云多。七尺須寧幾，千秋柰此何！

## 又

眷兹勺水耳，終古飯吾鄉。里用烹蔬糲，余將灌紫房。三時蠲稷黍，百鬼迪蒸嘗。世世曾沾溉，念之安可忘？

## 又

石瀨日涓涓,家家汲此泉。松蘿瞻在昔,瓜葛亦多年。香餕同人鬼,淵源念後先。敬哉桑與梓,從古謂之然。

## 爽　閣

無心雲片片,忽漫落山椒。隨意爲晴雨,遲余度暮朝。冲襟相澹漠,素髪與飄蕭。更種雙松樹,淒涼掛一瓢。

## 又

素秋吾好友,良覿訂風期。爽淨投其分,淒嚴矜自持。高雲停後旅,遥岫静相思。徙倚長空曲,恒如有所遲。

## 采　露

白露何其白,峯雲落曉英。挹之澆玉樹,吾自有金莖。人天歸夜氣,物我噉玄靈。德宅神庭裏,其誰抱至精?

## 寡婦行

吁嗟,噫嘻!寧可死,填溝壑,肉飼烏與鳶,無爲寡婦!寧可死,填溝壑,肉飼烏與鳶,無爲寡婦!寧可死,作餒鬼,一陌紙錢一杯漿,不得酹澆墳上土,無使寡婦復有孤兒!孤兒尚自可,翁姑爺孃家,萬一可憐孤兒,尚冀乳與哺。萬無使寡婦,有孤兒又復有孤女!無孤兒復無孤女，單留寡婦隻身，生生死死遲疾，隻身寡婦自做主。不幸有兒，不幸又復有女，生不可生，死不得死，生不能生，死不忍死。一晝與一夜，肝腸千萬廻，撫摩孤女與孤兒，淚下如雨，哭復不敢哭。東鄰與西舍，聽我寡婦哭，乃謂有別故。孤兒雖自孤，後若復餓與寒〔一〕，抱瓢行乞，男兒尚可耽羞與忍苦；生作女兒身，先是綺羅堆，官長家人與阿孃鵃，女兒嬌癡，豈能受恥與羞，那能更説甘與苦？無作寡婦雞犬，無作寡婦鍋匙匕箸筐筥錡釜，無作寡婦奴與婢，田土禾稼，房廊菜圃。可使孤兒孤女先寡婦病，病不生；無使寡婦先病，病且死，使我孤兒孤女如折翼鳥，如喪家狗。東鄰西舍笑我寡婦，言言語語。吁嗟，噫嘻！寧可死，填溝壑，肉飼烏與鳶，無爲寡婦！

【校記】

〔一〕寒　臺北本作"寡"，據單行本改。

## 讀華嚴楞伽經

憶昔曾登太華山，至今十載仍錯愕。每逢嶮絶費躊躇，柰將軀命狗丘壑。沓嶂廻峯幾萬年，却恐今朝向我落。陰森右左蔽日月，遂是天小壁面削。懸崖千仞不忍視，捫葛攀蘿勞捺搦。罅嵌隙竇鬼斧斸，淺者容指深受脚。饒二分半垂在外，雙眼無用手摸索。晚來窮卧鐵牛峽，恐懼疑悔兼愧怍。中宵俄覺有所聞，聽於無聲收廣莫。萬壑千巖安得徧？游道亦自有博約。明發遽至洗頭盆，二華如卷翻一噱。爾時别自有所領，匪窮耳目徒巖崿。從來佳處領其要，咏嘆此語足斟酌。登嶽並不敢言佳，袪練神明瀹精魄。頃讀《華嚴》與《楞伽》，宛若當年陟太華。艱深浩渺幽且秘，希夷恍惚徒嘆嗟。每當言思路絶處，崖斷峰縣不可度。反觀此身是何物，窅然了不知其故。登華尚有峽可存，兹者畧無葛可捫。少陵一語堪舉似，箭括通天有一門。用經解經差自善，執柯伐柯睨尚遠。自我一登玉女峯，手中但覺多兹卷。

## 夜讀已有省

希夷無朕向誰尋？寂莫文心古至今。難字要須思亦快，解人政爾不求深。空靈切莫懸相逼，滯義安之姑且任。率爾花開泉響處，滿天風雨散疎襟。

## 秋　色

伊誰共秋色？杖與影爲三。鳥倦猶尋侶，人佳不盍簪。據梧聽落葉，探[一]勝發新函。頃愛山泉好，泉傍卓一菴。

【校記】

〔一〕探　單行本作“採”。

## 又

秋色何其爽！幽懷有所期。川原淨若爾，襟況澹如兹。神遠人難即，霜明露尚垂。水天同一碧，焉得不相思？

## 又

何以荅秋色？於兹歗且歌。晚霞催倦翮，淒響擊殘荷。懷匪因風劇，秋將柰我何？美人臨北渚，嫋嫋愴初波。

## 又

落葉蕭蕭别故枝,何如春杪落花期?幽思緬想紛無緒,慷慨嬋媛感在兹。纔見山猶青未了,回看雲已白多時。遐哉方寸羞難理,皇問鶯來燕欲辭。

## 又

秋色今年好,明年恐不如。蒼蒼知近遠,落落可親疎。哀樂都無故,歌思良有餘。東皋兼北渚,何地不躊躇?

## 又

秋色今年好,明年恐不如。峯雲仍自碧,衰鬢更無疎。豈特思良友?兼之念酒徒。酒非容易飲,況復説觀書!

## 游準臺寺同準臺禪師有序〔一〕

距海慧院廿許里,石塘折而西,得九僊臺,里人稱爲"九女臺"是也。戊寅,余禮準臺禪師於此,從慧院走,石原委蛇行,見層巖峭壁之下,沁流自北建瓴而下,當五六月,奔湍巨浪,至此不敢如往者,狂肆東而東南流,然其勢不可遽殺,則跳激咆哮於山石曲折之間,聲振陵谷,觀者魂慮變慴。比至龍潭西,則臺卓然笏拄於兩山之中。河復怒而與臺鬬,雖不勝,逡巡而去,若未得釋憾焉。躍蹙震吼,餘怒未歇也。其砰訇撞激不遺餘力以鬬,臺屹然不動,遂不覺自廢而返。余憬然而悟,静,無咎也。因與禪師嗟歎者久之，曰："此吾土灩澦金焦也。"禪師曰："某甲謂是棱伽山，法當以供準提大士。余即日遽改爲準臺，即更禪師號曰準臺禪師。擬募造準提大士像，但舊像衆多龐雜，又棟宇卑陋，辜負山川之秀。"余略爲指畫，爲堂三楹，止供大士，徧移諸像置兩山龕巖峽之間，復莊巖之臺，自堂外再作淨室，方丈庖湢各若而間，門都内向，諸曲廊軒寱欄檻，委折俱若，與右左巖澗揖讓應酬焉者。禪師幸速就此果。

笋拔俄嗟介我前，飛來灩澦益孤縣。層巖複嶺奔雙峽，狂沸驚瀾靜一卷。卓爾高清稱隱秀，羞爲朋比作連蜷。莊嚴自合供調御，開士先兹作衆緣。

【校記】

〔一〕"有序"二字，單行本無。單行本亦無下面一大段序。

## 龍　潭

詎敢蒼茫問厥初，珠宮貝闕此中居。一杯潛想通星宿，只尺何因洩尾閭？顯晦皇思靈所在，風雷略見怒之餘。蕙蒸蘭藉徼玄貺，惝怳希夷良起予。

## 石塘白雲洞〔一〕

長溪泊〔二〕水交潺湲，層雲轉岫泛崇巖。川谷徑復不可度，容裔偕雲與間關。薄寒中人暾始煜，荏冉雲華〔三〕稠可匊。不知羽化者阿誰？深鑠雲霞滿石屋。撥雲入屋搜雲根，其中乃有靈〔四〕蜕存。灣環窈窕不敢進，噴薄森沉若吐吞。元氣淋漓半作水，漱之清冽甘如醴。胸懷落落不可名，人能餌之長不死。半始英英流層阿，泛灩葱籠相戛摩。俄看繚繞摶〔五〕羊角，廻翔仍復緣〔六〕文波。恍惚沉吟我良久，乃悟非無亦非有。不知此雲生於空,又復非空生谷口。我偕我友字子丹,其人綽約癯且寒。手斸雲根置懷袖,云可鬻熟充朝餐。

【校記】

〔一〕該詩山西文物局藏本、山右叢書本均失收。臺北本、單行本《勺水菴詩集》、(康熙)《陽城縣志》与(同治)《陽城縣志》均録之,但文字互有差異。

〔二〕洎　臺北本、單行本、(康熙)《陽城縣志》均作“洎”,而(同治)《陽城縣志》作“洎”。

〔三〕華　臺北本、單行本、(康熙)《陽城縣志》均作“華”,(同治)《陽城縣志》作“洞”。

〔四〕靈　(同治)《陽城縣志》作“雲”,誤,當據臺北本、單行本、(康熙)《陽城縣志》作“靈”。

〔五〕摶　(康熙)《陽城縣志》作“搏”,誤,當據臺北本、單行本、(同治)《陽城縣志》作“摶”。

〔六〕緣　(同治)《陽城縣志》作“緑”,誤,當據臺北本、單行本、(康熙)《陽城縣志》作“緣”。

## 里選行爲督學袁臨侯作

千秋元氣安所屬?權輿無乃歸文章。太樸未分光嶽氣,淋漓真宰開玄黄。文章要自有元始,炳靈精氣根廉恥。古來帝王與聖賢,於中升降而起止。所以養氣能知言,從來學問自淵源。庖羲諸老至今在,吁嗟此道誰能詮?叔季流奔難僕數,鼎鍾毫髮縣絲縷。公道尚存萬分一,略在里選與鄉舉。三十年前此道存,弟子先生各自尊。詎知三十年一變,世運江河不可論!中間璅璅羞覼縷,竿牘紛紜爭客主。古今名器真可惜,忍將此物换阿堵?帝遣文章司命來,執法人兼内外臺。手握斯文三寸璽,瑶光西指風雲開。辭闒舊牘煩更補,爾時聖主已心許。無何終爾用其説,君明臣直良千古。氣之所主文在兹,後先瞻顧憐幾希。睠言晉鄙二三子,目擊於焉斯取斯。好醜妍媸士自取,寂然不囂如處女。何以荆棘與芝蘭,造物無私等化雨？汪洋千頃淨無波，悠悠我心舞復歌。無鹽嫫母[一]各自怨，拂拭將如明鏡何？青青子衿歌且舞，鉛臭銅腥羞與伍。作人造士如斯夫，往者此道棄如土。使者自視囊何輕，奎壁文昌是爾星。象緯河山關氣色，文思千載繫欽明。氣運文章相表裏，風俗人心更伏倚。今之君子不謂然，鄙夫持論終如此。參井之間豈無人？重瞳老子尚未死，炯炯雙眸炤[二]厥里。

【校記】

〔一〕母　臺北本作"毋"，誤，據單行本改。
〔二〕炤　單行本作"照"。

## 冬杪望前爽閣眺雪有懷

風雲無涯際，流覽終靡極。玄黄仍未分，天地合爲一。聞見安所住，泉響收空寂。恍惚若有會，轉盼不可得。

## 又

千古有心人，長懷安能已。積雪掩柴扉，高卧者誰子？有書何足觀？塞默念無始。羞余真鄙夫，濁醪情所止。

## 又

杖外一何緬，頃刻填悰愫。歌泣無端倪，自問畧無故。昨夜讀我書，惝恍似有悟。今朝爽然失，蒼茫對積素。饑烏寒不飛，羣噪山向暮。

## 夜二更許雪乍霽披衣走泊園眺良久

窻影灼寒素,謂是雪之幽。開簾候風色,俄驚月已流。崎嶇葱蒨間,積素疑初月。躑躅闌干頭,瀲灎復疑雪。松篠幽不禁,長風送好音。形神何以況?孤舫弄空明。春令人摇悦,秋固自凄緊。今夕復何夕,如兹澹以永!

## 秋仲晦前菌閣

終年無客到,辜負此林丘。所以扶笻者,常爲竟日遊。雲將心共遠,天與水爭秋。政爾沉吟處,斜陽不可畱。

## 又

寂寞味何雋,前山向我秋。往曾空落落,頃遂作悠悠。來者不可料,今余爲此遊。中情無所向,遠響墮汀洲。

## 又

秋色何處好?遥峯欲暮時。泉聲誰應汝?松韻若賡之。吹萬良無已,觀生感在兹。紛紛看落葉,天水乃如斯。

## 又

秋爽兼空淨,兹山但一幽。吾廬在其下,有客亦何求?暝色催余去,泉聲徹夜流。慇勤囑霜雁,清響若爲酬。

## 秋　眺〔一〕

木葉紛紛下，淵然念所存。玄黄原自抱，性命互爲根。萬有翕皆静，孤雲晚尚奔。扶笻隨倦翮，吾亦閉柴門。

【校記】

〔一〕眺　單行本作“眊”。

## 又

臨風欣落葉，倚杖戀斜暉。遠近皆空靄，眠飡在翠微。聽圓隨衆響，觀止亦何機！頃刻過今未，倏倏誰是非？

## 又

曰秋何處好？在我東山陲。秋色已過仲，山將餘半規。翻書何必竟，得句不妨遲。却問支頤者，渠今何所思？

## 又

酒薄不堪飲，沽來良勝無。秋隨人共遠，雲去岫仍孤。滿地皆霜籜，憐余但集枯。蕭條有雋味，荷蕢是吾徒。

## 又

游我德園者，阿誰名子丹。無生誰作潤，有慧自能乾。諸想不須滅，斜陽正好看。此心無住着，却欲倩人安。

## 村　居

洎水悠悠帶此邨，磧田猶未了饔飧。絲蘿瓜葛何相好，棗栗羹蔬每睨存。里嫗亦能聯伏臘，老翁更爲抱兒孫。鄉鄰貧賤都忘却，仍以庚年自弟昆。

## 秋野看落葉

獨坐看摇落，芸芸安所歸？始終良有故，槖籥抱其微。少悟生幽感，勞生悔昨非。谷神原不死，誰與訣斯機？

## 冬野至虎谷晚眺

蕭條枯槁裏，所得乃殊微。有物皆知友，無言叩阿誰。潦收憐水淨，坐久見雲歸。我自有遐想，非關愛落暉。

## 洎園月夜

庭樾紆廻逕蔓延，羣分波影作諸妍。幽靈緬杳生殊想，孤迥清虚各有天。游似水山驚宛委，懷堪徙倚興纏綿。文情杯斝都枯槁，惆悵沉吟未肯眠。

## 課蜂房已紀事

三月四月百草芳，主人但解醉香光。香光曉漾晴霞飛，尊酒對之空爾爲。中邊理象不可説，静觀此君勞采掇。日華露氣難思議，人巧天工安用之？人爲天地萬物盜，希夷恍惚嗟微玅。精英擷盡花不知，淵人向此領其要。何者爲蠟何者蜜，向花求之不可得。亦復不可離花求，此中非離亦非即。嗟哉！目前此理尚不悟，醉花徒倚斜陽暮。

## 又

春催百卉香西園，熙熙攘攘羣峰喧。手口卒瘏奉所尊，所尊拱默淵無言。不煩徵發與期會，遲之須臾恐開罪。嗟哉！二三子遺翻不忠，大農水衡皆告匱。五六年來兵與荒，瘡痍滿地傷流亡。中原郡國不可數，安得處處皆龔黄？君豈不見蜂采花，薄言將之花無恙。龔黄治民民不知，烹鮮解繩成治象。嗚呼！天道物理與人事，無可柰何聽其至。數之所極理無權，聖哲徒爾垂彖繫。此國之治頗清靜，向爾君臣問其是。

## 楊貢聞〔一〕見過看落花

花開無柰君多事，携酒猶堪對落花。半戀舊枝棲晚蝶，餘隨流水漾晴霞。光沾細雨情如懶，舞帶輕煙怯欲斜。啼鳥聲中春不住，殘紅衰白但咨嗟！

【校記】

〔一〕聞　單行本此字後有"年兄"二字。

## 春　暮

桃李已闌芍藥開，鳴鳩纔倦復鶯來。後先紅紫丁寧約，早晚鶯花次第催。韻事半將歸筆墨，幽情全付與莓苔。枝頭水際春何處，躑躅沉吟多所懷。

## 灌　園

灌園老圃無多事，濁酒閒斟看菜花。抱甕之餘仍薙艸，抛書聊復自鋤瓜。鹿門何以窮相對？德耀今聞怨且嗟。慙愧刑于長太息，轆轤聲裡日空斜。

## 花朝有懷

柴門久擬待君開，不速君其肯自來？日晥丹毫詮緑字，忍教紅雨墮青苔？友聲詎假芳相借，感興寧無眷所懷？高士著書常閉户，花開花落莫敦催。

## 春晚郊行

波光摇曳桃花村，肯向花時常閉門？杖屨伊誰同語默？寂喧我自有朝昏。情文絡繹紛相向，酬酢俄頃失所存。開落陰晴難假借，幽人何以理心魂？

## 丁丑三月白長洲偕弟子益長君沆仲見枉泊園

露存花夜氣，風醒柳朝眠。物態固如此，幽懷多所懸。烟蘿泉石裏，喬梓弟兄前。不説友聲好，寧徒文酒緣？

## 四月十三日立夏作

今年春展入清龢，遲早〔一〕剛餘旬日過。豈謂來遲留未住，仍嫌歸蚤惜如何！鳩林香散桐華雨，燕壘泥新蓼水波。春夏之交饒氣候，嬋媛徒使客情多。

【校記】

〔一〕早　單行本作“蚤”。

## 贈右轄劉玉孺遷河南左轄

又説駪駪舞兩驂，彼姝者子未皇倓。干旄纔止冀之北，旌節俄弭河以南。無使公歸留欲再，誰知恂借不寧三。晉中擬以新銜題留，公自尹河南後，已三渡瓠子矣。去思來暮如饑渴，在在并州情不堪。

## 又

曾懷冰雪念悠悠，汾上於今説舊遊。公曾爲平水守。水想青蓮歌碧玉，李太白詩：“晉祠流水如碧玉。”人思孺子復南州。潢池早已汀棲雁，草澤其誰人佩牛？晉豫相爭殊未定，廟堂何以應諸求？時南省流寇縱横。

## 太　息

嬰兒嬰所患，蚤夜備諸苦。去死寧幾何？不肯怨慈母。慈母費爬搔，比兒倍痛楚。賴此兒差安，忍痛無一語。豈能分痛哉？子母心炤〔一〕取。母〔二〕亦無謬巧，氣體徒姁嫗。嗟哉今百姓，有如兒失乳。盗賊正從横，何處爲樂土？所賴官長好，甘言爲噢咻。呼我赤子前，兒女相爾汝。商量兼撫摩，王事曰靡鹽。若復繇[三]我時，肯作此旁午？百姓諒此衷，死亦得死所。政如兒病甚，詎是母[四]所與？何哉乃倉卒，敲呼若風雨。臺皂持尺符，猙獰猛於虎。惡少曾作賊，反未遭網捕。自懊賊不如，仰天呼父母。南走江與漢，與賊作前伍。所以《舂陵行》，呻吟哭杜甫。

【校記】

〔一〕炤　單行本作“照”。

〔二〕母　臺北本作“毋”，據單行本改。

〔三〕繇　單行本作“由”。

〔四〕母　臺北本作“毋”，據單行本改。

## 戊寅花朝

清明上巳剛旬日，花落花開空爾勞。好鳥乍來傳舊譜，采花昨釀得新醪。蜜蜂蝴蝶喧何事，軟碧空青靜不囂。穀旦又鄰好雨節，誰能閉户讀《離騷》？月仲廿三清明上巳後九日穀雨。

## 又

年來寂寞喜無事，散髮蕭條對落花。坐見孤煙閒自遠，俄然疎雨晚生霞。懷人遥念雲將碧，感往歌憐日欲斜。却愛淺莎空緑外，依依一片白鷗沙。

## 又

曰是衆香國，終焉老此慵。文章生不賈，身土淨相從。衰鬢慙芳蘂，新醪改舊容。禽魚兼蛺蝶，共我住花封。

## 又

寂寂水雲魚鳥外,一觴一詠我何思? 觀生忽爾增幽感,緣起淵然良若兹。盡是此君能變幻,誰知象帝不爲尸? 香光聲影難思議,花落鶯啼姑任之。

## 遣　物

頃來愛枯槁,竟作無情遊。芳艸薙皆盡,孤雲片不留。淨當餘貝葉,倦即枕槽丘。我自有身土,人間何所求?

## 又

空仍不可住,況復論其餘! 鴻遠汀何靜,蘭當户亦鋤。心隨緣不偶,境與智斯如。了義向誰問? 鶯花正起予。

## 又

羣芳仍未歇,積楚流新音。音雜不可譜,餘香但盈襟。詎伊感物變,兼且觀吾心。萬化固如昨,翛然悟自今。

## 得起部報

秋空雲正好,爾往且安之。寂寞亦何負,風波念所思。詩書香自裹,林水靜相遲。貪競者無恥,曩賢未我欺。

## 海慧别院將告落

幽磬淨苔苑，清琴深竹房。僧高臘自古，梵放悠且長。舍此爾安往？從兹泉不芳。林慚與澗愧，口實曰無妨。

## 海慧院緣起

原非譚性命，但只愛林泉。林靜泉芳矣，心恬意肯焉。客塵容易歇，調御忽而前。不説導師好，山川固有權。

## 秋　色

畢竟彈冠去，其如秋色何？醜顔看返炤〔一〕，衰鬢對滄波。岫靜雲安往？汀閒鴻不過。蒹葭饒白露，初服剪殘荷。

【校記】

〔一〕炤　单行本作“照”。

## 又

秋非無故好，雲殆有心遲。今古曠何幻，烟霞道不私。權原歸一實，悲且自生慈。坐對汀洲晚，蒼蒼感在兹。

## 僧秀崐説可寒山怪松不克便往看先作此用告諸松

此山富丘壑，丘壑豈關山？鞅掌不可貌，支離匪一顔。依然羅漢侶，各踞石嵓間。唄詠向其下，蕭蕭聲影間。

# 海慧[一]勝在泉可寒勝在松囑秀崑傍[二]極怪古者卓一龕相向

晚得幽崎地，徘徊肯出山？遲堪羞偃蹇，忍此棄潺湲。水木靜無語，簪裾多厚顔。荷衣與蕙製，焚向此中間。

【校記】

〔一〕海慧　單行本此二字後有"之"。

〔二〕傍　單行本作"向"。

# 又

傲古松饒彼，清深玆復泉。豈伊耽水木？别有領山川。哲匠玄相對，蕭辰感更偏。躊躇不肯出，苟出亦徒然。

# 又贈怪松

禮非緣爾設，莊向世人艱。遂住崎嶇裏，交爲臃腫顔。睥睨如厭世，斤斧遂無患。材與不材者，爲龕住此間。

# 秋　色

歲歲秋仍好，星星客漸非。鷗慵浮不去，雲倦晚知歸。酒食躭朱紱，詩書裏翠微。此中交欲戰，安得向來肥？

## 秋杪初月

最憐秋〔一〕月好，況復序將殘！香霧掬堪沐，斜暉秀可餐。涼飔吹不穩，秋水淨相寬。清淺流欲盡，長河星未闌。

【校記】

〔一〕秋　單行本作“初”。

## 九月朔後泊園看月

杪秋夜初月，塞默坐清寒。林闊光烔碎，潭空影靜安。蒼茫生積氣，膠葛失幽巒。來歲當兹夕，知從何地看？

## 北征即事六十二韻

乾坤方格鬬，賤子俶微裝。萬卷都塵土，單身走夕陽。悲來還自哂，慨且變爲慷。廊廟勤宵旰，雲林付杳茫。風霜侵短髩，身世憮空囊。清淺流丹水，崎嶇陟太行。天低攢井谷，軺發指星芒。次星軺天井關。世界慘何黯，關河氣盡黄。晚私窺大角，宵竊覩欃槍。鴻雁聲安往？蒹葭水一方。過共城。悽愴羞藻蘊，造次咏滄浪。拜大父祠泛百泉。白喜洲名鷺，清瞻月是鄉。泉有白鷺洲。殘軀衰自忖，隻子戀相將。兒旋暫隨。杯斝胡倉卒，衣冠盡慚惶。世情無假問，交道不能忘。新中吊賈中丞。當日曾忠告，今徒酹酒漿。崢嶸多意氣，封事亦昂藏。涉濟方爲亂，瞻淇忽小航。郭兩公子舟餞。桐鄉無父老，畏壘泣肝腸。羞説繩前武，興言衹自傷。太父爲衛輝守。泉原詢右左，篆竹但淒涼。詩云：淇水在右，泉源在左，然淇澳竹濯濯久矣。玉馬沉於水，淇園簣已荒。漢武下淇園之竹以塞瓠子。崇朝憂禍福，千古念滄桑。蕩水仍澄湛，忠祠乃鬱蒼。鳧鷗還片片，松柏自行行。過湯陰有岳武穆廟。稍稍還迢遞，臺臺次低昂。白蛇往蹭蹬，銅雀此翱翔。片瓦珍鐘鼎，雄詞逾馬楊。丹忠生鍥臂，亂賊死分香。在昔已如此，誰今問彼蒼？望銅雀。趦趄過滏渚，恍惚夢黄粱[一]。慚愧邯鄲步，彷皇晝錦堂。參差九節度，崩迫總搶攘。李郭豈無筭，魚程亦是璫。唐以九節度之師敗於相州，時光弼、子儀俱在，魚朝恩爲軍容。古今同一轍，劫數頗難量。羽檄紛旁午，煙塵抵濁漳。經時無的耗，一月不傳塘。聞虜過邢台。甚愛必大費，多藏且厚亡。曩徒聞此語，今竟快無良。傳説南宫破，先搜泫氏贜。邑方深切齒，虜遂籍其藏。赤子已剜肉，墨夫果剥牀。霜寧分蕙畹，火肯辨崑岡？貪作廉之累，惡爲善者殃。衡淶無壁壘，邢任有金湯。報攻邢台、任縣，不能下。驅馬思廉白，無人説趙張。武安是白起封地，趙武靈胡服及張耳、廉頗，皆趙地事。心愁搔髮短，劍愧倚天長。經術皆塵飯，詩書竟面墻。朋來譚性命，老去借文章。遠寄聊詩酒，卮言剿惠莊。阿平喜絶倒，余阮泣如滂。悲喜各有故，沉吟殊未央。時九子環洲譚飲至夜分以爲常。犬羊前踰嶺，璫弁政稱觴。道路喧如是，微聞或未詳。奴以九月廿三日入口，文武爲某官壽。俄焉傳虎旅，颯矣奮鷹揚。聞總制率諸路討賊且南下。太白沉參井，旄頭暗氐房。惰歸良可擊，朝鋭報于襄。捷奏月三至，嵩呼來萬邦。垂裳無一事，尺組縶名王。洗盡干戈氣，銷成日月光。武文陳表餌，將相勒旂常。衰朽臣何用，精藍叩覺皇。

【校記】

〔一〕粱　臺北本誤作“梁”，據文意徑改。

## 宗教菴雜詠

纔離泉石即天涯，緑字丹文便是家。居士宰官何不可？優曇無地不開花。

## 又

居然杖鉢寄塵埃，界地人天未易猜。無量應身隨所往，下同六道上如來。

## 又

片念終成劫在茲，祇桓泗上道如斯。安危淨穢皆身土，寂莫蕭條不可思。

## 又

飄蕭短髮又焉求？紫闕丹山皆可留。何必再尋阿練若，孤雲在在得羣遊。

## 又

天時水土固如斯，藥餌詩書姑任之。此物孤懸今古外，微塵縹緲我何思？

## 又

荷戈曾戍胭脂堡，起艸仍披閶闔風。五用平刑羞淑問，六鄉掌土謬司空。水衡鹽鐵思平準，越鎛燕函憶考工。《周禮・冬官》胡不載，弓人安敢恥爲弓？

## 海會院藐泉慧泉銘有序

院自龍泉外復有兩泉。龍泉，泉最古，里以是受名焉。藐未堪伯仲，然踞龍上游。余弱冠，泉涓涓出没於苔文密藻之中，僅濫觴。比余屯牧歸，誅蒙翳作藐方丈，遂是雲涌溢而東，聲振林谷，院僧奇其事。原無慧泉，有慧泉則寔自慧始。慧始者何？蓋自作慧别院始也。諸生時，院僧湛公八十餘，癡肥略如布袋，項頰斑蘚皴剥，抵掌詼諧，令人絶倒，余時醉其樓。作方丈時，泉忽瀌瀌，樓下沉竈産蛙，湫濕不可居，頽垣敗壁，其子孫以樓歸我。今文鱗繡尾，悠然于軟碧淵鏡之中者，余所醉湛公樓也。昔爲旦宅僧所居，發業潤生游龍魚，異哉〔一〕。然安知縮項槎頭，與我共天光雲影者，非即向厖眉皓首抵掌絶倒之老秃翁乎？昔人有詩云：‘南海帝爲倏，北海君爲忽，倏忽不相見，崑崙王百谷〔二〕。自余以諸生成進士，四十年間，儵忽爾觱沸檻泉，變幻出没，可歎也。泉出樓下者，非慧，慧則别院將落倉卒而涌於沼之東偏者，慧也。院僧又奇之。藐以人受名，慧以泉從地，原顔“海會”，以《華嚴》得斯目。别“會”爲“慧”者何〔三〕？則法界海慧炤諸相有如虚空也，“慧”，斯“會”矣〔四〕。藐泉、慧泉院緣起，寔俶載焉，不可不記，作《兩泉銘》。

何所從來？何所從去？僧以訊我，我杳不知其故。阿堵在人，如水在地。無去無來，原無同異。渟從作沼〔五〕，激而爲淙〔六〕。爲我説法，厥舌廣長。廣長所説，直提其耳。寂莫聽之，所説何以？曰：性水真空，性空真水。

【校記】

〔一〕昔爲旦宅僧所居，發業潤生游龍魚，異哉　臺北本無，據單行本補。

〔二〕昔人有詩云："南海帝爲儵，北海君爲忽，儵忽不相見，崑崙王百谷。" 臺北本無，據單行本補。

〔三〕别"會"爲"慧"者何 單行本作"余謬謂'慧'斯'會'矣"。

〔四〕"慧"，斯"會"矣 單行本脱。

〔五〕渟從作沼 單行本作"澄渟爲潭"。

〔六〕激而爲淙 單行本作"俄激作淙"。



## 海慧别院種松銘

黑入太陰雷雨垂，白摧朽骨龍虎死。吾以狀大雲之松而不知其所終，良爲之惆悵而徙倚。只愁明月消爲水，猶恐清陰凝作霜。吾以狀虎谷之松而不知其所始，又爲之躑躅而彷皇。今慧之松拱把爾，望虎谷、大雲，殆如雲耳。而下憶所不可知之祖，又如今日而緬想無懷、葛天之太古。吁！一刹那頃，黛色參天，霜皮溜雨。異日者躑躅彷皇惆悵徙倚，翛然杖履於樛樛謖謖之下者，試問諸衲子："此何人，斯非我也耶?"諸衲子惘然而不我許。止，止！不須説，但道今種者，誰氏之子。是崇禎戊寅嘉平之望，虎谷迂濶無用爲余支離之喬若梓，要所終爲無終之終，原所始爲無始之始。

## 藏用齋説並銘

丙子秋，九子索余扁其齋，曰"藏用"。時但謂"人不可以無用"爾，無他臆説。戊寅冬，余與九子聚首最久，天寒夜永，語話遂長。復理"藏用"之義，曰："用"之義，未可以一言盡也。有用世者，有世用者；有必欲用者，有雖欲用而又不肯用者；有用世與世用更相用者，有以有用爲用，以無用爲用者。問曰：有用世者，有世用者何？曰：世用者，爲世所用也。用世者，用世所用也。又有用用世者。禹之神聖，當其九年之久，四載之勤，若不用世，所得用之人，安能受玄圭告厥成也？雖以大禹，亦未免爲世所用，而舜能用之。舜，用世者也。而則天之堯，又能用舜，是用用世者也。中間道用德，德用智，智用才，才用力，其數未易窮也。曰：有必欲用者，有雖欲用而不肯用者何？曰：有必欲用者，如管夷吾、諸葛武侯是也。齊桓公非可用之主，然管子以天下才當其世，舍桓公亦别無可用者，故隱忍就之以成一匡九合之績。武侯，伊吕之亞，姑就昭烈，苟且偏安，豈得已哉？不則，當與草木同腐爾。即不然，亦不過司馬德操耳，何益？此二子者，皆不可用而必欲用者也。若雖欲用而又不肯用者，吾不敢舉其人以實之，蓋其道甚大，舉世莫能識、莫能用其人。既不克用世，亦不肯輕爲世所用，以故，卒亦不用爾已。曰：有用世與世用更相用者何？曰：是則玅於用矣。如漢高用子房而不知子房能用漢高也。説者曰：子房始終爲韓用，漢高以報韓耳，非也。韓、彭不能用漢高，卒致盡其用而烹醢之，固也。如秦項未滅，漢高一日無蕭何，如失左右手；及天下既定，何捄死不皇，至下何於獄，此豈能用漢高者哉？子房終始弄漢高於掌握之中，以眇然一身，游戲於劉、項、蕭、曹、韓、彭、絳、灌之間，使雄主悍后並不得以功目之，妙矣！至賈誼不能用漢文，與漢文不能用賈誼，晁錯不能用漢景，景不能用錯，後之君臣如二子者，皆可惜也。曰：以有用爲用，無用爲用者何？曰：有用爲用者，人皆得而物色之。如智效一官、能比一鄉者，皆是也。無用爲用者，難言之矣。能使天下無用之人、無用之物皆化爲有用，而我可用、能用之才，卒歸於無用。所謂大巧〔一〕若拙，大智若愚，無智名，無勇功，至人神人，人無能名者也。曰：用，固也。藏用者何？曰：不藏，則不能用；不善藏，則不能善用也。君子之道，費而隱，費其用，而〔二〕隱其藏也。廣生大生者，其用而靜，翕靜專者，其藏也。曰：如上所言，用可學而至否？曰：不知也。其説昉於《易》。《傳》曰："藏諸用。"又曰："一陰一陽之謂道。"究曰："陰陽不測之謂神。"一陰一陽,即用也,仁義剛柔、喜怒哀樂,皆陰陽之用也。有所恐懼、好樂,是謂愆陽伏陰,則不得其用矣。仁者見之謂之仁,智者見之謂之智,用而不得其用,與百姓日用而不知者等。曰:是固也。學者何以受此用也?曰:《傳》有之,"生生之謂易",是受用也。不生則可測,生生則不測,聖神能生,而愚夫婦不能生,則可測;而愚夫愚婦能生生,與聖人天地等,皆不可測,是愚夫婦皆不測之神也。故曰:君子之道造端乎夫婦,言造端於愚夫婦也。愚夫婦即今之所謂庸人也。故曰:庸德之行,庸言之謹。庸也者,用也;用也者,通也;通也者,得也。適得而幾已。已而不知其然,謂之道。是謂"藏諸用"。藏者,藏其用;用者,用其藏也。曰:世復有人,我不用世,世亦不得用我,此何居乎?曰:此不可無一,不可有二者也,聖人之所不取也。何也?生意絶矣,非生生之謂易也。説是已,復作"藏用齋"銘。

用於何來,藏於何地,藏之不可見,用之不可既。善藏者,大力者不得負之而走。善用者,官天地、府萬物者之所不得而器,而況其次焉者乎?

【校記】

〔一〕巧　臺北本作"功",據單行本改。

〔二〕而　臺北本作"無",據單行本改。

# 泊水齋詩集卷之六

## 友聲亭詩集

### 壽張坦公太公心吾先生

造化物理與人事，哲人靜者留其餘。滿則概之代者匱，餘當仍爲深所儲。光嶽靈氣寧有幾，□〔一〕明草昧爭乘除。摇光南旋流未已，天地章光□〔二〕且舒。既專以翕難思議，炳靈要眇根嚴枯。太行之南少室北，爰有淵人來主弧。淳龐敦固木易似，十丈蓬蒿塞所居。橋梓伯仲圭竇間，一燈乃兀空咿唔。迫而後動振其鐸，仍如二子庭前趨。耻爲呫嗶與章句，提耳曰爲君子儒。至今天中有文獻，匪直也人蘇與胡。狂簡詎止在吾黨，翛然黄綬賦歸與。阿仲稍稍出餘緒，勃窣奇崛兼崎嶇。絶塞幾與賊終始，奏刀解繩良踟躇。胡爲僅主民部事，貪人佞子爭揶揄。胡爲倏忽居天禄？太乙光芒熠石渠。胡爲暮宿金馬門，朝來簪筆趨垣梧。一人之身時寧幾，燊濕風雲驚嘆吁。其間良匪夷所思，主臣聲氣安可誣。頃來欃槍愁未滅，軍容紳弁何紛拏。斷以祖法兼國是，鐵案如山未易渝。考功司敗受成耳，讒者忽靜誰呶呶。皤然一叟仍圭竇，手持舊編祇自娱。問之不驚亦不喜，淵穆無言但謐如。君臣父子乃如是，天人之際微矣乎。嘻！是則名爲讀父書，哲人靜者留其餘。

【校記】

〔一〕□　臺北本漶漫不清，疑作"火"。
〔二〕□　臺北本漶漫不清。

## 長夏日偶成

舉世皆生元氣中，淵然橐籥不曾窮。風雲政合歸聲臭，燦濕安能無異同。公論養之徐自靜，奇人反止寓諸庸。古今上下難思議，哲匠於茲商所從。

## 其　二

長安鼎沸靜無期，朝市從來固若茲。餘味□〔一〕當掩卷後，眇思淵向杜門時。洗心退復藏何所，基命深知密在斯。頃刻千秋方寸是，慈航我且欲安之。

【校記】

〔三〕□　臺北本漶漫不清。

## 其　三

浮沉奔走竟何如，枯槁蕭條念所居。私稔學將知作始，微窺才是德之餘。聲華頃刻銷皆盡，性命淵源返厥初。歸院退朝無一事，雙扉寂寞讀吾書。

## 送耿壽椿給諫〔一〕督餉江右

誰將徂暑問王程，封事明朝說癸庚。蘭省香霏三伏雨，星帆清落九溪聲。汙洲鴻雁知多少，手實鷄豚問匱盈。翻道避人焚諫草，咨詢咨度若爲情。

【校記】

〔一〕諫　臺北本作“綀”，誤，徑改。

## 送張西河給諫〔一〕督餉晉中

問君六月度滹沱，汾渚平津將欲波。萑澤解繩誰撫字，梧垣焚草問催科。有無麥秀雙岐頌，曾否民賡五袴歌。馬首殷勤酬父老，維桑與梓奈渠何？

【校記】

〔一〕諫　臺北本作“綀”，誤，徑改。

## 同大司空劉心盤有事三里河是李戚畹園亭

滄桑感慨不須論，澤國居然羨隱淪。蘭芷搴思遺遠者，蒹葭淒想溯伊人。好峰盡剪雲爲片，響屧曾鋪苔作茵。坐見新秋歸遠樹，涼颸早已悰青蘋。

## 同李曉湘司空再過三里河

渺渺登蒝奚所求，與君今日羨同舟。美人幾見乘青翰，逸響當年起白鷗。隱矣賜湖思一曲，悠然尋壑已千秋。浮槎休説滄溟遠，蓬島曾爲清淺流。

## 有感

甚矣浮生世所尊，可憐翻足喪吾存。徊皇且鑄金爲屋，珎重仍炊玉作飱。持此較身詢孰貴，□〔一〕將剖腹與諸毘。聖賢無柰垂名教，不好名兮何可論。

【校記】

〔一〕□　臺北本漶漫不清。

## 積雨有懷故園

有酒伊誰斟酌之，素襟積想竟遲疑。山將欲雨新晴候，人政凴欄隱几時。索句半成擬脱稿，敲門有美豁相思。如今名實詢安往，勝事幽期空自知。

## 田康宇將禮東南兼盡東南之美

一葦乘風颿欲斜，聞君不但渡稜伽。采芝問藥搴三秀，泛越浮吴眺九華。丘壑友朋兼粉黛，文章絲管暨烟霞。當年子美真矜假，纔了齊青曰未涯。

## 其二代作

花浮春氣春仍寒，恨不從君借羽翰。爲問何山雲最好，試探古穴字來看。眺窮日觀青無盡，練曳吴門白未闌。行李歸來都不羡，只將絳雪作朝餐。

## 其三代作

烟波春泛江之左，水月俄瞻海以南。大慧仍前詢百八，清涼如復扣雙三。雲飛上國香成雨，露洗諸天飲欲酣。又説瓊華邗上好，采同瑶草貯歸函。

## 其四代作

羡君僊舸漾輕霞，君到江南政落花。花霧撩人春欲醉，江烟迷岫日將斜。竹枝渡水驚新響，白苧隨風憶浣紗。更向六朝芳草路，莫愁湖外問誰家。

## 移　居

兹以寄吾寄，如何仍出門。鴻飛沙有跡，雲去岫無痕。傾蓋乍相失，蒼茫念所存。孤燈耿别館，寂莫又黄昏。

## 大司空心盤先生招集阿長公齋中看諸品梅梅側種海棠見其諸孫皆玉立

棐几緗函寂不喧，幽看香潔儛胎僊。丹文緑字香堪共，冷艷淒妍潔可餐。蔭彼芝蘭芳自媚，却如桃李静無言。有人謬欲矜微尚，恬澹無爲游德園。

## 其　二

天涯是處有芳鄰，不説藐姑山裏人。霞自殊方青亦好，雪從異國絳爲神。對君合授香嚴記，應我來呈居士身。却喜玉環剛欲醒，胭脂慘澹未曾匀。

## 田康宇招集磊齋看梅



支離癯影曷堪停，喜噉璇房草木靈。玄翰自能流隱秀，葉珠不惜吐幽聲。蕭疎況可聯稽阮，清淑無煩辨尹邢。歸去却如飫沆瀣，瓊枝真可溉神庭。

## 其　二

不謂芳菲來襲予，烟蘅想未歇吾盧。幽期詎特酬之酒，玄對仍兼佐以書。靜韻遽能分爾我，遠神寧可妄親疎。不知月落空庭後，離合神光耿自如。

## 即　事

林影庭陰貯夕暉，素情積抱此中微。幽香入座襟如解，清韻出簾花欲飛。波轉肯輕傳窈窕，蛾顰初不怨芳菲。離離柳弄枝間月，枝上深防露濕衣。

## 荅王覺斯先生見過辱示新詩

□〔一〕食亦何事，雙扉扃不開。偶掀書帙晚，坐見古人來。語默自酬贈，影衾無間猜。多君扣寂莫，遂爾豁新懷。



【校記】

〔一〕□　臺北本漶漫不清。

## 憩西方菴

出郭乃如此，如何不一遊？天將空作碧，水以湛爲秋。葭菼露方結，鵜胡貪未休。觀生兼感物，心折此淹留。

## 其　二

松響流清梵，涼宵幽不眠。淨隨心是土，慧以定爲先。佛種從緣起，宗因有别傳。如今孤磬裏，已悟未生前。

## 恭謁慶陵

三朝簪履悲弓劍，廿載風霜泣鼎湖。淒矣聞鍾趨燎望，依然待漏想嵩呼。聖神繼序欽謨烈，召吕承宣定有無。九死微臣今老矣，硜硜徒爾抱其初。

## 謁長永諸陵有述

祖功宗德淵難求，雲物光華灝不收。百世馨香非稷黍，萬年真氣豈松楸。太形遥截無□〔一〕住，星海横懸碣石流。持此休將關洛比，果然千古帝王州。

【校記】

〔一〕□　臺北本漶漫不清。

## 朱弼成大行奉使河南

皇華昨喜説周爰,却聽倉庚見采蘩。水泛桃花春自靜,歌聞萇楚野何喧。兩河歸鴈愁誰問,三輔終風霾可言。行矣咨詢將入告,彼姝者子未皇餐。

## 步劉大司空西方菴韻己卯秋九月

蕭騷淒緊竟秋天,天水爭秋殊可憐。墜粉寒仍蓮作薏,疎黄誤認柳初眠。孤雲似欲騫遐想,積慮紛如逗暝烟。降割薦瘥何可問?歸鴻殘蓼又今年。

## 曉霽水衡署中

淒淒好雨漾風斜,摇曳空青釀曉霞。緬彼滄洲懷杜若,悽然水部賦梅花。簾褰自止新飛燕,槐老徒憐晚集鴉。所以菀枯都不問,青青予但詠苕華。

## 其　二

倏然新緑落幽娟,蒨蒨葱青引碧煙。煙外乍聽黄鳥弄,雨餘忽墮白雲鮮。遐心豈謂隨之遠?襲土聊云此亦偏。又恐風流成罪過,縣官愁索水衡錢。

## 過太平菴水次遊此三十年餘〔一〕矣日者柳纔欲拱榱桷維新爲時幾何斷梗頹垣愴焉觸目悵懷今往謬紀時日庚辰春杪也

雨斷枯槎風破菴，物猶如此人何堪。中間否泰果難説，置我升沉姑不譚。拜賜累叨環與玦，乞骸章且再爲三。徘徊躑躅輕鷗外，蘋杪柔風漸欲南。

【校記】

〔一〕"年餘"疑爲"餘年"之倒，當乙正。

## 其　二

當年楊柳僅藏烏，今日烏來半集枯。回首衣冠同草木，慙予霜雪鑑萍湖。浮沉鷗泛仍如昨，早晚荷香靜自敷。三十年餘如夢寐，長懷皎皎□〔一〕生芻。

【校記】

〔一〕□　臺北本漶漫不清，疑作"問"。

## 同劉心盤李曉湘兩先生有事方澤歸憩太平菴水次

遥同彼美水之涯，弄此漣漪溯且洄。雲影無窮分鴈鶩，斜陽一半與樓臺。汀搴蘭蓰思誰贈？□〔一〕靜蒹葭炯不猜。報李投瓊真可念，天涯兄弟約重來。

【校記】

〔一〕□　臺北本漶漫不清,疑作"鷺"。



## 友聲亭

天涯聲氣遥相思,一室欣言晤在兹。水火年來良久矣,玄黄我輩合消之。不從語默探淵契,何以塤篪荅盛時?若若纍纍皆伯仲,豈余三子佞其私?

## 署中聞蟬稐曉湘先生

何故哀思集晚柯,宛流踈引客中過。微吟短詠誰爲稐,紊息重欷且奈何?悲彼大年終亦盡,所求於世甚無多。蕭蕭霜氣秋將厲,急響俄焉變徵歌。

## 其　二

秋來不必拈詩句,代我長歌有暮蟬。末世音多哀以思,幽人聞喜直而廉。何緣節促霜將苦,匪爲幾吟露易沾。不識如何編作譜,羽聲清激角聲尖。

## 陪心盤曉湘兩先生有事海淀

與君同泛芙蓉陂,心賞淵然各自知。花可方人芬以淨,我終疑鷺静奚爲。良難跡與心兼者,兹喜幽偕爽共之。向夕美人都已去,芳魂有夢亦相思。

## 其　二

清華窈窕復蒼茫，贈荅周旋殊未遑。倉卒遽難詶衆妙，躊躇且只漱孤芳。併將託寄兼悲惋，盡付峯文暨渚光。切記淩波休解珮，恐招瑶采幻陰陽。

## 偶然作

好醜妍媸紛在兹，不然何以曰京師。近知物用同相喜，始信芳唯香所爲。寂寂保余幽自貴，熙熙聽各遂其私。爾看雨露無偏擇，荆棘芝蘭皆有之。

## 其　二

聲色原來都不妨，鹿門妻子亦相將。半生枯寂愁誰語，幾卷詩書幽自芳。鵙性夜棲胡愛獨，鶯啼選樹定爲雙。果然物各求其適，但有蕭條可作鄉。

## 其　三

蒼茫人海裏，索莫歎蕭條。圖史一以憩，聖賢良未遥。雨聲聞昨夜，空靄落晴朝。好鳥奏懽弄，閒關如見招。

## 其　四

聲華名利地，落落如窮山。几妍愛清旭，琴尊□〔一〕暮顔。六經終古在，獨我何時閒。愛此初□〔二〕好，垂帷當閉關。

【校記】

〔一〕□ 臺北本漶漫不清,疑作"開"。
〔二〕□ 臺北本漶漫不清。

## 贈李載實令朝邑時邑與蒲坂爭訟

讀書良邇鳴琴地,一水盈盈衣帶之。姑射以西皆梓里,召公如此有棠棃。頃聞虞芮何爭訟,總是龔黄未到時。年來秦晉真多事,買犢吟鴻喜在玆。

## 嘆

回眸百萬爭時年,可惜都成俄頃妍。老醜竊喜世所妬,便娟定乞人相憐。如今子晉好安在,耻説長生誇久延。不學神仙況富貴,有違此者如朝烟。

## 慨某君子

春鑠葳蕤芳草多,弱顔綽態渺層波。鴻能若思如矜舞,鶯解移宫换羽歌。小史爭妍驕半袖,紅兒妬寵蹙雙蛾。主人忍作南冠别,回首將如爾輩何。

## 作是已復有所聞再慨之

鐵鑄一官仍不堅,輕抛十萬如雲烟。公卿皆可爲奴僕,神鬼私猜鮮聖賢。虎恰當關容易餌,星堪仰摘便將僊。誰知二豎翻廉潔,手扼膏肓不愛錢。

## 求王玄珠司寇畫

岳想海情奈未休，對君宛作三山游。□〔一〕浮緑□〔二〕丹霞氣，腕脱瀟湘玄圃秋。安得一聽四壁響，便如同泛五湖舟。一山一水動旬日，傖父可憐容易求。

【校記】

〔一〕□　臺北本漶漫不清，疑作"眉"。
〔二〕□　臺北本漶漫不清，疑作"雲"。

## 接兒履旋書云小築告落遥有此寄

主人尚在天之涯，丙舍傍開曲逕斜。但索有窗皆映竹，須教無檻不臨花。日匀空翠來湘箔，裊篆青烟出絳紗。試問牀頭何所着，蕭然惟只有楞伽。

## 其　二

文杏香茆聊作菴，可憐有容不抽簪。丹文緑字書千卷，按指低眉佛一龕。雨挾好風樓以北，峯流素月檻之南。分烟破靄穿幽徑，蕙畹蘭畦不啻三。

## 題李内史畫蘭

纔拂輕繞氣若吹，翻從香色外離奇。恰思□〔一〕墨舍毫際，遥想經營慘澹時。

【校記】

〔一〕□ 臺北本漶漫不清。



## 又題畫梅

體疎意密韻闌散,的皪冰姿沁骨寒。無奈相思明月夜,如離若合恨姍姍。

## 其　二

澹芳寂寞吐玄根,瑤圃誰知鏁靜魂。自恨不如么鳳好,暗香幽夢共黄昏。

## 内史畫箑輒作兩面寫此殊有故不欲他人題詠耳余復合題之

梅寫梅兮蘭寫蘭,聊將筆墨幻輕紈。不知鏡裏人誰氏,應否還從鏡外看。

## 李曉湘既以李内史畫見示去良夜疎燈孤箄相對咏高季迪雪滿山中高士卧月明林下美人來之句沉吟者久之顧此輕紈淨練宛如疎影横斜於金波雪浪之中也是色是香是月是雪非色非香非月非雪乃復爲詩四章章四句

淨練染芳情,淵然筆墨外。欲染未染時,心心自相會。

## 其　二

非色亦非香，非月亦非雪。問梅梅不言，叩我我難説。

## 其　三

體遠神不近，可想不可卽。畫與所畫者，是二還是一。

## 其　四

見諸相非相，則名爲少悟。我觀梅非梅，是否真悟處。

## 章凡四上不得請又報鴻臚又昧爽盥漱待漏作

老人何子子以安，豈敢狂辭七不堪。落葉竟歸根乃静，倦雲定返壑方酣。遐哉曩美疏爲雨，衰矣今羞戒在三。霜澈秋汀逸響墮，賓鴻又且北將南。

## 其　二

杖於國矣老焉用，只合深衣燕養之。敢説上庠膠與序，聊乘下澤東復西。草鋤園裏千畦韮，卵索蘺間五母雞。醉眼楚騷讀不得，携柑但只聽黄鸝。

## 讀邸報

簹簹不餙真微詞，古人忠厚使人思。政同梁上呼君子，不指伊名曰彼其。遂但處囊何以報，文徒養客亦奚爲。區區念爾何須道，舉國難分跖與夷。

## 其　二

君方調鼎好相商，以水濟水安可嘗。舉足人□〔一〕窺右左，盱衡世早判玄黄。賁原白以無爲色，酒正玄時淡不妨。世自有書君肯讀，風雲何至漫相將。

【校記】

〔一〕□　臺北本漶漫不清。

## 飲　酒

年將七十矣，所欠略無餘。自古皆有死，於今讀貸予。光華羞日月，屋漏愧詩書。賢聖豈欺我，吾生固有初。

## 其　二

敢云輕富貴，初亦喜神僊。閱歷頗云久，躊躇殊不然。空糸將去後，悟在未來前。脉脉抱兹意，伊誰可與銓。

## 秋　興

如今絶不説狂猥，扼腕盱衡未是賢。道竟可求天不問，數之所極理無權。世人盡落風塵後，有物仍居天地先。造化尚皆爲所使，先民於此正淵淵。

## 其　二

匪是詩書道可疑，參差造物弄離奇。鬼神與世更相代，風雨於人亦有私。菽粟何時同水火，荆榛幾日變蘭芝。淵人千古推玄覽，元氣伊誰斟酌之。

## 讀　禮

何以明刑曰弼教，悠然掩卷合長思。乃知禮可詳三刺，復勅刑兼聽五辭。不變甫堪棘與寄，未成寧可宅將移。幾經審克仍參聽，聽已仍行三宥之。

## 讀月令

仰之穆穆蒼蒼爾，聲氣人天淵可求。誰識陰陽吾臭味，阿司怒喜問春秋。猋雨苦風抑何故，螟螣兵戎職有繇。恭遇上辛將祈穀，微臣拮据不遑休。

## 六十四歲矣

卦氣盡矣不須論，玄泉何以灌靈根。紫房不閉真人去，金籥誰司童子奔。慎守潔清神乃宅，高研恬澹道之門。子丹與我良相好，玉蘂明珠煩眖存。

## 雨酌賦得秋氣有佳色

衆芳各自媚，我獨與誰言。懷抱遂如積，秋英徒爾繁。采之將若贈，情至豈能諼。草木固如此，躊躇空復煩。

## 又

往矣天隨子，遐哉漉酒生。兩君借爾重，千載留其名。穠李饒佳實，瑤華綴曉英。時芳固相奪，安所空吾誠。

## 又

能黄且白誰爲儔，脉脉幽芳寒自流。本性匪矜色作好，深情但領素爲秋。徬徨不飲我何故，寂寞無言花亦愁。千載相關孤竽裏，瀟瀟夜雨此登樓。

## 又

羣卉相將早不妨，晚英甘爲殿秋香。紛然夭冶何多態，塊獨幽貞抱此芳。霜露任之時自變，潔清止不失其常。譬諸草木求相似，臭味悠然殊可商。

## 志　感

百爾何思思德行，須臾蚤已變蒼黄。滄浪之水自清濁，衡石無心作頫昂。夷跖豈應皆曰命，惠莊終不失爲狂。斯民究竟仍三代，君子悠然欽所藏。

## 悔　往

倉皇不敢賦歸與，風雨蕭蕭良歎予。晚節始知研易老，芳年深悔負居諸。關心今往寂無語，過眼烟雲澹自如。陷阱在前人不識，智愚理數各乘除。

## 贈大宗伯王覺斯之白下

白門風物但悠悠，二水三山空復秋。孤舫烟雲纔欲泛，六朝芳草便生愁。擷將鮑謝佳無已，洗盡齊梁氣不留。自古大文原有主，頃來流散任沈浮。

## 前飲酒詩

酒非容易飲，聊且觀吾書。上下幾千載，高陽一酒徒。長懷安能已，芳歲屢云徂。白髪死章句，吁嗟真腐儒。

## 其　二

古人雖往矣，簡策載其言。萬卷未爲侈，要言殊不繁。胸懷恒若結，夢寐耿能諠。孤斝聊對晤，精微未可原。



## 其　三

凄霜皓已流，塊處若爲儔。對影自斟酌，古人相勸酬。一觴難獨御，千載忽生愁。往事不可問，佳辰固一遒。

## 其　四

少年輕一擲，呌采遂成盧。磊塊難讐我，鶯花肯借予。豪隨年已盡，哀與拙相俱。寂莫書千卷，凄凉酒半壺。

## 其　五

予量亦何鄙，三卮或五卮。襟期遂落落，結想但依依。頃刻狂欲呌，千鍾毫不辭。安能遽飲此，直以氣吞之。

## 其　六

詩書與麴蘖，穆穆不相謀。驅策劉兼項，周旋巢與繇。尊罍澆往古，感慨付思柔。一斗仍未盡，千年不可留。

## 其　七

清夜難爲永,孤檠青且幽。書兼玄亦史,觥愛兕爲觩。往哲心何苦,予生罔自浮。蕭條翻簡帙,游戲作觥籌。

## 其　八

觀書無定理,變幻鮮端倪。或復狂且喜,有時歌以思。解人不可得,難字紛在兹。疑悟迭相半,孤尊空爾爲。

## 余讀淵明詩云有酒不肯飲空負頭上巾飲酒何關頭巾事乃嘆辜負又恠杜陵曰濁醪有妙理直酒耳何理之有此殊不可解嚴宵塊處輒命琴尊几研寂寥忽翻書史壺傾杯盡復咏陶杜詩在若解不解之間乃作飲酒詩用記朝夕

王事鞅掌,慘慘畏咎,倏忽向晦,把兹濁醪,如囈如譫,若醉若夢,不倫不脊,似詩非詩。姑以聲諧之,用勸孤影,曰《後飲酒詩》。

五味之外誰爲酒?政如六經中有《詩》。既飲且讀烏可已,長歌若泣紛在兹。文字性情難假借,君臣朋友各安之。寂寂寒燈耿修夜,把杯掩卷遂多時。

## 其　二

千古精神自往來，把臂覿面生嫌猜。咨爾之先惡有字，葛天以往是無懷。既耕且鑿亦何事，□〔一〕默與愚焉用才。世上若非酒與醴，賢豪索莫□〔二〕在哉？

【校記】

〔一〕□　臺北本漶漫不清。
〔二〕□　臺北本漶漫不清。

## 其　三

形已渡神將别往，不知此往且安之。人天理數不可問，氣運乘除誰所司。晷度星躔毫不爽，暑寒風雨幻如兹。我今從此斷猶豫，痛飲葡萄二百巵。

## 其　四

天問從來無荅者，諸賢羣小爭驅馳。中間屈賈尚猶可，紛爾歐陳奚以爲？旁倩浮沉真猾鄙，展禽爾我有瑕疵。試將此理詢中聖，物論居然不可齊。

## 其　五

巢許脱屣讓天下，豆羹簞食軀爲捐。此中豈可較多寡，相去不直如天淵。所以曠士慨仍笑，自古仁人憫且憐。今日不飲我何故，貪人媚子空復妍。

## 其　六

陰陽初纔兩畫爾，六十四界俄紛填。何以斯人有小大，誰爲主者分黄玄。七情且自生攫攘，萬類豈得無因緣。念哉三百餘君子，兩畫以往殊蕭然。

## 其　七

果然氣運不可逃，聖賢胡爲愁且勞。老至六經知有用，衰來五岳已全消。悲歌慷慨詩何益，偃蹇嵚崎酒不澆。氣運詩書都不問，閉門我只愛蕭條。

## 其　八

三才之理何可論，今日方知人道尊。天地尚且不自主，聖賢獨爾亘其存。洪荒夷狄旋難已，□〔一〕德詩書詎易諼。堯舜其心至今在，踟躕搔首向誰言。

【校記】

〔一〕□　臺北本漶漫不清。

## 贈宋今礎曾交泰斗御史大夫

橋梓淵源匪所思，春風遥想浴乎沂。鳳兮聞詠藐難近，點也鼓瑟鏗且希。千載音徽如可覿，兩狂託寄亦何奇。聖人杳矣居惟甚，君子於焉取在斯。

## 又

無言忽復更微哂,菀爾胡爲仍喟然。愧我愚侗癡未解,羡君默契識惟淵。鄒人且慮楊兼墨,稷下仍攻白與堅。今日相將人率獸,吾儕何以對曩賢?

## 夙夜在公辱劉大司空垂顧感見乎詞

支離鞅掌亦奚爲,矜此勞人飲食之。授粲詎惟令夙飽,惠音兼復使長思。文章聲臭道應爾,氣運人情感在兹。語笑未了君且去,沉吟延竚遂多時。

## 戲　作

嗟哉!不幸兩耳聾,今日復落一齒,恰喜落我齒又聾我耳,胡以悲,胡以更喜?嗟哉!始願殊不及此,及此豈非天乎?方悟漆園曰"逸我以老",又悟詎可爭堅白妄分彼此。

## 壽李太君八十詩是李大行愚公祖母愚公兩弟皆孝廉

事業良是德之餘,文章要皆質所儲。静衆今古亦已久,此理居然不可誣。文明將開未開日,元氣絪緼淵且塞。一家乃與世運等,斟酌靈光自閟闢。百年内外成今古,微昌倚伏誰逆睹。曲沃之先有李氏,受兹介福於王母。王母乃曰我何知,機杼酒食我所司。杼聲軋軋佐爾祖,俎豆莫莫勗爾慈。爾父爾祖一經老,老嫗那識功名好。

率我婦子饁南畝，課耕勸織起我蚤。嗟爾祖父今已矣，誰知有穀貽孫子。吾子之子復有子，雙眼炤爾方蔚起。當日儻叨月俸錢，粗供饘粥終餘年。爾兄爾弟何所始，青雲唾手爭蟬聯。老嫗始願不及此，及此皇愧膺繁祉。爾之伯仲安得知，淵思爾考之橋梓。念之哉！世道三十年一變，窮通開塞何其緬！王母今年八十矣，草昧文明親眼見。道德之終質所留，世人莫得知其繇。兒孫各領道深淺，溫恭柔嘉福所猶。猗與誰者開其始，悠哉孰肯持其極。飲食王母元氣中，鄙拙恭此書時日。

# 大司農藐山先生詩集後序

詩至《三百篇》尚矣，超而前之，疇爲倡者，陶唐擊壤之謡，有虞卿雲之什，昌明龐奥，肇隆千古，吾晉非風雅之正始乎哉？今列在《三百篇》，動曰思深慮遠，猶有唐虞之遺風，葢仲尼式靡陳俗之精思委也，非源也。今天下無人不詩，無詩不三唐六代，然古調久矣不振。洋洋纚纚，見謂日新而意語並盡，神景易離，不過優孟之轉徑，季札將何觀焉？吾父執藐山先生，少有起衰之志，甞與先忠烈彼此稱詩，句權而字衡之。及歇歷中外，三事在望，雕蟲刻葉，因鄙爲薄技。然而性靈融曠，胸懷坦粹。春秋時卿大夫講信達情，固不廢詩，矧在先生尤明良喜起之隆乎？故其觸時搆象，感事寫情，深麗而有清肅之風，高渾而有幽細之思。句多餘致，篇亡剩法，求之三唐六代，將避席不遑，寧論今日哉？昔權璫煽禍，甞西行金城，其與李供奉之夜郎，杜工部之夔州何異？而患難不忘君父，藹然言表，古大臣肫誠藎誼，先生有焉，又不得獨以詞人跡之也。書曰詩言志，擊壤之謡，卿雲之什，視後世之《房中》《柏梁》，其志爲何如？千古已事，幸在吾晉。仲尼氏正其委，先生遡其源，兩得之矣。予不敏，奉大君子之教，行吟澤畔，辭旨憂鬱，有類江潭大夫以質先生金城時離矣。今獲覩典型，感念古昔，樂操其土風，不忘本也。

通家子張道濬頓首跋

# 泊水齋文鈔



## 序

邑中及佗旁邑壤境相接，居不出三十里外，在行山溪谷之間，由明以來，以科第顯、立名當世者甚多。踰晉以南數郡縣，陽城蓋天下人材所自出也。今未易〔一〕殫數，其爲天下所尤知者，有若楊公繼宗、原公傑、王公國光、孫公居相、張公銓，或以清節，或以事功，或以直敢言，或以忠死事。此五公者，皆天下所知者也。準以洙泗之四科，則班班乎德行、政事、言語之選焉。疎庵有文而畧，拱陽長於論事，蓋文學之難，雖賢者不能兼而有之矣。幸而有之，而其人苟不亟亟於表襮〔二〕，好名以求自異，雖同時之人，知相推許，而知者半，不知者亦半。迨其後，聲稱湮滅而無聞，此才人志士之所以摧心飲恨於斯文也。

吾於藐山張公有慨焉。向所謂文學之科，公其人也〔三〕。始吾所居三十里溪谷之間，有常評事倫及吾祖副使容山公公諱天祐，皆最能詩，已開文學之先矣，而莫爲之繼。藐山先生奮然獨興於數世之後，其所與交遊者，虞山錢受之、竟陵鍾伯敬，蓋當世之文人皆已知之矣。里中則楊黄門沁湄〔四〕，以其學與先生相周旋，先生曰“吾之畏友”也。其時白公東谷最晚出。於是先生之文益昌，而里中名卿碩人能文之士，彬彬稱盛焉。揆厥所由，則先生推挽之功爲多，不可誣也。

昔子夏教授於西河，言偃崛起於東吴，流風遺韻，有以振往古而導來今，孰謂先生之功爲可誣也哉！以公立朝之風槩，晚節之昭明，不愧於向所稱數公德行、政事、言語者，而斷以謂文學，舉其盛也。虞山《列朝詩傳》稱："金銘爲人有别趣，詩亦有别調。懷負志節，敦友誼。"又稱："國家置之冗散，不得當一臂，由今思之，可爲痛惜。"則其所取於先生者，又豈獨以其文哉！兵劫之餘，篇章散落，張公伯珩搜録其遺文，伯珩令子茂生鋟版行世，而先生從孫太僕君泰交式光前緒，徵序於予。予因慨夫吾祖容山公之有文也。容山公詩，吾童稚時及見其鈔本。後署省記，悉索敝篋中不可得。問之鄉曲，無有知者，則遂將湮滅而無傳矣。寧不可痛恨哉！吾又以知太僕君之賢能，不殁其先人也！

旹康熙庚辰人日同里寓人陳廷敬書

【校記】

〔一〕易　康熙本闕，據山右叢書本補。

〔二〕襮　山右叢書本誤作"襟"。

〔三〕也　康熙本闕，據山右叢書本補。

〔四〕湄　康熙本闕，據山右叢書本補。

# 張藐山先生行畧

公諱慎言,字金銘,邑屯城里人,大參昇之冢孫也。幼穎敏絶倫,爲名諸生。中萬曆庚戌進士,令壽張,調曹縣,所至有循聲。以績最,擢陝西道御史,出按屯田,釐奸剔弊,不避權貴。乙丑丙寅之際,閹宦肆毒,宵人借釁,以調劑三案忤旨,謫戍肅州。構快雪亭,著述其中,有《悔草》諸詩文。戊辰賜還,補湖廣道,遷太僕少卿、太常卿,轉刑部左侍郎。以讞獄失旨,閒住家居凡八載。經營泊水園亭,研究經史、内典,所著有《泊水齋詩文》。會秦寇發難,罄貲築同閣,合里黨聚處,如第五倫故事。戊寅,起工部左侍郎;辛巳,晉南户部尚書。老成諳練,百竇肅清。改右都御史,掌院事。嚴核貪墨,臺端震慴。甲申夏,遷吏部,旬餘即致政去。僑寓蕪陰,移宛水,疽發背而卒,年六十有九。

# 泊水齋文鈔卷之一

## 疏

### 本末兼治仰贊國計疏

近以司農水衡告匱，議開采、議鼓鑄、議屯田、議開墾、議鹽法者，既發言盈廷矣。臣竊以爲，急則治標，緩則治本，今日之計，當標本兼治而後可。治標，以救目前之急；而治本，所以爲經久之圖。語有之："人無遠慮，必有近憂。"蓋爲百年之慮者，止可救目前，而止圖補苴於目前之急，嗣且有不可收拾者。焚林竭澤，終非本計。恐字多踰限，臣謹齋沐恭繕三疏，先以開采、鼓鑄言之。

臣以爲開采、鼓鑄果如諸臣之言，國家獲倍稱之息，亦無補於得失之數。何言之？遠者不具論，記二十年前，米斗止百錢耳，且有不及百錢者。近年以來，斗小而直踊，且騰至三錢矣；若以原斗較，且將四錢矣。是今日金錢四萬，止抵當日一萬之數。古者百里不販粟，近所在軍荒，至販粟於千里之外，何以故？粟死而金生也。今日不講生粟之法，而專恃一切開鑄之術，政使金高於斗，亦復何益？昔人有言曰："使我爲治，當使黄金與土同價。"此有至理，不當以人廢言也。若使千倉萬箱百室盈止，米價仍復先年之舊，是一萬金錢可抵四萬之用,不已便乎?況開采未必獲什一之利,而種種之害,不可勝言。

説者又謂鼓鑄之利,其言鑿鑿可聽。臣以爲今日非錢少之患,政錢多之患也。試觀中外遠近,萬貨皆貴,不止百穀。至布帛菽粟,無論貴賤,軍民一日不可闕者。當日窮鄉下邑之民,以中人之産、餘夫之田,經營節縮八口之家,飽煖而有餘。今日以中人十家之産、八口之田,竭蹷而不足,且散而之四方,爲溝中之瘠者,不知凡幾,其故何也?蓋穀生則萬貨皆生,穀貴則萬貨皆貴,貨少而日益貴,貨貴而錢日益賤也。當年傭者竭一日之力,得錢三十上下,而可以飽其妻子;今且倍於是,而不能求一日之飽。推此類具言之,則邊兵一日之餉倍於往者三日而尚不可,而國家安得如許金錢而餉之也?況兵之數不可紀極乎?極言之,在民則不農,不農且將爲盜,比既爲盜,又當費勦餉不可算;在兵則日譟,譟則且將逃而叛,比既叛而逃,往者之餉已不可追,而又當有追捕之費、再募之費。兵民盡爲潢池之弄,百姓因而不得耕,而苦於加派征調者,又無論矣。若使兵不譟,民盡歸農,百穀皆生,現在之金錢,臣以爲足用。若百姓不農,且迫而爲盜,雖錢如江河之流,臣以爲不足,且不止於錢之不足而已。記萬曆年京師制錢,以錢六百文抵銀壹兩;今則增至八百矣,且復有奇零,而河南、山以西有至一千四五百不等者。此何以故?則錢多與私鑄之患也。今無法而使穀與貨日多,而錢日貴,而講生錢之法,政使就銅山而鑄,飢不可食,寒不可衣,將奈之何?孟軻曰:“易其田疇,薄其税斂,民可使富也。食之以時,用之以禮,財不可勝用也。”所謂“富”,所謂“不可勝用”者,何物也?非珠玉貨幣也,不過菽粟而已。故曰:“聖人治天下,使有菽粟如水火;菽粟如水火,而民焉有不仁者乎!”菽粟生則金錢日亦〔一〕生。非真日生也,有無相易,貴賤相權,兩相生而遂裕於流水之原。若菽粟死則金錢亦死。非真死也,子母不相權,本末不相稱,恐金錢無單行之理。末重而尾不掉,勢固然也。

祈敕下廷臣詳議，至税斂已萬不可薄矣，其他尚有可言者。愚者千慮，必有一得。使盡言之，必有出微臣寡昧之外者。臣不勝恐惧待命之至！



【校記】

〔一〕亦　山右叢書本作“益”，誤。據後文“若菽粟死則金錢亦死”之句式，此處當爲“亦”。

## 第二疏

開采、鼓鑄，臣已言之矣。至開墾、屯田之議，臣謹再議之。臣以爲開墾是也，然今日已熟之田，而民之棄而不耕者，不知凡幾，民之願耕田而不能耕與不得耕者，又不知凡幾。民之棄而不耕與不能耕、不得耕者，皆各有其故。不求其故，使軍荒殘破之孑遺，樂而饁婦子於南畝，徒使之輟耕太息，而徒曰“開墾”，是圖未獲之萬一，喪已成之膏腴，不亦左乎！今日之政，但使土著者無所苦而不逃，既逃亡者無觀望而復業，雖閭里未必驟有畝棲野被之盛，國家未必便有貫朽粟紅之效，然“是藨是蔉，雖有飢饉，必有豐年”。民日歸農而賦税徐足，又況於免盗賊之患，剿捕之餉乎！

至屯之故，蓋難言之矣。前縣丞沈時其言亦持之有故。今天下衛所軍屯之法壞已久矣，若按祖制而核之，不止無屯，亦並無軍矣；不止問他人以屯有幾何、田在某處，即問之軍，而軍亦有不知者。又祖制，軍屯率皆膏腴，如山西澤潞，土瘠民貧，而寧山之屯則在輝縣、獲嘉，潞州之屯則在廣平、大名是也。軍已無屯，不盡豪右占買，亦有平民兩平交易者。但此非一朝一夕之故，父子相繼，已爲永業。今若一旦以國法繩之，使之田盡歸軍，治之罪而勒其原價，國法所在，彼亦何辭？然田非止一畝也，人非止二三也，承爲世業，已非一日，驟奪而置於法，恐生事端，且非人情。又況奉行不善，其間追呼拷較、淩虐需索；又奸民規壞所怨田産，指非屯爲屯，又以屯爲非屯，天下脊脊多事，豈宜復開此亂端？

乞敕令諸臣講求其故，不必别設官僚，但以本省撫按司道于原敕内添此一款，嚴切責成，撫按下之該道，該道下之郡縣，一道即清一道之屯，足矣。

軍之有屯而不能耕也，如敗蕩之子，其祖父貽以千金之産，不能守而鬻之他人，即使族之長者贖其故産而與之，已而又復蕩盡。今日之屯，使贖而盡歸之舊軍，决不能守。贖則價無所出，奪則又非情理，合無但清核其原屯之數在某縣、某人者，於民田之外另置尺籍，炤民田之例而增其賦。蓋河南、山東等處，其徭賦僉馬諸額皆計田而派。民之所以利種屯者，以有民田之利而無里甲之雜差，且賦額又輕。今或使如民田，或稍加焉，隨民之便而裒益之可也。但此是不得已之計，而祖制衛所軍屯之法，無復有餼羊之跡矣。臣生居僻野，不習衛所之事，敕令諸臣考求。要使“窮則變，變則通，通則久”，既無大壞於祖制，而又便于軍民，兼可以權今日之急，亦便計也。臣無任恐惧待命之至！

## 第三疏

近議鹽法者，亦既多言繁稱矣。然計天下之鹽法，河東不同于長蘆，長蘆不同於兩淮，兩淮不同於兩浙，乃其要領，則可一言而盡，曰：恤商而已。

國課之所以不虧者，鹽之行也。行鹽者誰？商行之也。商之所以能行者，以有厚利也。故商得重貲而鹽自行，非官能使之行也。鹽行而課自足，非徒嚴刑峻法可使之不虧也。故曰：在恤商而已。雖其間科條不一，而大指總歸於是。猶之足賦者在盡地之利；欲盡地之利者，在得農之情而農得竭其力；欲得農之情而竭其力，在去其農之害。鹽法亦然。欲課之無虧者，在得商之情而去其商之害，故策鹽者不必官，别尋一整齊之法，卽以行鹽之法，仍曲詢於商：若何而行？若何而可以經久？若何而可以使私販不禁而自止？因其勢而利導之，卽有奸商積弊，但去其泰甚，使之樂而喜從事，自下令于流水之源矣。蓋鹽商與他賈不同，皆携數萬之貲以求什一之息，重廉恥而惜體面。以故多一官，則多一害，稍加淩虐，卽行重賄以圖苟免。無可奈何，稍稍解散以去。卽以一切法繩之，亦止得一二年之利，而其後商散而賦遂以不繼，此所謂竭澤而漁也。猶記萬曆末年，有袁世振者行綱法。行之半年，新舊之引帶銷，而課之解太倉者遂幾倍於曩時。其後法既效，而世振誤用羣小以敗。人去而法已更矣。其所謂綱法者，臣不知其詳，然淮之父老，必有能悉之者。其時世振爲耑官，另設於運使之外。今但重運使之權而慎其選，令御史提綱於上，訪世振之法而輕重布之，不必再設多官足矣。但法雖具，而不能如世振之善行，則法如人何矣？

若以錢法行鹽法，此必不可行之數也。況于揚州設爐三百座，又使所在皆鑄，可乎？錢者，利器也。國之利器不可以示人。使刀布之權不操於國，人人得而操之，無論制錢益壅而不可行，私錢布滿天下，雖取犯者日誅之，不能衰止。天下之事，皆當以無事行之，非真無事也，因其時便於民，固有事〔一〕若無事耳。如禹之治水，决汝、漢，排淮、泗，豈曰無事？殆因水之勢而導之，但覺其無事。故曰“法”、曰“政”、曰“利”、曰“禮”，皆以人情爲主。語有之：“王道以人情爲本。”至哉言乎！是在計臣條畫之也。

臣謹言其大畧如此。臣無任恐懼待命之至！

【校記】

〔一〕事　山右叢書本作“時”。

# 序

## 賀韓太恭人暨中憲大夫韓使君旌異〔一〕節孝序

蓋伯綸將母郭太恭人歸里也,殆七年於兹矣。伯綸守青州既逾兩期,治行高等,上下倚重。當事者方擬伯綸表東海,乃遽將母而歸也,何居?使無遽歸,兹七年者,以異等遷,即隨流平進,亦左右六曹爲御史大夫。再求太恭人異數,豈顧問哉!

太君母子寧不爲御史大夫、左右六曹,甘家食,畊八口之田,將三公不易焉。人情乎世情,夙食貧,晚獲而後索,冀其子家温身寵,唯日不足。即其子趨時如鷙鳥之發,贏糧躍馬,借口捧檄絶裾曰:"固母志也。"是耶?非耶?且太君非故席富厚,偕贈君走鹿門,家食指日益夥,種砂磧,時日以幾。伯綸舉於鄉,又十餘年,甫捷南宫,起家廷尉,他人殆如責償,視此七年者,鬬智爭時,倒行逆施矣。異哉太君母子!當隼旟熊軾迎太君而東也,國人士大夫詠歌而羨慕之。無何,又奉太君而西,國人士大夫又咨嗟而驚異之。乃太君母子夷然不屑也。

不肖言往讀伯綸《陳情》諸狀,未知文生於情,情生於文,泫然不知其涕之墮也。《南陔》《白華》、"脊令"、《棠棣》之咏,交發焉。世以《角弓》之怨得罪父母者,豈少耶?罔極之報,借兹具爾。言昔謬曰:"友者,孝之善物也。"《禮》固有之曰"視於無形,聽於無聲"矣。老人類愛少子,"予季"之咏,惓惓焉。誰念"在原"爲無形聲之視聽乎?當接仲問,蓋難言之矣。太君念伯綸戴星出入,治郡勞苦甚。每見伯綸,太君彊語笑,恐知老人念仲,傷伯綸意。然枕席啼涔如漬。誡其婢,罔令伯綸知。伯綸接仲問,一痛幾絶。比溫凊,輒拭其頫,求頃刻乾,曰:“兒無恙,藐諸五六,風氣遒上。願加七箸,兒再無念也。”子母更相隱、更相慰藉者,凡幾時。然伯綸業爲章,至再四於御史臺暨諸監司使者,而太君不知也。已而,伯綸稔太君無介介二千石;卽伯綸視之久矣,其如敝屣矣。母子復更相勸加餐焉。曰:“吾母子居約時,茹荼集蓼,身絣緋洸,佐爾兄弟伊吾。今卽遽歸,回首爾諸生時,得撫諸孤朝夕,詎難割榮哉?”伯綸聞之,潸然出涕。獨謂母氏再冀博升斗,爲仲、季齠齔異日以榆收償往者耳,詎謂聖善俯從至此?卽日遣其子瑁御太君歸,以示果。章凡六七上,曰:“兔穎已秃,馬角未生。”遂拂衣就道。行之日,大東父老遮道諸狀可圖可歌,卽此可報太君矣。世詎少台鼎耶?蓋抵里閱月,始下其章,乃得請云。

時甲乙間,言獲罪,權要中以墨法,編管萬里之外。與伯綸晤泊水之濱,起居太君。知太君視諸孫十餘人暨仲、季諸孤,如仲、季在,伯綸視諸猶子,不啻如其子瑁,且督其子瑁視昆季無異阿翁視其從父也。母子暨孫暨曾孫,膝前四世,翕如也。言嗟嘆無已,欷歔而别。言就酒泉道。其時膴仕諸君子朝青暮紫,四時仕宦,尚書、御史臺如取諸寄。言悔當日無知,不得隨諸君子,以有今日。而太君母子無羨色。無何,諸君子復更犄龁,蜚語下石,恩怨截然,無毫髮遺恨。逮者、辟者、擊者,鬼薪白粲,踵接無虚日。言卽安置已,仍惴惴焉,思有後命。而太君母子無戒心。言卽今日辱賜環,叨冏命,再徼聖恩以歸。而太君且八十二,視昔愈善。

聖主以皇子生,覃恩中外,六曹條上故事。聖主特增秩宗款曰:“自奸黨首倡奪情,彝倫幾至澌滅,宜奬孝行,以弘風勸。凡内外諸臣,有終養在籍者,量加散官一級。親年八十以上,素行無虧者,有司[二]量加旌異。”大哉王言!孝治天下之意真切篤摯如此!有司言其狀於御史臺暨台使者以聞,得報“可”,有旨表原封太恭人郭氏暨青州府知府韓朓仁曰“節孝之門”。國人士大夫與田畯野叟詑爲千古曠典，窮鄉下邑黃髪老媪扶杖往觀太恭人並青州使君狀，侈譚之。太君母子依然一青州郡守母子耳，其視前膴仕諸君子何如乎？卽使前日割痛隱忍以冀序遷至貴顯，然中外如此纍纍若若，而太君母子不數數見，故君子不以彼易此。噫！介于石，不終日。幾者，動之微、吉之先見者也。知幾，其神乎！譚何容易！《詩》曰："既受帝祉，施於子孫。"以是爲太君壽。"孝子不匱，永錫爾類。"其伯綸之謂與！諸大夫國人復向北稽首，爲聖天子祝曰："周王壽考，遐不作人，猗與休哉！"此後日史氏之事也。

不肖言區區，何足爲太君母子壽耶？

【校記】

〔一〕異　康熙本目録爲"表"。

〔二〕"有司"後康熙本有一"官"字，衍，據山右叢書本删。

## 見吾詹先生壽序

士大夫皆知先生爲長者，里人亦稱先生曰"恂恂君子"也，有知先生爲持世之豪傑者乎？當左轄關中，政丙寅、丁卯之間，逆焰方張，直指某謂先生曰："尸祝上公者遍海以内，獨馮翊、京兆之區寂然不聞，此舉可乎？不然，事且殆。"先生毅然持不可。彊之至再四，先生曰："三王之國悉索敝賦，不克應，遑復及此！"蓋以他詞拒之。直指遂密奏記送璫矣。遽摭錢穀逋欠事，矯旨勒令覆奏，待章既上，禍且不測。直指佯曰："我言不幸而中，可奈何！無已，以二千金爲某壽，禍擇其輕者，或可緩其章不報。"諸同列謂："帑中括此無難，卽不然，吾輩當醵金，免公於不測，可乎？"先生曰："諸君子可謂愛我，謂之以德，則未也。"卒峻拒之。無何，璫且敗。噫！今日譚之易耳。當緹騎四出無虚日，天下重足而立，既有聲色日夜思中先生，無論逆焰，卽繡衣使者、封疆大吏，誰敢逆顏行！又諸君子謬謂愛我，獨忍不降以相從耶[一]？持我者與愛我者，但夷然不屑。先生方自謂："吾守吾常耳。"

介于石，確乎其不可拔者，潛龍也，此真豪傑矣。豪傑之目未之前聞也，自子輿始，文王且不必待，況其他乎！不肯倚君子，況附權勢之小人乎！後世分豪傑、聖賢爲二，謂爲豪傑不能爲聖賢，持論之謬至此！蓋但以跅跑負俗及以無忌憚當之耳。自古未有不能爲豪傑而能爲聖賢者也。不知子輿所爲豪傑卽夫子所爲狂狷也。後世止以肆蕩不羈目狂簡，謂狷者不過一曲謹之士耳。方不屑爲狷，爲今從政者之口實，而世道人心隨之矣。可歎也！伊尹一介不取，此一狷也；後以天下爲己任，爲放桐復辟之舉。伯夷采西山之薇，耻食周粟，此又一狷也；乃當日叩馬一諫，犯左右之不測，留萬古君臣之義。後之豪傑所不敢爲、不能爲，兩曲謹之士辦之有餘，學者何易視狷之至於此也！當先生正色危言以抗直指、拒同列，持此似葉之身，付於不可知之虐焰，不知世之君子目先生爲狷者乎？爲豪傑乎？先生並狷之名亦不居，愚直謂先生真豪傑也。當日與不肖言比肩事主，自負名流。言獲罪未幾，舉國之人盡爲諂臣媚子，蓋當日自命豪傑不屑爲者也。迨至後日，曰"既明且哲，以保其身"，彼一時也；"夙夜匪懈，以事一人"，此一時也。可羞也！先生之令子侍御君，峻整淵潔，藻鑒人倫，纔經品目，遽增聲價。先生衡門泌水之中，日勉侍御以持身立朝之槩，不肯片言隻字倚時流口吻，霑藉三秦之舉動。噫！鳳翔千仞，不知世之君子何以目先生也？

言通籍三十年矣，廿載山中，醌焉小草，驅馳南北，日求所謂豪傑依歸仰止而不可得。咏《蒹葭》之什，望匡廬之峯，臨風瞻遡，我勞如何！噫！天下大矣！可惜以僞聲氣而號召，假君子、海内冠冕之士靡然從之，復不知"瞻烏爰止，於誰之屋"矣。以無忌憚爲大豪傑，此中關係非淺矣。不知夫子何以位置硜硜於今從政者之上也？不知從政者皆嗤硜硜者也？當阿衡有莘之野，一介不取，亦不過硜硜小人耳。豈知“言必信,行必果”硜硜之小人,即言不必信,行不必果之大人,匪兩人也,願從政者無誤認也。今之世無所不極矣,極則必反,能持其極者誰乎?賴有長者,賴有恂恂君子耳。持其極者,持世者也;持世者,壽世者也。以是爲見吾先生贈。

【校記】

〔一〕山右叢書本“耶”前衍“也”字。

## 壽御史大夫玉陽孫先生七十初度序

御史大夫玉陽先生,今年嘉平十有九日爲七十初度,郡邑人士無小無大,稱觴爲先生壽。不佞言自束髮時,已奉教於先生。迫欲請益,屬某亦問序於不佞言。

言卽以問某曰:“爾之所以壽先生者,亦如世俗主進,姑爲綺靡,稱諛侑觴而已乎?”

“不然,夫亦由行古之道,曰‘尚齒也’。”

“是近之矣。然爾亦知‘尚齒’之義何居乎?孔子曰:‘吾觀於鄉而知王道之易易也。’鄉飲酒禮,義止於尚齒耳,學士大夫率以爲迂闊無當,於王道何關焉?言不能與吾子深言之。古有憲老乞言之典。言侍先生最久,自先生司李雲間,中外劇歷,以至爲御史大夫,又陪杖屨田園者,亦十年於兹矣。無亦仍乞言於先生,以告諸子可乎?”

日者,言獲從楊給事季雨侍先生飲,酒酣,顧謂余兩人曰:“不佞起家爲子大夫,將四十年矣。此四十年,人心、風俗、世運殆如歷漢、唐、宋之季,未易更僕。憶通籍初,士大夫沐浴祖宗之德澤久,率重廉恥而尚節義。卽江陵當國,炙手可熱,鄒忠介諸君子不難首犯之,方寓無水旱賊盗〔一〕之患,海内宴然,道路無豺虎,遠行者不須卜日。吾晉爲吕左司寇、見泉魏公相繼爲中丞,飭吏治,藩臯靡然向風;吾郡縣守若令賢者接踵,閭井之間,老稚熙恬,冠蓋項背相望,恭儉敦直,圭角峻整,後進對之儼如師保,鄉里亦無纂組雕鏤、奇邪淫巧之習,此耳目所覩記也。迨二十年後,諸君子成水火之形,吠聲逐影者,又左右袒賴,當恭默之朝,芽蘖未盛。乃甲乙之間,何斷斷如也!三季之禍,集於一旦,真以國儌倖矣。貪人鄙夫,纍纍若若,彼善者便夷由〔二〕視〔三〕之,盗賊、扎瘥、水旱之災,迄無寧歲;閭左更相效尤,子衿以上,有升降之慨焉。四十年之中,邪正之消長,方寓之治亂,人心風俗之澆淳,雖旦暮若更運世矣。語曰:'物極必反。'豈其然乎?極者何?則人心爲之極也。反者何?其説遠且迂,姑爲子畧言之:有氣運乘其極而反者,則水旱盗賊之災是也;有亂臣賊子乘其極而反者,則甲乙之間是也;義如絞繩之過,則繩自爲反也。當不得不反之勢,氣運亦聽之。如今者秦、晉、豫、楚之禍,豈上帝不仁耶?當是時,僉夫、壬人方以陽九爲彈冠之會,數處其極,則不可以理論;若夫賢人君子,處氣運人事之間,蓋有權矣。此吾士大夫之責也。"

楊時化曰:"誠如先生言,政如飲酒者,始乎治常,卒乎亂。必然之勢,無足怪者。《詩》云:'飲酒孔嘉,維其令儀。'古人卽飲酒一事耳,既立之監,又佐之史,政持其極也。"

張慎言曰:敬聞教矣。先生所云士大夫之責,卽楊子所云"持之"之義。然乎?否乎?日者,吾土寇至軍興之會,其間文武上下中外之際,棼如也。又巨璫挾簡書赫然居其間,情文機勢蓋難言之矣。開釁起禍,間不容髮,其憂又在盗賊之外。先生居郡中,周旋調停,心良苦,條畫便宜,當事者受成,輕重布之。至登陴勸分,以身率郡人士無論已。然其時賊奔而南,晉、豫隔一衣帶水,邊司馬暨大中丞鞭不及馬腹,於豫又無臂指之勢。使樞臣早從先生言,一犄之,一角之,詎至以楚、豫爲壑哉!迨逸而之楚、蜀,始如先生所條畫,特設制臣,晚矣!然郡邑陰受先生之福,亦復不尠。往者,司李聲實奕奕,吴門至今膾炙人口。當啓事,黨人方始犄齕,卒坦然不知所向,壹意維持公道，保全善類。乃黨人卒不快先生，竟以酒泉投畀。先是，某君子亦除此中兵使者，便拂衣去；先生怡然就道。比及瓜，聲靈濯濯，五涼内所殺酋魯數踰告廟，彼中望節鉞如渴。卽不然，以清通出，法當奉常，復爲不更事者謬擬，借先生中朝爾。主爵者又陰犄之，纔量移光禄，先生亦夷然，不以失節鉞爲憾。嗣建牙全楚，既是故物，差償河西勞勛，而奸人卒以先是在啓事時介直，嗾言者奪其秩。噫！豈知造物爲君子善人巧而秘如此哉！使以容容冀厚福，無所用以持身世，諸公引爲儕類，由楚鉞遽躋台鼎，猶拾芥耳。然卒不以彼易此，世道人心，先生所爲持之者淵矣，未易與他人道也。

楊子復盱衡〔四〕而起曰："果然，吾士大夫之責，其何辭焉！無論得爲與不得爲，各自盡耳。記有之，五帝憲老，三代憲而又乞言，然皆有惇史焉。子今者合德音之致，乞言於先生，仍爲先生壽，以是告諸後學曰：古人尚齒引年之禮，葢如此，豈徒獻稱觴而已乎！"

某曰：微子之言，吾小子烏知之？然側聞先王之養老以教孝也。今日爲先生壽，無亦竊附於教孝之義，爲鄉里之盛典，可乎？

【校記】

〔一〕賊盜　山右叢書本爲"盜賊"。
〔二〕由　山右叢書本誤爲"猶"。
〔三〕視　山右叢書本誤爲"祝"。
〔四〕衡　山右叢書本作"山"。

## 賀王母張太孺人七十壽序

張太孺人者，進士王夢卜之母也。夢卜除韓城令，時以覃恩贈贈公文林先生如其官，母爲太孺人云。文林先生與言舅氏爲從兄弟，是文林亦渭陽行。然言總角，大父田南公延文林先生，使受業焉。師道尊，故絀渭陽，一稟於師，是言與夢卜中表兄弟。

今年秋，太孺人御象服以七十初度，子若孫北面以次稱觴，爲太孺人壽。言以先生門下，得爲詞侑觴焉。言視夢卜六七歲而長，衰鬢如秋。憶在門下時，四十年於今矣。其於太孺人暨夢卜升沉榮悴、貧富貴賤之變，耳而目之熟矣，蓋穆然有深思焉。不惟是，濩澤之間後先奕奕〔一〕，蟬聯鼎貴，王氏世家實甲郡邑。太宰疎菴公、太參正吾公，又前山、龍川、霈寰，彬彬蔚起，項背相望，猗與盛矣！乃中間盛衰奢儉，子弟之賢不肖，風俗之隆替，言又未嘗不服膺於四十年終始之致也。太孺人身親見之，言與夢卜目擊而道存，則太孺人之享有今日，譚何容易！

方太宰參知貴盛時，太孺人視之，豈止南北阮哉！其時族黨子弟席聲華，擊鮮飫醇，壹醉日富。其賢者亦持籌子母，問田舍，資以萬計，羊牛角千。其時文林先生蕭然諸生耳，太孺人椎布操作，攻苦茹淡，仰佐先生下帷，時授子弟室里中。先大父迫爲言擇所事，太宰公曰："無踰我家阿咸。"蓋指先生也。太宰既以垂髫時器不肖言，亦謂文林先生必當繼太宰而起。言侍左右，又歲時伏臘謁其家，見先生爲太宰翁小阮，日襍公子公姓間，無毫髮聲華之色。卒不報於有司，太孺人竟亦無介介，曰："以三尺之管得既禀不給，又俯藉十脡之微，異日以青氊爲我家子弟青箱之資，詎不忍俟，乃與諸富貴爭一日哉！"時夢卜亦已從文林先生有事於有司，聲譽鵲起。無何，先生之大東安丘博士，謂太孺人曰："我家無半井之田，食指日益衆，意留夢卜，其家計俯仰。"太孺人持不可，曰："廣文俸足支朝夕，我二十年攻苦，不得於夫子，今將計日而獲，忍以朝夕煩兒輩耶?"卒偕夢卜兄弟之青齊，仍茹淡如前。諸生時，督夢卜兄弟無休日，夢卜得一意無他營。明年，遂舉於鄉。而先生又量移楚當陽。時仲若季各有室，先生又擬留孝廉於里中如前時，太孺人又持不可。而夢卜又以孝廉渡瓠子，浮荆襄而下，縱覽三湖七澤之勝，羣楚材而日磨淬之，學日益進，卒有今日。太孺〔二〕人不得於夫子，乃獲於其子，是雖夢卜象賢，然堅忍有識力，相夫子，教其子，竟以享之。此豈當於婦人中求之耶？雖古彤管所紀，曷以加焉。

回視嚮〔三〕者諸公，姓籍赫奕，爲車上舞，日坐梁肉，式號式呼，俾晝作夜耗，斁先德，後卒時日以幾朝不謀夕，爲宗祊羞，何如乎？乃太孺人既貴，比就養歸，仍以勤而嗇督諸子舍，見故諸宛若，呴嘔道故，尊卑各如其禮，無驕色，是有今日，豈偶然哉！言又聞就養關中時，里大祲，族黨有不舉火者，命夢卜賑其乏；夢卜亦善承太孺人意，爲次其等，割廉俸周給，凡有差。是何其仁而有禮之至於斯也！

言憶四十年間，當太宰暨先大父居里，其時風俗淳美，二老身先之，無淩弱暴寡、嚚陵詬誶之習，今稍稍替矣。視太孺人暨夢卜與言總角時，風會之變，譚如百年外内事。則太孺人攻苦茹淡佐文林先生，其懿行淑德，真可以風矣。今日子弟之賢不肖，風俗之隆替，夢卜養志之孝，扶傾而濟其弱，激頹厲頑，以繼太宰公而起；言從其後，願奉教左右，以無負先生。爲太孺人今日稱觴，豈不與有榮休哉！

言之母黨，又我先生之族也。《詩》曰："維桑與梓，必恭敬止。"是豈特維桑耶？不寧是，正吾公亦言渭陽行，起家乙丑。言計其七十時，皤然一老，舞斑持觴，率膝下四世，爲田太宜人九十壽，時侈爲美譚。今夢卜亦乙丑起家，太孺人仁厚而有禮，壽當齊田太宜人。異日遇其事，言〔四〕或借庇。夢卜無恙，尚當操觚，與其族黨子弟之賢暨受教而沐其恩者，共爲太孺人九如之咏，受兹介福。則今日者，豈足爲太孺人子母侈譚耶？

【校記】

〔一〕奕奕　山右叢書本作"弈弈"。

〔二〕孺　山右叢書本作"夫"。

〔三〕嚮　山右叢書本作"鄉"。

〔四〕言　山右叢書本作"亦"。

# 悔〔一〕草序

《悔草》者何？是不肖言追往者之不知學、不聞道，痛自刻責，無人可控，無地可容，不得已，自泣自愬，而乃爲是草，用志悔也。悔，固也，而必爲是草者何？芒芒然如窮人無所歸。聖賢之言如飲食焉，朝斯夕斯，彷徨於胸臆手口之間，恍惚而冀一遇也。又人之有病，百體無恙而先見於脈，故醫者得而醫之。雖諱疾忌醫，而切者已不言而知之矣。余既悔矣，方寸之病，余方不自覺，而龐雜之症脱於手口者，畢見於筆楮，無毫髮可遁。有愛我者而賜之藥石，將慶更生焉。此余志也。

噫！悔晚矣，何嗟及矣！雖加一日，不愈於已乎？

【校記】

〔一〕悔　山右叢書本誤作"追"。

# 九正易因序

甚矣，讀《易》之難也！然人人可以讀《易》也，何也？以人日在《易》之中，《易》日在人之中〔一〕，百姓皆可與能也。百姓皆可與能，而上士大儒有所不知也。《易》無如人何，人亦無如《易》何。如水之在江河也，象與鼠各厭其腹而止矣。謂無得於江河不可，安得有一口吸盡西江者乎？愚不肖、賢智各隨其分量，而各有得焉，不可誣也。今之學者尚不足與於觀象玩詞，而況其上焉者乎？

然《易》者，寡過之書也。苟得讀而寡過焉，蓋亦難矣。象者，圖也。今羲、文之圖俱在，而悟之者誰乎？曰：伏羲四圖，其説出於邵氏，得之李之才挺之，挺之得之穆修伯長，伯長得之希夷陳摶圖南。挺之、伯長之學不可得而聞矣，希夷之世，可尚論也。康節發諸賢所未發，然所謂弄丸者何物乎？自古有田何之《易》，有費直之《易》，有王弼、孔穎達之《易》，而焦贛、京房復有《緯》。然孔子授於魯商瞿子木，而後授魯橋〔二〕庇子庸，子庸授江東馯臂子弓，子弓授燕周醜子家，子家授東武孫虞子乘，子乘授齊田何子裝，而後有施讎、孟喜、梁丘賀之徒，亦夥矣。今四聖之圖與辭具在，不此是究，而復譚《連山》《歸藏》耶？謬矣！夫子十傳，注《易》者也，後之訓詁者，非膚則支，不復可措手矣。但言《易》者，有象數，有理，有玄，有心《易》，有《緯》，有災變。數者非一，非異，而偏得者，各據其勝。若斥心學者，謂無理，無象數，而《易》道廢，則太甚矣。程子曰："康節論數，始論理。"關子明筮卦，取驗不爽。京房諸家，推算如響，堯夫而外，周、程諸君子不與焉。要以夫子之《傳》讀《易》，足矣。《彖》之於卦詞也，《文言》之於乾坤也，繫之諸爻也，不皆尚心《易》道問學耶？未嘗專泥象數也。"大衍之數五十"，"是興神物，以前民用"，"探頤索隱，鈎深致遠"，"莫大乎蓍龜"，未嘗不言象數也。曰"占事""知來"，曰"神以知來"，曰"知來者逆"，未嘗不言未來也。故十《傳》備矣。唐虞用世，閎散經世，演《易》序疇，不肯死而覺世，龍逢、比干肯一死而持世。知幾善變，伊、吕用乾，知雌守黑，黄老用坤。天根月窟，弄丸而吟。鼓掌大笑，墮驢而睡。伯陽之道，可以長生，景純之術，遂能知死。以至京房之災變不爽，關朗之書晉罔錯，出世入世，爲聖爲仙〔三〕，皆《易》也，而皆不足以盡《易》也。

七政何以齊？齊以璣衡，以數知之也，其數生。然治亂存亡，聖賢盗賊之數，庚甲姓氏刻定而不爽毫末，數之所極，理遂無權，雖堯、舜、羲、文不能轉變也。又何也？其數死。死者不易；生者可以推算而得，亦不易。何以曰"變易"？曰生生之易，曰不測之易，曰無方無體之易，易簡之易也。真不可思議矣。嗚呼！天地之有陰陽也，有治之必有亂也。有君子之必有小人也，有麟鳳之必有鴟鴞虎狼也，有芝蘭之必有荆棘也，有禎祥之必有妖孽也，此天地之所以爲天地也。神聖之必欲撥亂而反治也，必欲進君子而退小人也，必欲扶陽而抑陰也，裁成輔相，參贊位育，此神聖之所以爲神聖也。所以天、地、人並立而爲三也，以三百八十四君子處六十四世界之中，有一卦一爻權不歸君子者乎？太阿利器，雖天地不得而操之。宇宙生心，造化在手。今觀《易》，不言太極，而《傳》特言之；《易》不言易簡，而《傳》屢發明之。既曰終，則有始，天行也。天地盈虛，與時消息，而又曰"先天而天不違"，何也？噫！天人相與之際，難言之矣。

因讀李宏甫《九正易因》，煩吾友毛子晉鳳苞再鐫之。曰：《易》者，寡過之書。余止有觀象玩詞而已，天人之際何知焉。

【校記】

〔一〕《易》日在人之中　山右叢書無此句。

〔二〕橋　康熙本、山右叢書本并誤作"槁"。《漢書·儒林傳》："自魯商瞿子木受《易》孔子，以授魯橋庇子庸，子庸授江東馯臂子弓，子弓授燕周丑子家，子家授東武孫虞子乘，子乘授齊田何子裝。"據改。

〔三〕仙　山右叢書本作"賢"。

## 王芝房詩序

詩至今日，盛極矣。盛之極，則衰之始也。詩人謂往者不足以驚衆，遽操勝於耳目之外，爲纖爲艷，爲詼詭譎恠。詩窮於人，人亦窮於詩，途遂百出而無已，如元次山之徑直，孟東野之寒峭。余最不能同衆好。甚至如元、白之淺率，深厭其薄；塡詞之濫觴，最惡其淫。乃皆傳之至今，何也？則以淺而淫皆真，則皆傳也；若假，則决不能傳矣，雖郊廟明堂之章，堪覆瓿耳。則詩何嘗窮人，人自窮耳。詩，往見李長吉之奇，但能爲歌行耳，五、七言近體，長吉不能也。

今芝房之奇，深刻藻麗，幻而爲近體，將使温、李遜之，是芝房之變而不窮也。余不能詩，近益矢絶口不作一字，即劌肝鐫腸而出，亦復何益！然喜讀詩，即《十經》諸書皆以詩讀之，可以永日，可以投老。試與芝房商之，妄竪其義。芝房爲我各著一語，余將以爲誦詩讀書之法，可乎？

"詩言志，歌永言，聲依永，律和聲。"此足盡聲詩之變矣。變則惡可已也？故有歌之而哀樂不能自主，勃然而神往者，何也？

侃曰："此情至而性從者也。"

哀樂，性也。情至而勃窣出之，或斂笑爲顰，或破涕成笑，感其所感，抑何禁乎？又讀之而一唱三歎，若我有懷不能自吐，古人代爲予言者，何也？

侃曰："此性通而情浮者也。"

古今懸矣，情性何殊！我所欲言，古人言之；我所不能言，古人暢言之。後之視今，猶今之視昔也。桴止響騰，隨響俱盡，如器中鍠聲出於外，嫋嫋不絶者，何也？

侃曰："此情流而性寫者也。"

情淵既波，性海亦瀾，非絲非竹非鏞，寥寥短篇，音出紙外，予安知其所自乎？聽之若吞若吐，鬱陶而不能言，實反勝於盡辭者，何也？

侃曰："此情溢而性爲之堤也。"

解弢而出，若奔波之下坎，然盡則無餘，姑留此以待解人。若不解，亦姑聽之，政於不可解解之，深於解矣。紙上之陳言耳，凄然如秋，煦然如春，不寒而栗，不飲而醉者，何也？

侃曰："此情抒而性爲之劑者也。"

性，情〔一〕根也，感物而動，發乎其所不禁。倉庚俱鳴，寒螿同韻，作者不知，讀者不覺，四時之氣，俱在其中。古人有云："先生將移我情。"是耶？非耶？同一事，同一情〔二〕，或索而易盡，或雋而有餘，何也？

侃曰："此情異而才殊者也。"

有性有情復有才，情之所至而才至焉，才之所至而學至焉，學之所至而悟生焉，悟則生生之爲《易》矣。標義在此，映發在彼，如珠照乘，若鑑懸空者，何也？

侶曰："此情至而性亦至者也。"

同一聲也而有音，同一珠也而有光，同一花也而有韻。音也，韻也；光也，情也，性也，不可思議。同一物，同一境，他人視之土苴耳，一經詩人拈出，臭腐神奇者，何也？

侃曰："此情況而性朗者也。"

天地一指也，萬物一馬也，古人見桃花而悟道，今桃花徧地，道果安在？無聲之聲，昭琴點瑟；無言之言，拈花豎拂，何也？

侃曰："此情化爲性也。"

昔人有畫者，止作一艇、一閣於孤山絶島之中，前面無窮通，不作波瀾，而觀者便作"孤帆遠影〔三〕碧空盡，惟見長江天際流"之想，蓋非紙非水，是紙是水。噫！難言之矣。

讀芝房著語，余恍然若自失也。詩，吾知其不能矣，但守此爲讀書、言詩之法，其許我乎？

【校記】

〔一〕性　康熙本誤爲"靜"，據山右叢書本改。

〔二〕情　山右叢書本作"辭"。

〔三〕影　康熙本與山右叢書本均誤爲"引"。據《全唐詩》改。

## 郭楚玉詩序

序詩者必知詩，知詩者必盡古今之詩之變，而後謂之知詩，而後可與言詩。余不知詩，而可與言詩乎？而況可與序詩乎？假使余知詩，而詩實不待序，而況待余不肖之序乎？

《六經》之有詩也，猶世之有山水、五倫之有朋友、五味之有酒也。山水在玄對,朋友在聲氣。醉之意不在酒,聲氣不接、神情不堪玄對,沉湎者徒在麯蘗,恐成辜負耳。故讀經者,《書》與《禮》差易,而《易》與《春秋》暨《詩》最難。《易》《春秋》姑不論,即如説《詩》者,無慮數十百家,而《詩》故自如也。子夏之外,又有端木小序,兩賢已不能相同,而況其後焉者乎?設使盡去《詩》序,《葛藟》《卷耳》諸詩,何以知《葛藟》定爲"逮下"也?即使不知其爲"逮下",而諷詠不置,其味更深長於"逮下"也。知〔一〕此者,可與言《詩》矣。

故楚玉以其朋友、山水、麯蘗之趣,盡發而爲詩。而讀楚玉之詩者,能令人幽,能令人遠,令人悲喜不自禁。非悲楚玉之悲,喜楚玉之喜,而人自悲、自喜、自幽、自遠也。雖人自悲、自喜、自幽、自遠,而實楚玉能使人悲,使人喜,使人幽且遠也。詩至於能使人且悲、且喜、且幽、且遠,而乃可與言《詩》矣。然讀者而果能自悲、自喜、自幽、自遠,豈惟可與讀《詩》?雖與之讀《易》與《春秋》三代以上之書,無不可者,而況其下焉者乎?審如是,雖謂余不肖,可與言詩也亦可,序詩也亦可。何也?詩,活物也,人人而可與言詩也,而況於余乎!楚玉勉乎哉!《六經》而下與百家之書,皆詩也,不必止以漢、魏、隋、唐風雲月露之什始爲詩也。盡取非詩者讀之,而後出而爲詩。惜余老矣,楚玉勉乎哉!

【校記】

〔一〕知　山右叢書本作"如"。

## 又玄雲水集序

我今年正五六月滯曹丘,未得即代以去。時聞又玄在錦囊夷門間,恨不縮地往來。蓋五六年風塵中,求泉石而不可得。對一秃居士,眉宇如在丘壑。比予抵里,苦應酬。已而,粥後忽行散,至卧虎山東北許嶺嶠,丹楓與柿葉競醉。欹樹良久,俄聞汩然有聲在敗葉亂石之中，如哽咽而欲訴也。以手撥之，蒙茸纔豁，遂能濫觴。又十餘步，覺苔蘚蒨密，凝翠浮嵐，手搔杖掉，泉脉皆活，百武之内，諸泉流響，殆相伯仲。是入里快事。

一日，聽泉歸，有僧出岫來自珏山，云："有僧晳而髯。"句下若不甚欣然者。詢其狀，曰："若聊不關人意。"余默然，又支頤者久之。出岫歸，俄踵岫武而來者，倒衣應門，居然"晳而髯"也。我度曰："此必聊不關人意者。"原無半臂，不暇寒温，直訊之，乃卽所謂前"五六月滯曹丘不得去，求縮地往來而不得，在錦囊夷門之間"者也。又玄比見我，果"聊不關人意"，此與前虎山泉自鳴、自咽於滯葉亂石之中者何以異？先是，探幽得泉，謬嘗獎拔云："好泉如韻士，埋響在深谷。孤清漱山鬼，千載閟寒渌。中道逢知己，獎借標嘉目。幽人固有權，泉石生芳郁。"既又玄振錫西來，歡喜無量，曰："高僧如幽泉，寄托自迂遠。聊不關人意，政爾味滋雋。迫之不可求，眉宇堪玄緬。"此予入里又一快事也。

乃予家指日繁，比歸，主僕雜處，爲妻孥所迫，方營土木。又玄失其所懷，來衡嶽、九華，勃然在刹那間矣。予度，我不可以留又玄，又玄又發願走深山，持準提百萬萬。我又度，我卽留又玄，卽不營土木，今日漱龍泉，明日眺白雲，又明日憩青蓮，止是留一衲子點綴泉石耳。卽不然，我尚欲走長安，假説口頭禪，久稽若持咒功課，此是我第一罪案也。不如任其去，但一切予能割愛。又玄來，予見又玄詩，輒一作詩。今又玄去，敗我意者不止土木，我意又不甚難敗，决不復再拈此事矣。然我詩因又玄作進止，詩定不入流。而又玄乃能令我勃然有此嚮往，則又玄殆目擊而此道在者。

初聞又玄名，是黄山白岳間人。又聞善八分書，又意度松蘿山中來，其人焚香、吃茶、作詩、寫字耳。比入門，纔一短袖破衲，携一負笈者，定當是吳下閶門兒，求祝髮，不可，彊而後可者，政自精茶理。比見之，都不復之然。徐詢其居平，曰："我幼時父母督我書，我讀若解若不解，輒棄去。及長大，作估客，我有千金，隨手盡，兄長督我對簿，我輒錯落不可覆按。已而，諸貴人達官彊掌記我，我苦周旋。今遂止有此髯如戟耳。”予聞之，撫掌大笑，曰：“幸爾讀書嬾，不幸爾書若成，是止一措大耳；又幸爾不問生産，不幸爾〔一〕居積致富，善周旋諸大人間，是徽中大賈耳。爾徽中人布滿世界，有居貲百億萬，豈少爾錙銖？不則，只是山人清客耳。從前是嬾，從後是癡是迂。此于世人都不近，然自有近處，不可提唱破耳。爾讀不就，作賈日窘，作遊日益厭，竟〔二〕歙心此道中，亦懶、亦癡、亦迂。乃我未見，如思泉石；既見，津津然欲一拈詩。當爾眉宇，此亦殆是爾昔劫，熟識所持，毫不可强也。爾今走衡山石門，當先至度門，從度門後三年，復見我太行之麓。果如何？”

予既以此作祖道，并以弁《雲水集》，以期他日聚首，復漱靈湫，題濯硯，兩相舉似，其許我乎？

時丙辰十月既望也。

【校記】

〔一〕爾　康熙本誤爲“而”，據山右叢書本改。
〔二〕竟　山右叢書本作“意”。

## 萬子馨填詞序

余讀萬子馨所刻填詞，蓋吟詠低徊者久之，有文章叔降之慨焉。詩之降也，流爲填詞。漢魏以來，樂府舞歌，《子夜》《讀曲》，雖奥古，去填詞遠甚，然已微露其聲氣。迨至齊梁以後，綺靡纖麗之極，不得不流而爲填詞也。至填詞而之於元之曲，盖如决水於千仞之溪矣。故填詞者，在唐以後爲詩之終，在元以前爲曲之始。然詞之至佳者，入曲則甚韻，而入詩則傷格。風會浸淫，雖作者亦不自知也。然今之樂猶古之樂，箜篌、鐃歌、觱栗、笳吹，皆可以被金石、享人鬼，而况詞與曲乎？但曲以後，再不得復有濫觴矣。《三百篇》柔情蒨語暨古樂府，率用方言巷謡，而傳之至今，膾炙不厭者，何也？故余以爲填詞者，用俚用俗，若雜若諧，以填詞之格而一持以古樂府《白紵》《舞歌》《子夜》《讀曲》之聲氣，子馨雅能辨此矣。若元之曲再降，益不可知，識者憂之。故余讀子馨是刻，愛而推之如此。



## 蕪湖禪定菴募緣序

余以賜老不得歸里，借靈藥餌，養疴禪定。既入庵，闃如無人。諦察其衆，將三百指。僧衆主伴，寂無譁者，不問不答，不諂不慢。淵霄清晝，唯聞鐘磬。如來菩薩，尊者伽藍，按指低眉，慈威俱現；瞻禮不覺，畏愛兼抱。客僧行脚，至者如歸，薦榻齋供，茗粥充潔。童子行者，如待檀施，方等行慈，無有高下。飯者不德，食者不感。余訊主者："不給奈何？"曰："龍天常住，無煩預計。計後先費，殆倍千金。施者非求，受者不畜。衣鉢之外，分寸無餘。"余隨喜已，喟然而嘆：富貴聲色，暴殄無算。求若錙銖，了不可得。骨肉故舊，不獲微霑。千倉萬厢，惟日不足。大力負去，而彼不知。視彼緇衆，於意云何？因復嘆此，茫茫世界。三大聖人，主持覆冒。天地有憾，聖人代之。此聖有憾，彼聖代之。無論柱下，目擊竺乾。有如斯者，能無深念！今兹主者，竟所未竟。不求而施，施者無相。無相之施，福德無量。若曰破慳，是義不然。慳是儉德，安可破除！喜則便捨，媿則能施。當其媿喜，施者不知。求福之念，亦復無有。作是募疏，亦無募相。余無所捨，笥無長物。犀帶一圍，施作常住。

# 陽城虎谷張氏族譜序

先王因情以制禮，後世緣禮以用情。因情以制禮，是由仁義行也；緣禮以用情，是行仁義也。行仁義是假之也。世衰道微，求行仁義者且不可得，而況其上焉者乎？

今夫施由親始是也。若有期頤大耋之老，居然在堂，孫之子復有孫，孫復有子，而此子者於堂上之老人死喪之後，袒免而已。此子子者，見其祖父而上擗踊無已，則亦涕泗滂沱。然不能緦之外復有緦也，故至此而禮窮。一堂之内，繈褓之中，此皤然大耋之老，無奈此袒免之子何，而況其族乎？而況愾焉不覩其笑語者乎？此子者，朝焉夕焉，飲焉食焉，是日者老人所爲弄之掌中、餌之膝上，此子亦復不能忘情於此老，見其祖父而上哭焉，亦哭；踊焉，亦踊。是禮窮於此子，而此子不肯窮於禮。其不窮於禮也何故？仁人孝子必有術而處於此。世有借父耰鉏而生德色，兄則死而子皋爲之衰。嘻！其甚矣！先王之制禮也，雖行路之人皆弗忍也，則心無窮而有節也。但令後世緣禮以用情，情與禮交維而不墜，則先王之心至今在世，與世道不至交相喪也。故君子盡禮以敦本，因仁以弘道，如是而已矣。禮不忘其本，身所始爲祖。自仁而率之，文有殺而親無盡也，君子之所以立本也。兄弟鬩於墻無相顧，乃世有悍夫暴子詬誶其族曰："我之與爾也，服盡矣！可以加諸爾矣！"然不能無兢兢於緦小功之察，古先聖王恫乎有餘悲焉。是故族之有譜也淵矣。遡身之所始，不窮於祧，遞祖之所生，不窮於緦，是譜之義矣。由是而推之，"隣有喪，不相杵；里有殯，不巷歌"，而況同柯共幹者乎！言之族無譜，深用惻然，精誠玄感而得此譜。大父田南公題七世祖爲八公，今乃知原諱純，以行八，遂傳爲八公云。譜之所係，顧不重與？子子孫孫其勿替引之。若匱神乏祀，神寔怨恫，而肯降之福乎？《詩》云："孝子不匱，永錫爾類。”其斯之謂與？

## 後　序

言既爲家譜，有序矣。往丙寅赴酒泉，過臨洮，以病作數日留，傅孝廉以譜序見屬。今年秋，《宗派紀》詮次告完。簡笥中，偶得前稿，其意義與所自爲譜序，畧補所未備。因删定，再書之於後，以告來者。

或問曰：譜胡爲乎作也？曰：譜也者，所以篤親親之仁而維禮之窮也。傳有之：“親親，仁也。”又曰：“親親之殺，禮所生也。”則禮者仁之節文，而親親之禮儀，威儀也乎？然親親之必有殺也，何居？夫人必有所自始，然高大父而上所不知何人，猶玄、耳而下所不知何人也。旁及於族，緦功而外，至袒免而止，則禮之所不得不殺也。是禮窮於服矣，服窮於緦矣。然族不窮於服，情不窮於緦也，奈何緦之外遂如秦越人之相視也？則禮絶而仁廢，將所謂“親親而仁民，仁民而愛物”，其道安在？

夫遊者之久羈也，見所謂同國者而暢然，又見所謂同邑者而凄然，又見所謂同井者則益復欷歔笑啼之無從矣，而況其族乎？故謂“親親仁也”，而仁民、而愛物，如行遠必自邇，由奥而登堂而門而郊圻焉。有譜焉，而緦小功之外，匪異人也，由父母焉而昆弟、而伯叔、而三族、而九族，以至“民吾同胞，物吾與也”。則禮不窮於服，情不窮於禮，而先王之禮所以至於今不廢。不寧是，於是有死喪之儀焉，有慶吊之節焉，有燕享之則焉，有祭祀之典焉，有周給之數焉。又有大宗焉，以培其本；有小宗各别爲祖焉，以豐其枝。復立所謂不遷之祖焉，曰是祖功宗德，又以係我孫子千枝萬葉於不替，則譜之義大矣。

故譜也者，所以篤親親之仁而維禮之窮。死喪、慶吊、燕享、祭祀、周給、大宗、小宗之制，是又譜族者之綱紀文章，所以翼譜之窮，而禮與譜交維於不墜也。故木之有幹也，振其本而枝葉隨之；又如一體焉，拔一毛而體爲慴。秉禮之仁人，穆乎有深思焉。爲子若孫者念之哉！

## 歲計録序

語有之："三年餘一年之食，九年餘三年之畜。國無三年之畜，曰不足；無一年之食，曰國非其國矣。"國既如此，有家者亦復如是。有國者之不宜封殖也，但謂不當掊克聚斂耳。如《周禮》理財，纖悉備具，何諱焉？侈譚高潔，每喜言不問家人生産。君子之不言利也，但謂不當孳孳如市井小人耳。詎有五禮之需，俯仰所賴，並置不問？則天地之棄物也。故君子一身，大則天下國家賴之，小則三黨鄉里賴之，大小不等，有用於世一也。不然者，是不過獨夫耳。一身衣食且仰給於人，禮廢樂崩，遺神乏祀，不孝孰甚焉？《大學》言："生財有道。"王伯之業，雖至細民，總不出此。語又有之："儉，德之共也。"夫子至以儉當禮之本，故治家養德，無過於儉。士大夫之家易趨於奢，如水之流而不可止也，其在婦人女子爲尤甚。"家人，利女貞。"《關雎》之後次以《葛覃》，豈無謂哉！比者吾土降割，且旱已三年矣。謂宜恐懼修省，冀天心悔禍，在吾父子力持頽運，庶幾萬一。《詩》云："無念爾祖，聿修厥德。"又《書》曰："儉德，惟懷永圖，念之哉！"無徒曰理家治生，君子謹身之道，亦豈外此？乃與俗同，隨婦人女子，牝鷄晨鳴，惟家之索哉！

# 泊水齋文鈔卷之二

## 碑記附序一首

### 宗教寺碑

宗者何？達磨西來不立文字，直指人心，見性成佛也。教者何？四十九年一往，所説十二部經，修多羅教也。宗、教有以異乎？無以異也？余不得而知之矣。儒者譚佛乘與釋[一]者論孔孟之學，昔人譬之交淺言深，信哉！宗、教一也。以余觀今古之文，有言止而意不盡者，至言也。有意已盡矣，而言不肯止者。至今讀《華嚴》《般若》諸經，亦何展轉譬喻無有窮極也！則佛之慈悲無已也。法尚應捨，何況非法。固已一語道盡[二]，不煩初祖單提，而無奈學者之聞見何也。是以航葦者不得已，遂爲直指耳。但此宗既立，盡掃文字，至祇桓妙義，俱屬葛藤。高者藏於揚眉、竪拂、棒喝、呵罵之中，次者亦逃於一句一偈、抵掌嬉笑之内，而佛燈微矣。豈此面壁者之初意乎？當日告二祖曰："吾觀震旦所有經教，惟《稜伽》四卷可以印心。"何嘗不立文字？此法亦緣夫豈法性，何常專借文字？故教之弊，墮名言習氣；宗之弊，相率而流爲狂慧。可歎也！迦文、慶喜，情均天倫，何不如渡江者之愛神光而娓娓不置，何也？時未可也。安心已竟，復示以佛語心品，何也？則道固不可偏廢也。即如顏淵者，夫子以爲絶學，然止曰："不遷怒，不貳過。"何以七十子之中"今也則亡"？又"不遷""不貳"，果有文字可傳否？"一貫"之傳，直至將悟之頃，始呼參而告之。雖以端木穎悟，夫子所最愛，直至末年，不忍不告。當告之際，仍開兩路，而賜終不悟也，奈何！徑引初機，捷傳向上，使言前句，下之徒視靈文貝葉如塵飯土羹乎？故余以爲博文者，約禮之功也；惟精者，惟一之功也；格物者，致知之功也；道學問者，尊德性之功也。雖以顏子之絶學，不能舍博文而約禮，堯舜之授受，不能舍惟精而惟一也。則約禮爲宗而博文爲教，惟一爲宗而惟精爲教，果然否？

今告世間衲子，必性相俱融，宗説冥會，直至彼岸，此筏方離。不然，廣額之子立地成佛，乃金剛等覺異熟方空，豈鼓刀屠者反勝於不動地菩薩耶？堯兢舜業，下同困勉，愚夫愚婦，盡是生知。故宗教者，非一非二，决不可判教分宗，誤此蒼生也。鶖谷〔三〕大師雪公人天法眼，既憫初机，爲説種種，又恐但墮名言，復單提自覺。蓋説通者化佛所説，宗通者法佛所説。説爲童蒙，宗傳行者，以故創此精藍，標名宗教，有以也夫。余偶托鉢於此，其法嗣了元瀾禪師爲説緣起，礱石以待者廿餘年矣。援筆記之如此，舉似余友人開士郭新，新曰："可。"

【校記】

〔一〕釋　山右叢書本作"佛"。
〔二〕道盡　山右叢書本作"盡道"，誤。
〔三〕谷　山右叢書本作"國"。

# 冀南道兵備副使王公平寇碑

吾冀之南鄙，賴國家福，敉寧無事，户口蕃殖，鷄犬之聲相聞，有康衢擊壤之風，蓋二百六十年於兹矣。往者關中震隣，言竊有杞憂。説者曰："冀野既不腆，不足以飽彼，且析城、濩澤之險爲賊所忌，無用爲慮。"言曰："是不然。天下有事，豪傑蜂起，如劉、項之爭山澤，可用偷安？不則，草澤之弄，走險負嵎，吾土〔一〕憂方大耳。"無何，賊王家胤〔二〕以萬衆〔三〕渡汾水而南，遂闌入其境。時使君檄有司，督吾民收拾盖藏，無使鄉閭〔四〕有升斗之遺，令賊不得入，卽入而無獲，不終日且饑而去。不啻再四，百姓不聽也。

壬申秋七月，賊遂以數十萬衆，綿亘百餘里，壓高都而西，子女玉帛厭而去，嗣且月一至焉。沁之南暨邑東西，賊建號樹幟者不一而足，或以萬計，或數千。既揭竿，脅從者且十五六，至若上黨、汾水，亦不啻幾過於是。聖主遣大將軍率偏裨凡若而人，更敕大中丞親履行間。少稽，再以嚴旨切責邊司馬輟宣、雲，來視其事。又再遣軍容，日夜督察，罔少怠。先是，既不聽使君檄，且以飽賊，而公私如洗。賊十五六過，兵尾其後者數如之。壬申秋，稍有獲，初尚竭蹷供億，父老子弟更相勸勉曰："此二百餘年纔有今日爾，敢愛其餘！"悉索敝賦，以充壺漿。不幸大軍之後，又以災告。賊氛既未衰减，我師興發未已。瓶罄罍耻，可奈何！且大將軍建旗鼓來者，凡幾易，偏裨而下，材官蹶張，各率所部，冀厭厥欲，未易更僕數。然緣縱發縱之机，愚闇未知所屬，格格不相能，而文武、遠近、中外之間，叩籲不靈，軍容奉簡書，赫然居其間。吁！難言之矣。

余至今日，賊既遁去，得從父老後，謂幸可旦夕無事矣。痛定思痛，始進父老而訊之曰："往者芹池之捷，賊已踰吾邑而西五六十里，時偏將軍領二千之衆，既越富店，問誰督之，令其銜枚而返，殺千餘級，賊遂鳥獸散乎？龍泉之捷，賊以數萬據潤城白巷，恒舞酣歌，曹將軍出賊不意，殺賊數千，除墮崖塹而死，暨所獲婦女無算。計先後大小之捷，兹爲首功。賊膽裂於龍泉之戰，後不復飲馬於沁陽。問誰督趋大將軍卷甲而趋，夜發高都，行百餘里，賊驚從天而下也？流寇禍始關中，强半叛卒。日者踰關逃伍，嘯聚鞘韃間，效尤家胤。問誰曉譬禍福，以千金犒首從，遂下馬投戈，感恩圖報，後皆得當以報，究不至貽叛之害而反受撫之利乎？冀之南，守與巡各畫地而治，若農之有畔也。誰能左右畫，朝潞子而暮汾水，拮据卒瘏，奔命永寧、石樓間，三交坪、豪子原，督率兵將，大小數十戰，所殺擄過當，不以代庖卸擔者乎？郡縣被兵者二年餘矣，納履踵决，正冠纓絶，兹其時矣。兵至之數與賊相當，供億之苦亦等焚掠。問吾父老，何以不怨？年來芻饟無算，丁抽畝税，應命如響。懷誰之恩，感誰之義，而令子來如兹也？軍容之役，吾未之前聞也。一切上下之文，率功令所不載。往者豪傑之士且曰：'吾有拚此雞肋爾。'今中外多故，簡書在上，諸守令勢不得强項，曰：'吾視此冠組，土苴也！'問誰調停其間，曰：'吾赤子方在水火，我爲父母，不救焚拯溺，而區區爲倔强之故，自矜豪舉乎？'忍辱以忠上拯民，噫！良工苦心矣！將受命則忘其家，援枹而皷則忘其身。兹且驕蹇無人禮，至擁絲肉，得所掠娟靚諸於繡屜以見兵使者；又偏裨而下，半以廢閑，從志在玉帛，幸則獵其功，罪無所歸。問誰駕馭之，貪者、驕者、狙詐者究皆束於文法，得奏寸尺之功，而我率借其半臂也？宣、雲非無事之地也。大中丞臨全晉，賊豕突狼奔東西無已時，更風雲之變，將在呼吸。年來倉卒机宜，邊司馬、御史大夫、直指使者皆從容受成於誰氏之手？軍興既無，惟正守令從事，卒不至襟肘。及羽書旁午，牒訴倥偬，率從誰禀成也？客兵之害，蓋從古記之矣。豈惟兵，諸大小將領有事而至吾土，皆客也，年來往返之積，殆不啻百萬矣。此百萬之客，誰爲主人，令去來無恙，且令得奏膚功也？不寧是，辛未水峪之役，賊以數千僣號九龍，窟穴於兹，盤據五百餘里，匪朝伊夕矣。有司匿不以報，當事者卽知之，曰：'姑有待爾。'使此賊尚未授首，當紫金諸賊跳梁之秋，東西響應，上黨、高都皆此賊駕輕就熟之地，一犄之，一角之，踞太〔五〕行之脊，進戰退守，恐今日尚未得朝食也。誰爲徙薪之謀，毅然搗其穴，不幸而中伏，芒額中創者至再三，事幾殆矣，奮臂再呼，渠魁授首，遂犁其庭，獻俘於闕。曾未幾時，西賊見告，我遂得一意攻守，無東顧之憂也？"

言未既，諸父老長跪而前曰："微大夫之言，吾儕小人，其何知焉！但後先毫髮，率吾王使君之功。我父老子弟食此無疆之福，然亦未知其艱難至此。"余曰："固也。使君何術而處此？"父老曰："恐非權謀術數，則終無濟理。"余曰："否否！"一老人龐眉皓首，年且九十餘，扶杖而前曰："軍旅之事，何妨術數？吾使君不專恃此也，政是膽識才智爾。"余曰："固也。術數有時而窮，恐才識亦未可專恃也。三晉有事，三年於此，不爲不久。其間兵民上下、中外文武瑺弁之際，戛乎難以覼縷矣。卽御史大夫、大將軍且三易焉。又其間朝更夕易者，不知凡幾。獨使君几几〔六〕於先後久近，卒奏《破斧》之歌，此豈爲苟且之政、徼幸萬一耶？我默有以識其微矣，皆使君之誠也、仁也。權謀術數、膽識才智，有誠則感之至，而仁則入之深耳。然與？否與？"諸父老又長跪而前曰："盡之矣。是可以記吾使君矣。請鐫石以告來者，可乎？"

使君諱肇生，山東掖縣人。以司農郎奉敕而來，頃賊遁河以南，秦楚騷然。朝廷復簡少司馬陳公奇瑜節制諸省，仍以使君監其軍。竹帛鐘鼎之勳，方新未艾也。

【校記】

〔一〕土　康熙本作"上"，據山右叢書本改。

〔二〕王家胤　明朝末年山西南部農民起義軍領袖，清人避諱"胤"字，書中有時作"印"，有時缺筆，今一律改爲"胤"，下文不再出校。

〔三〕衆　山右叢書本作“家”。

〔四〕閭　山右叢書本作“里”。

〔五〕太　康熙本誤爲“大”，據山右叢書本改。

〔六〕几几　山右叢書本作“幾幾”。



## 陽城縣重修城隍廟記

甚矣！古先聖人治天下之法，至神而不可測也。既爲三事、九列、内外百執事董治臨御之，仁義道德漸摩化誨，動其不容已之心；復有刑政法紀制其未發之奸，使之益有所不敢。夫動其不容已之心，故天下多君子；使之有所不敢，則天下不至胥爲小人也。仁義法紀復有時而窮，又以其權予之鬼神，福善禍淫之柄與道德刑政之用，兩行而不悖，人鬼並治，幽明交有所制，使百姓可由而不可知，天下賴以相維而不亂。三代以來，率由斯道。

我國家典制弘備，天人鬼神之間，淵乎不可臆度矣。子曰：“未能事人，焉能事鬼？”“未知生，焉知死？”噫！盡之矣。故生者所以死也，事人者事鬼之道也。不知其幽，視其明。今自御史臺暨臺使者、監司以至守令簿尉，奉詔書符檄而輕重布之，大小相維，百姓俛首戢志安焉，各聽於其上，是何肅靖之至於斯也！天人鬼神之間，殆亦如是矣。國制，都城以至郡縣，各有神主之，曰“城隍”，封爵各有差，眎諸祀，盖權專而責重。傳曰：“神者，聰明正直而壹者也。”非是者不稱厥任。守令以逌百姓，咸聽命焉。雨暘灾祲，守令之貞淫、民之匪彝，若功令所漏，神得奉上帝之命陰制之，以助法度之窮。賢人君子暗室屋漏之中，對方寸如對神明。神之靈，能奪人之耳目心志，陰褫其暗室之奸，而風雨災祥之故，又其小者也。非小也，旱潦之灾，則令長及士民之貪淫，逃於刑政而逋於鬼責，以至于上帝之怒，用彰厥罰爾。

守土者朔暨望，必齋明對越，雖風雨不敢廢。此何以故？御史大夫而下，耳目所不及，墮國家之功令，固無足怪，神實照臨之；任百姓之水火，則聰明正直之謂何矣？匹夫婦祈望於神，甚於社稷山川百神之祀，而歲時祀事孔明，苾芬蠲絜，亦百倍於他祀，可不鑒與？不然者，復亦如諸大夫坐視塗炭，則匪惟聰明寔翳且塞，且亦不仁之甚矣！抑何以仰承上帝之靈爽乎？士民之牲璧又無論已。噫！柱後之文、黜幽之典、禍淫之權，三資者廢而天下亂矣。

邑父老郭邦藩、王一愛等，敦勤朴謹，爲里中所推，能終始其事，再葺而新之。要使守土者暨人士齋明以承，勉爲善以無干神怒，而降之福，其必由是也夫！其必由是〔一〕也夫！

【校記】

〔一〕是　山右叢書本作“斯”。

## 澤太守賓吾王使君生祠記

澤於古爲高都，據太行之脊，瀕河以南，河東暨温、軹、賈、上黨，往來南北者，澤實爲綰轂焉，固全晉以南一都會也。所隸皆巖邑，歲供賦徭二十餘萬，以故宦者稱爲信美，羶圖之。然山險而風氣勁悍，民良者纖儉種稼穡，猾者仰機利，博戲、椎剽，爲奸郡中。豪敢通吏胥，桀黠者持上下陰事。又宗室日益滋，驕怙奢縱。貪無四民之業，率醵金聚黨與，擇癡富魚肉之，至陵轢郡人士，有司者莫敢問。

澤於上黨，猶上黨於汾陽，不得檄澤。李官行部，澤與分庭焉。弱者雖阿就之，不則執前例甚力，率不相能，已輒中以他事。往者士囂於庠宗，横於下邑，上下齗齗如也。賢者又辟爲畏途，不肯來。曰王使君守福寧一歲，以長者聞。又吾鄉諸薦紳先生習知使君，及獲從諸子大夫後，一望顔色，無不心降，皆願得使君。已而果輟福寧，來守吾澤。至之日，上下熙然，爲真得父母。人方謂澤故難治，定當敢擊，行以嚴削刻急爲理，始奏治辦名。乃使君獨尚寬和，禁網踈闊，大指諸特去其太甚，坦夷明白。不特賢士大夫洞悉之，窮鄉下里皆曉然知使君心事。當甫下車，郡中豪大家心輕之。及門，内外奸猾曰：“易與耳。”使君外寬内理，不務勝此輩爲名。心識賢者，式其廬，餘亦若不知其爲不肖者。然明允篤誠，廉静博大。居久之，見不可惑以非，心折焉。聽訟時，恣民所欲陳，已則使君爲説利害。如鄉三老聚鷄黍爲居其間者，惻隱之色可掬以示人。民無良猾，罔不愧服。

往邑隸州，視府差低昂之；又郡伯雖稱師帥，諸布條教，不過移文有司，有司故事視之。使君謹身率先嚴重，無假借意。所爲均賦役、清里甲、省詞訟、革耗羨、禁奢靡、課農桑、積倉庾、絶餽遺、恤郵遞，躬先始終推行之。往徵賦急，錢簿者斥不與，星軺而北，冠盖項背相望。陽、沁復崎嶇萬山間，執輪蹄者産且立盡。爲力請當事者，次其等，加額各有差。先是，賈於郡者，屋相比。已而苦更亟，輒廢其居，居他邑。比使君來，從上黨、温、軹間，爭藏於是。

法何常之有？按法繩之，小者配，大者誅。使君既不縱奸宄，然毫無失入。如張自安廿[一]餘人，冤久滯疑，則方待讞，比得白，十二三瘐死，不則罄其産。使君爲曲尋其生狀，爰書詳惻周至，令若等自對吏簿責，不啻其口出。速爲白，得報而後已。配以下減者，復無算。宗驕悍不可制，大約富者居奇，乘諸庶宗之急，率出錢物半，姑十得五，預收春若秋之券，抵期，持券之官府，獲白鏹若索諸寄，而貧者又復貸如前時。以故富者愈益横，不特役使貧民；諸貪宗所與貰子錢者，爲若爪牙，威重於守。貴者亦避之唯謹。貧無檢押，散之鄉邑，爲暴無已時。使君乃盡檢諸所應給者，一日榜於衢，有持舊券索積逋及非身赴者，法無赦。諸宗至有無卓錐、不舉火者，一朝得數百金以去，是日歡聲雷動。然有犯人[二]，又輒以法繩之，無怨色。既人人自給而重扞罔，强有力者不得操奇贏，諸宗亦以若無所關其緩急，党盡解，勢遂衰止，不禁而自戢。待以禮，豢以恩，犯則剪爪牙，窮究其親党。使君夫豈無術而處於此，然豈有聲色哉！然他人效之或未能，以使君堅直廉正誠信於諸宗士大夫也，政大畧得其平耳。大姓有不能恣得於小民者，使君情法調之。迨後日，二三大姓復求多於使君。所案百姓遂一旦决積忿，至煩杜後惠文，方知使君所全者大也。

使君守澤時無赫赫之名，及去，人乃思之。如人居平，百骸暢適，忽然忘身，奢者更復求多於造物。一旦罹風露陰陽之患，憶居平不可得，何以異此？使君居官無異其居鄉時，曰："吾奉職循理而已，何赫赫名之有哉！"以〔三〕余觀古循吏，至千古膾炙，然所稱述，不過務耕桑、節用殖財、種樹畜養而已。至復〔四〕録其瑣細，如日種一樹榆、百本薤、五十本葱、一畦韭，家二牡彘、五鷄，此皆今日能吏所不屑事，史津津言之。又劉祖榮爲會稽，當遷，有五六老人，龐眉皓髪，從若耶山谷間出，曰："明府下車以來，犬不夜吠，民不見吏。"夫作守令者，即不自言才，然至使民不見，夫亦復何難之與有！固當信百姓何嘗侈求於官長，令人人解推乎？至推酷吏被之以千載不可灑之名，乃所摭拾，則又公廉不可交以私，方畧教導，咸足稱述。始知古人艷稱者，今嗤爲俗吏；今頌爲能吏，尚不足比古酷吏之百一。悲夫！使君既不肯自表見，人亦無有知者。獨是郡邑之君子及貧苦耕鑿之民思特甚。今不過隨牒需次而已，則廉吏可爲而不可爲。諸貪者餘財以長子孫，且嗤使君。使君其何辭焉？昔子美嘆元道州曰："得結輩十數公，落落參錯天下爲邦伯，萬物吐氣。"不肖於使君亦云："郡若邑方尸祝使君，予以人所思而不能言，及其所知而欲言者，爲道其實如此。"

使君名所用，字行素，號賓吾，河南懷慶府河内縣人，中萬曆庚戌進士。記之日，而使君乃爲兵部車駕司員外郎。



【校記】

〔一〕廿　山右叢書本作"二十"。

〔二〕人　康熙本脱，據山右叢書本補。
〔三〕以　山右叢書本脱此字。
〔四〕復　山右叢書本脱此字。

## 邑侯楊公生祠記

余諸生時讀史，至傳所爲循吏者，意謂有奇績可紀，必治狀驚耳目，匪夷所思。乃次其行事，不過耕桑、節用、種樹、畜養諸靡密煩碎之事。至考其事，亦不過温良有讓，以愛利爲行，未嘗笞辱人而已。曰："如斯而已乎？"一行作吏親民事，乃知守令之於百姓，主伯亞旅也，無所用奇。始信史之傳循吏者，意盖淵且遠矣。未嘗不作而嘆曰："守令者，天下之元氣也。"又見今之從政者，艶稱能吏，治以豪敢武健爲愉快，且曰："治末世不當如是耶？"然核其所爲方畧條教，尚未及古郅都者流；造請問遺，又未能孤立行一意。此政向者所謂俗吏也。

宛丘楊明府以己巳令吾不腆之邑，邑雖不乏搢紳先生，然陵谷負側，土瘠而民貧，士大夫率椎魯朴直，計爲能吏所厭薄，乃明府意殊安之。其與士大夫吏民交，若生於斯、長於斯也，與其桑梓無以異。明府亦簡穆，居平不見喜怒之色，吏民有犯，未嘗重笞朴之。其爲政，不令人怒。明府既易直，又厚重少文，迫而後動，不得已而後起。周旋晉接，無貴賤賢愚，不至如世俗斬然别白。即禁奸懲惡，亦不以束濕嚴峻爲名，無以厭少年好事者之心，亦不令人喜然。先是，歲雖儉，率多半獲，又鮮盗賊，百姓日務農桑。明府行所無事，大畧治在澹漠清静而已。

庚午，關中賊踰河而東，平水多事，尚在震隣。辛未夏首，河曲賊逸而走汾以南，遂闌入吾土。時大兵尾其後，復踰烏嶺而西，邑之禍未甚慘，士民率狎視之，云："柝城砥柱之間，果爲賊所忌。"狃不爲意。然明府日諭吾民收拾盖藏，晨夜爲備，士民不知也。比壬申秋七月望後一日，賊從高都來，以數萬之衆犯邑之東偏白巷諸村，殺掠之慘不可言。沁方泛漲，賊不得渡，至河西者纔千餘人。明府遣丁壯勇敢者，懸償格以往。賊有號九條龍者，斬其首以歸。又爲舟子所誘，半渡而沉之。越四日，賊拔營東走。嗣八月十六日，賊復以數萬從沁之竇莊入邑之望川諸村，其屠擄與首秋等。遂爲十日留，至二十六日始西行。嗣是，秋杪之十七日、冬首朔九日、仲〔一〕之十一日，蹂躪四境。至二十七日，越黄龍嶺，焚孫莊，遂躍馬於城之南。明府臨城督守，令發飛砲，賊應手而斃。至末冬朔二日，明府趣牛將軍夜襲賊於風頭，斬首百餘級，奪羸馬財物以歸；又犒發游擊白安，於朔之日擊賊，再敗之，從崦山而奔走。無幾時，賊又從沁水至邑之西長灣諸村。越癸酉元日，賊又出没縣南山中。春仲十一日，賊又至邑之賈寨、楊泉。間諜至，爲明府幹丁所獲，云將以十二日至城下，嗣又獲一間者，皆斬之。知有備，乃復西去。上巳日，賊又以數千復至邑上義、下交諸里，明府率民兵千餘人，未遽嘗敵，張旗幟爲疑兵，以示有備。以上巳至望後，越初夏，賊或在中寨、白澗，或至獨泉，或至高會、横嶺、洪子峪，五月再至潤城。自壬申秋迄癸酉夏，無月不至，邑四境幾無隙地，後先積賊衆且不啻百萬。時遣大將軍前後至者凡三易，裨將暨材官率所部主客兵過吾邑者，積亦〔二〕强半於賊之數。邊司馬、御史大夫、直指兵使者、郡丞、司李，往來無虚月。兵多咆烋，將亦驕蹇無禮，且軍容奉簡書以監軍來，上下相接之儀，率以意行之。先是，悉索敝賦，以克壺漿，嗣且不登半菽，疫厲大作，民死於疫者又半於殺擄，公私之積如洗。羽書旁午，賊與兵之來率如風雨，諸所爲城守捍禦之具之法之事，宵旰勤渠，手口卒瘏，辛苦萬狀無覼縷。惟是年來數十萬主客之兵芻饟無算，諸行李之往來，稟資餼牽竭矣。即取諸閭左，乃父老子弟子來恐後，窮黎執戈，睥睨間，將二年所。勞民傷財，皆非常之原，是邑中三百年來所無。百姓何以卒無怨言？當釁恥時，諸喜事者不難以明府三尺刻轢豪富，一切從事，謂累千金可立致，爲權宜苟且之術。明府不爲動，與諸搢紳先生暨父老再四議，下至愚夫婦皆諒而樂爲之，乃次第舉行，不至繘井羸瓶也。何道而使民至此？雖百姓願效子來，明府不忍之色、不得已之苦，中心達於面目，仰之者率爲惻然。方軍機倥偬，剥床及膚，人率辟易變色。乃明府依然簡穆，不見喜怒之色，其朴訥少文、迫而後動，仍故也。士大夫始歎曰："賢者固不可測如此，真可謂淑人君子矣！"天下緩急，固所時有也。當危急存亡之時，武健嚴峻之吏，或反失之木彊悃愊者，與民不動聲色，措之衽席，卒享無事。則明府由下車以迄今日，民信之久矣，匪一朝一夕之故矣。語曰"信而後勞"，"定其交而後求"，其斯之謂與？夫即戎，大事也。乃夫子必之善人計效於七年，明府更有捷焉。故知史之所謂循吏者，善人也。諸能吏深文舞智詐籠術御，凡事勇於敢，雖縣無逋事，發摘如神，令人喜，然去之日不令人思，何也？善人百年之耳目不驚，不令人喜，不令人怒，然藴藉冲深，緩急可倚。去之後愈久，愈令人思慕而咨嗟詠歌之，則吾明府是也。噫！知此可與言吏治矣！吾故曰："守令者，天下之元氣也。"

明府諱鎮原，河南陳州人。萬曆己未舉南宫，崇禎戊辰試大廷，賜進士。甲戌三月以内召行。

【校記】

〔一〕仲　康熙本、山右叢書本均作"伸"，误。據文意徑改。

〔二〕康熙本"亦"後有"將"字，衍，據山右叢書本删。

## 陳孺人芮氏苦節記

余與陳君玉球〔一〕友，暨其子芬執經問難，芬善病而慧，見余讀《易》，亦喜讀《易》。一日，玉球過我，曰："先君子蚤世，球不獲覩其生面，然球竊聞諸從父里父老云：'尚義而任俠，慷慨重然諾。'球母芮氏，繼前母方氏歸先君子，甫廿五卽稱未亡人。大父母既衰白，母方氏所遺女兄未及笄，家復日落。母有娠僅三月爾，俯仰蕭索，哀痛毁瘠骨立，似無復有生理。大父母及諸從母目擊母諸狀，微諷之。母斷髪嚼指出血，裹利刃以矢無它。大母暨諸母乃以飲冰茹荼，澼洸供朝夕，幸而生球。球復孱弱，又家徒四壁，期功之親謂：'孤嫠不能自存立，安所復事咿吾，析薪之子尚不克負販，獲什一哺嫠母爲得爾。'母潸然日夜泣，謂：'未亡人從萬死一生中腹此兒，日夜禱於鬼神："願生子，子而育，以綿先夫子如綫之脉！"今幸得此弱息，幸而育，忍不仰承夫子未竟之志，令負販，不識一丁，以貽先夫子之羞！姑令學書記，俟果不慧，徙業未晚也。'坐是，母井臼之餘，辟纑纴織，球咿吾與母氏機杼軋軋聲相上下，後乃得爲弟子員。球無狀，不能仰報聖善百一，賴先君子之惠未斬，母氏棄球，不肖孤，有孫五人、三孫女、曾孫一。稱未亡人、食貧者將五十年矣。願公爲不肖孤記之。"

張慎言曰："余聽余友之言未畢，觸隱痛，殆涕之無從也。"《易》曰："苦節不可貞。"既曰節矣，何不可貞之有？余謂：非不可貞，苦則不能貞也。不能貞何也？其道窮也，況婦人乎？余盖讀《易》，於屯、困、蹇、否之際，不啻三致意焉。今復稔孺人之狀，謂天下事無苦也，無甘也，自爲苦則苦耳，自爲甘則甘爾。當孺人有身甫三閱月，女耶？男耶？是未可知也。生女奈何？男而不育奈何？自娠及娩，此六閱月者，孺人之起居朝夕，豈翅以日爲歲乎？況復重以俯仰之累乎？噫！人非木石，何以堪此？幸而男，男而育，育而讀書，而五子，子而孫。孺人始願不及此，及此者天耶？人耶？余讀《易》，見聖人不言天命，竊私怪之。今謂孺人守節而苦，苦而能貞不可貞之節，而卒得男，男而育，育而讀書，而子，而孫，則芮氏於天人之際得矣。所謂"安節"者，芮氏安於其苦，故吉也。"甘節"者，芮氏以苦爲甘，故亨也。天下事果無苦也，人自苦也。芮氏何嘗讀《易》，而曰"我安此苦、甘此苦”乎？孺人至性，固如此耳。古人有胎教，如《禮》所言者是。乃芮氏有身，誰教之也？而子且能讀書，卓然成立，奉其母以七十終。則芮氏飲冰茹荼，先夫子之思以勖亡嫠，天之報芮氏者何如乎？爲世界植綱常、扶名義、重廉恥者，乃在不讀書窮巷之寡婦；而世之壞綱常、墮名節、鮮廉恥者，皆習讀《六經》簪紳士大夫。則聖人之《六經》，抑何用乎？是爲《陳孺人苦節紀》。

**【校記】**

〔一〕球　康熙本誤作“求”，據該篇正文及山右叢書本改，下文不再出校。

## 同閣記

同閣者何？吾族黨閭里思患豫防爲兹閣，用圖墨守也。吾邑彈丸黑子，處嶮巇磥磈之中。境以内無數百畝之田平若案者，乃其人則安土重遷，事簡而俗樸。余所居虎谷更甚，形如虎負嵎，里以兹受命焉。嵎前一片如掌，泊水帶之，居民無百許家，强半携中人之産，走數千里外，求子錢供朝夕焉。老稚不勝負販，則胼胝力谿嵎間砂磧之田。若其家，僅足舉火，可老死不相往來。里無衣帛食肉者，以余從大夫後，偶着紈綺，婦人小兒率巷觀之。坐是，藏笥中，非賓祭不以御，不自覺爲里所化。謬謂僻處此無潢池之弄，可用偷息。

今年夏，河曲賊逸而奔冀之南鄙，乃闌入其境。賊迷失其道，則攝耕者爲前驅，從析城羊腸而南，爲河北兵所扼，不得下。窮而歸，率可成擒。元戎啓行，偕偏將軍從散卒尾其後。兵賊擄掠蹂躪，不啻相當。余有詩曰《點燈行》紀其事。詩雖俚，然皆實録。以賊號“點燈子”，故曰《點燈行》。

自秋徂冬，寇警狎至，强有力者奔郡城。吾邑城堅可守，然如斗大。今年夏，奔者雜遝，繘井至羸其瓶，市米暴踊，庾無一月之糧。又人情惡奔者，不可與共患難，計無復之，黠者圖穴處以避，士女錯愕。余諸兄弟亦穿泊水崖，然不可恃。一日，聚族而謀，猥破産爲此計，可容吾閭里族黨而止。吾里貧，可望而知。巨寇當棄兹去，若小醜則無奈我何。又余感漢史所載第五司徒事，第五公以羈客所全活乃如是！然司徒力厚而方畧又甚具，邑郡當踵其事。余不能，但畧師其意而已。料理已外，掘井、儲糗、制器諸事不具悉。今以史所書司徒事刻於後，用告來者。若賊尚未悔禍，家自爲守，未必於縣官無小補云。

## 後 序

閣經始壬申王正朔四日。先是，賊王家胤以辛未夏首犯坪上，依榼山而南，入濩澤，復折而西。吾邑禍未甚慘，後先纔旬日，計兵之害與賊畧等。坐是，邑人士稍稍狃賊。余謂不然，首創兹役，登登馮馮，殆無虛日。至秋七月，功纔强半。望前，忽聞賊至端氏，不知何處，復折而東。十六日，遂以數萬壓高都而西。犯郭谷、白巷諸村，殺掠無算，有死於井者，至投於圊、没於河，子女玉帛厭而去。時去虎谷僅十里許，吾里男婦千有奇，雜遝而集於閣，不至奔。越八月望後，復從西南之下佛諸村，里再幸免焉。秋杪十七日，又復從武安突至里暨上佛諸村，不減首秋，殺掠殆甚。營崖窟而避者，火攻之。炭窑深廣者，什一二苟免。復用硫及諸毒熏而斃者，可以壑量，至一家少長無噍類。時丁男登陴而望，賊彌山谷而來，騎步綿亘，自辰達酉。屯吾里者萬有餘衆，余五畝之宅畧無隙地。椎牛享從，未椎者斷其後脛。門牖、牀第〔一〕、几〔二〕案、屏輿，悉用爲炊及宵燎焉，徹旦不休。詰朝，移營而南。里人未皇登閣，斃於仞者凡五人。嗣是，冬初朔九日、仲十一日、嘉平之朔、癸酉二月暨上巳，上巳後之廿六日，越夏徂秋，豕突狼奔，或萬衆，或五六千，蹂躪東西，計凡十六至里。自九月後，經再過，以無芻粟遽走。古云"堅壁清野"，有以夫！

閣甫半，賊再至，雜以風警，幾經作止，兼霪雨沍寒，至癸酉夏仲報竣。高五丈有九尺，以其奇爲之基，基盡爲閥，閥不可遽登，設如徒杠焉。俛倚之，或縣或徹矣。以其基之度，爲之深而杵之，而築之，而甃之。其杵而築之也，初聽若土鼓，良久則鏗然，聲疾而遠聞，而後謂之凝而堅。苟聽之逢逢然，則其土脈發而防，防且迤，苟防而迤，則弗任也。復鑿石，高廣如其門渠，其石二寸許，横以屈膝，再經緪之，置於闑，甫扃其鑰，仰之可奈何！屈膝，緪鐵也。閣之甲之乙，磚甃如陶穴焉。如陶穴者何？以下而近址，畏火也。甲乙穴各七焉，得十有四，以其一爲之井。

家有僕，狀頗奇，頭巨，尺有二寸，身僅再倍之，跗以注至長强，反縮其額二寸餘；五官[三]墳起，脣高於鼻，出於準，令人不敢逼眎。秋九月望後，迫不克濟於閣，伏厩櫪下，爲賊所得，縶組反接，徧見其娟靚，爲之見齒。其人頗黠，賊訊余起居及虚實，曰："中有水否？"曰："且有井。"更紿之曰："主人置佛郎機諸器甚備。"賊爲之咋指。然問水何故？沁大興里柳氏樓良堅，賊至，皆廢然而返。後偵無水，守三日，而事以渴敗。嗟乎！

以其二儲炭藥，餘藏婦女。甲乙以上，余宗族昆弟在焉。丁壯集其巔，户計而甲分之，甲爲之長，置游徼焉。游徼者奈何？人三爲衆，而況千有餘人乎？時秋七月，揮汗如雨矣。廣方十三丈有四尺，從得其七，以其六爲之衡，又以衡之一有二尺爲左翼，右如之。無所取之，取諸出其閣之腹，俯瞰，門置睥睨焉。懸機設砲，不得輸攻也。翼之側，復層爲空焉。引繩而直諸門，立表以試火彈，如承蜩矣。東西之北偏，各得五尺有五寸，牖户具體而微。鑿石八寸，而低昂之。出於墻者，又六尺奇，出者鐵爲渠也。無所取之，取如建瓴，以出惡也。魚貫而俟不得，烏至婦姑勃谿矣？夫婦有别，各爲之長，設涓者焉。門則有翼[四]，脅背受敵，可奈何？則爲欂櫨，出其半於閣之北之觚稜焉。縮版以載，北折則俯其背，南則睨其脅，機礮如前雉矣。不能綜覈，且捄削有緒。又以警至跆籍成壞之數，亦同作止。費殆中人百家之産，又過半矣。余負疊恥，若徼天悔禍，室如懸罄，所甘心焉。

第五倫，字伯魚，京兆長陵人。其先齊諸田，諸田多故，以次第爲氏。倫少有義行。王莽末，盜賊起，天下饑荒，多思離散。倫廣積穀芻，振給貧乏，依險固營築壁，儲糗掘水，制備兵杖。壁之遠近率置聲援，期約明信。賊至，量其多寡，設伏爲備。賊攻一壁，衆壁相報，近者先救，遠者次之。賊若奔竄，前壁邀擊，後壁追尾，勁壁與伏兵夾攻。見賊棄物，不得爭拾，恐致軍亂，反爲所乘。若賊徑過不攻，引强持滿以拒之，永不先發搆怨，以爲兵端。以此，銅馬赤眉之屬，前後數十輩皆不能下。光武嘉其事，徵拜，官至大司徒。

【校記】

〔一〕第　諸本均作“第”，誤，徑改。

〔二〕几　山右叢書本誤作“幾”。

〔三〕官　康熙本作“管”，誤，據山右叢書本改。

〔四〕翼　山右叢書本作“冀”。

# 論　説

## 明德論

晦翁注云：“明德者，虚靈不昧，所以具衆理而應萬事者也。”李卓吾駁之曰：“此明德即後章之孝、弟、慈是也。孝者所以事君，‘上老老，而民興孝’，即此是明德。且人倫明於上，小民親於下，更有切於‘在親民’之義。”未爲非是。然此皆明德中原有事理，而晦翁“虚靈不昧”此解，實至精當。以後“定”“静”“安”“慮”及“致知”“慎獨”照之，則晦翁之注爲是，而五倫亦在其中矣。不特此，即向後“克明峻德”、“顧諟天之明命”、“惟天下聰明睿智”、“苟不固聰明聖智”，皆指此明德而言也；即“寬裕温柔”等經綸立本，皆明德中之表德也。明德也，即天命之性也；而孝弟慈、發强剛[一]毅等，皆率性之道也，皆敦化之川流也。故“明明德”一語，上接“精一”之傳，下開萬世之道統，止此一言爲了義耳。向下不言“明德”而言“致知”者，何也？知者，明之端也；致知者，明之也。所謂“誠其意”者一章，則釋誠意，釋致知，釋格物，皆備於此章矣。何也？慎獨者，慎此獨知也。此獨知，即所謂“虚靈不昧”者是也。天地萬物，聖賢愚不肖，皆此一點靈明作主耳。除却此“幾希”，天地何以爲天地，聖賢何以爲聖賢，生死人獸之介，全在此“幾希”耳。故曰：“知者，明之端也。”而好惡者，又知之端也。何也？明德之中，不特無愛憎、無毁譽，並無好惡、無是非，空空洞洞，所謂不睹不聞，視之而不見，聽之而不聞，無聲無臭者也，所謂心之本體也。纔動於意，便有好惡矣，有是非矣。好惡、是非何妨有之？從虚靈不昧中而發，如谷答響，如鏡炤物，物各付物，仍舊空空洞洞，仍舊無聲無臭，仍舊未發之中。無奈落在意識之内，以習氣境緣内外交引，從此而有愛憎矣，有所好樂矣，有所忿懥矣。之其所親愛而僻矣，之其所賤惡而僻矣。好而不知其惡，惡而不知其美，甚至好人之所惡，惡人之所好矣。此皆非明德中所有，皆非本心所有，皆是落在意識第二念，比量非量之中，而自心現量，不如是也。雖至好惡拂人之性，顛倒錯亂，然虚靈一綫，何曾瞞得自己良知過！若果瞞得過，則閒居爲不善，無所不至之小人，何以見君子而厭然也？何以揜其不善而著其善也？故見君子而厭然，此小人之良知也；揜其不善而著其善，即小人之良能也。若小人肯從此翻然、憬然，便是大豪傑、大英靈漢子矣！故曰“在致其知”。

無自欺者，不自欺此獨知也，自慊者，慊此獨知也。此何待聖賢在傍指點教導而後有此知耶？故誠意一篇，而致知、格物全釋得十分明白，不必再補傳矣。何也？好惡者，知之端也；無自欺求自慊者，致知也。其所好、所惡者，即物也。如好好色，如惡惡臭，實實用格物之功夫者也。果能此道矣，則無所好樂而心正矣。無之其所而僻，而身修家齊矣。民之所好好之，民之所惡惡之，而國治天下平矣。能致中和，而天地位、萬物育矣。能盡其性，而人性、物性皆盡矣。能經綸立本，而知化矣。能至誠無息，而上下與天地同流矣。其本始，皆起手下功於"如好好色、如惡惡臭"，此獨知之一念耳。所以取譬於好色、惡臭者，何也？以此一念是天下萬世最真之念、最同之念也。好色姑且不論，人果有不惡惡〔二〕臭者乎？有原不惡而姑隨人一惡之者乎？故向後單引"所惡於上"，以爲"絜矩"之道，單指施諸己而不願，亦勿施於人以所惡，更真、更切、更同於所好也。

至誠者，只是實實以我所好與天下同好，我所惡與天下同惡。我好富貴，而知天下人皆好富貴；我好聲色，而知天下人皆好聲色。舉而知之，如此而已矣。以我之私而曲體天下人之私，能體天下人之私，即天地萬物一體之仁，即是以人治人，即是道之以德，即是無爲而治，即是清净而民自正，豈有他道哉？若曰我不好富貴，我不好聲色，是自欺也，是欺人也。而令天下人皆不得好富貴、好聲色，是好惡拂人之性也。卒之令不行、禁不止，而天下亂矣。何也？不恕故也，不能致知故也。此如惡惡臭之一念，夫婦之愚不肖可以與知、可以與能者也。故聖人之道，必夫婦之愚不肖可與知、可與能，而後爲聖人之道，而後可以治國平天下；若夫婦之愚不肖不可與知、不可與能，决不可以治國平天下。此所謂大學之道也。何等易簡！何等庸常！所以人人可能而人卒不可能也，何也？有一種好惡拂人之性者，非真好人之所惡也，不能同好，而獨私其好，又奪人之好；非真惡人之所好也，不能同惡，而推其惡以予人，又且殺人以媚己，又殺人以媚人。此亡國敗家，菑必逮夫〔三〕身者也。又有一種如商鞅、申、韓之流，不以人治人，不爲愚夫婦之所能知、能行，而强天下使就我之規矩，此亦亂天下者也。又有一種假學，欺世盜名，違道干譽，而天下亦卒不能治。此皆自欺欺人者也，皆非中庸之道也，皆不本於最真最同之一念者，皆不能實致其知者也。故至誠而盡矣，致知焉，而意誠矣，如惡惡臭而致知矣。此之謂大學，此之謂明德、親民而至善止矣。

【校記】

〔一〕强剛　山右叢書作“剛强”。
〔二〕惡惡　山可叢書作“恶”。
〔三〕逮　康熙本作“建”，据山右叢書本改。

## 中庸説

既曰“天命之謂性，率性之謂道”，言率此天命之性，卽爲天下之達道。若不本於天命之性，便非道矣。何也？恐有氣質之性，不止過、不及而已，是以有修道之教。再不必爲“教”字註脚。一部《中庸》，皆教也。況曰“自明誠，謂之教”乎？又何必曰“禮樂刑政”乎？戒慎、恐惧，即修道也。戒惧者何？止“慎其獨”耳。“欽明文思，允恭克讓”，“聖敬日躋”，“緝熙敬止”，“内省不疚”，即戒懼也。必如此而後盡性，以至於命，始符於天命之性矣。“維天之命，於穆不已”，一毫無間矣。至此而後曰“喜怒哀樂之未發謂之中”。後來多少葛藤，曰“觀未發時氣象”，曰“静中養出端倪”，又曰“戒懼已落睹聞矣”，説玄説妙何益？不觀“内省不疚”，“無惡於志”，是何氣象？而“未發”何處著眼乎？未發之中，卽天命之性也；發皆中節，即率性之道也。未發，即“先天而天不違”，中節，即“後天而奉天時”也。中者，蓋不得已，强名之曰“中”也。其實喜怒哀樂之未發，此時寂然不動，空空如也。感而遂通，有不中節者乎？此處將“中”字道破，後來曰“中”、曰“庸”、曰“時中”、曰“誠”、曰“一”、曰“善”、曰“天道”、曰"人道"、曰"知天"、"知人"、曰"鬼神",皆天命之性,率性之道也。

## 讀書説

人之讀書,如日用飲食也。一日不再食則饑,乃彌年經月束書不觀,何也？余悔壯而不知讀,雖讀而無用。今纔知書是須臾不可離之物,然老而眊,又不能讀。利害、禍福、趋避之念,迫切無已乃讀,此晚矣！讀之則生,不讀則死,且不止於死而已。是非喜而讀也,惧而不得不讀也。喜而讀,欲罷不能,此中人以上,未易幾及。余中人以下,但是惧而不得不讀。而貧乏之人,半菽不充,蔬食飲水,可幸不死,荼蓼之苦,且甘如飴,何也？救死之念切也。每念古人飲食之禮太盡,羹食則諸侯至於庶人無等,有膳,有醢,有羞,有飲,有脩,有齊,更春夏秋冬之宜,芼蓼撰膾之制。噫！何奉生之奢也！因念讀書當如古人飲食之制。《六經》則黍稷稻粱〔一〕也,史則膷臐膮醢也,漢魏以後詩則三酒五醴、清醆醷醳也,管、韓諸書則豕胾魚膾、腶脩脯羹也,韓蘇諸子則糗餌粉〔二〕醞也,《山海》《水經》《汲冢》《越绝》則芝栭菱椇、棗栗榛梅也,老莊諸子則薑桂椒蓼也。静則讀《易》、讀《禮》,煩則《檀弓》短章,愁而鬱則歌《詩》詠《騷》,事隙則史鑒。如春多酸,夏多苦,春宜羔豚膏薌,夏宜腒鱐,秋犢麑,冬鮮羽也。漱其精,棄其餘,如魚去乙、兔去尻。羊泠〔三〕毛而毳,鳥皫色而沙鳴,則不食也。經則體其實,餘則挹芳,如黍稷稻粱,侑以瓜食雉羹、菱食脯羹也。靈文貝葉,則参朮桂苓乎？初《阿含深蜜》,次《般若》《棱嚴》,次《楞伽》,卒以《法華嚴》,殆茗荈丹砂,陰陽日月之精氣耶？噫！何嗟及矣！余餓夫也,必待珍錯而後飽,則死久矣。簞食瓢飲,可以免死,不知何者是余究竟資糧也。嘻！

【校記】

〔一〕粱　山右叢書本误作"梁"。

〔二〕粉　山右叢書本作“紛”,誤。語出《周禮・天官冢宰・籩人》:“籩人掌四籩之食……羞籩之實,糗餌、粉糍。”

〔三〕泠　諸本並誤爲“冷”,據《禮記・内則》改。

## 讀書交友説

讀書不如交友者,何也?蓋《六經》所載皆爲死語,中人以上便超之意言象數之表,默而成之,不言而信;中人以下,安得到此?自非親近大聖、大賢,如國手良醫,灼見病原,藥病相投,方有起死回生之效。如顔子之事孔子,真得其未病之藥,故“不遷”“不貳”之宗,爲千古絶學。游、夏而降,皆不得聞焉。不然,當時豈無三墳五典、八索九丘之書?即堯之命舜“精一”“執中”,爲萬世傳心之訣,顔子守此一語足矣,何必以夫子爲歸依乎?故夫子曰:“吾無行而不與二三子者,是丘也。”又曰:“予欲無言。”惟顔子得“無行不與”之密,契“無言”之奥,賜徒有門墻之外耳。

然世安得有如夫子者而吾事之?聖人而次,有君子焉,有善人焉,有有恒焉,有直諒多聞焉。即不然,但有勝己者,我即事之矣。勝我一分,即識見力量便大我一分、高我一分矣,我安得不事之、友之乎!今世誤認有恒,止作一尋常之人,而不知此有恒者,雖不過硜硜之小人耳,然必信、必果,百折不回,至死不變,刀鋸鼎鑊臨之而不可奪,且爲善人、君子、聖人之基,可以託孤寄命,作綱常名教之主,硜硜之小人優爲之。噫!我安得一硜硜之小人而北面事之乎?並硜硜之小人亦不可得,我故曰:“交友不如讀書也。”何也?庖犧仰觀俯察而畫爲六十四卦,經幾千年而得文、周繫之辭,非文、周繫之詞,則圖書何處措手乎?又經幾百年而夫子傳“十翼”,非夫子之傳,則文王之辭不可得而讀也。使我下根之人得事四大神聖於堂上,能旦暮傳我此《易》乎?即使傳之,而我能驟領受之乎?況文經羑里之變,周經管、蔡之變,夫子削跡、伐木、絶糧、畏匡,三大聖人身經憂患而後筆爲此《易》，皆已試之，方不死之藥，我得以歲月讀之，不勝親事三大聖人於一堂之上乎？如《詩》，如《禮》，如《春秋》，亦復如是。次則兩聖人竺乾、柱下之書。昔日大士剖膚藏經，重譯而至，而我又得以歲月讀之，即使親事瞿曇、老子，不過如此。司馬君實諸君子給尚〔一〕方之筆札，假十年之久，凡幾易稿而後成《通鑒》，何其艱也！薛方山諸君子復續宋以後訖於今，我又可月計而讀之。古人受其勞，我享其逸，函丈之内，聚如許賢聖上下數千年治亂之蹟，而我以下下之根，焚香啜茗，偃仰飲食於中，優焉游焉，待盡而已，又何求乎！故曰"交友不如讀書"也。交友而不讀書，則所交者何事？讀書而不交友，則所讀者何益？或曰："子何不取法乎上，而必欲交硜硜之小人，何也？"盖君子、善人已不可得矣。硜硜小人曰"言必信"者，信此聖人爲必可學而至，信三大聖人之書決非欺我。"行必果"者，即信聖人必果於爲聖人、必果於不爲貪婪無耻之人，故可交也。生死大事，硜硜者原不畏死，故可辦此也。

【校記】

〔一〕尚　山右叢書本作"上"。

## 報德報怨説

李卓吾曰："嘗謂君子無怨，唯小人有之。君子有德必報德，而小人無之。夫君子非無怨也，不報怨也；非不報怨也，以直報怨也。苟其人可惡而可去，則報之以可惡可去之道焉；苟其人可好而可用，則報之以可好可用之道焉。其惡而去之也，好而用之也，直也，合天下之公是也。其或天下不知惡而去之、好而用之也，而君子亦必去之、必用之，是亦直也，合天下之公理也。夫是之謂以直。既謂之直，則雖無怨於我者，亦必如是報之矣；則雖謂聖人未嘗報怨焉，亦可也。若曰以德報怨，則有心矣，作僞矣，聖人不爲也。至於人之有德於我者，則志在必報，雖以聖人爲有心、爲私厚，不計矣。何也？聖人義重者也。義重故可以托孤，而況托知己之孤乎？義重故可以寄命，而況寄有德之命乎？故曰以德報德，唯其人有必報之德，此世道所以攸賴、國家所以有托、綱常所以不墮、人倫所以不滅也。若小人，非不報德也，可報則報，不可報則亦已而勿報，顧他日所值何如耳。苟禍患及身，則百推托，逃避無影矣。雖有德，將安知乎？惟有報怨一念，則終始不替。然苟勢盛於我，財多於我，我又可藉之以行立，則怨反爲德，又其常也。蓋十百千萬咸如斯也。此君子小人界限之所以判也。故觀君子小人者，唯觀其報怨報德之間而已。故余嘗以此定古今君子小人，而時時對人言之不省也。除此之外，君子小人有何分別乎？"

張慎言曰："卓吾以報德報怨定君子小人之介，痛徹無比。至曰以德報德，謂可以託孤寄命，此世道所以攸賴、國家所以有託、綱常所以不墮、人倫所以不滅，至哉言乎！然未盡也。何也？謂小人之不報德者，直不報之耳；謂小人之必報怨者，是有怨而必報之耳。然不有毫無夙嫌，已落井而復下之石者乎？不有有德於彼，不唯不報德而已，而反怨報之者乎？不唯是，以身報之，復將伯助予，借他人代報之者乎？蓋至此而小人之變態，殆不可窮詰矣。不歷觀古今之變，不知小人之至於斯也；不躬親見之，亦不信小人之至於斯也。非不信也，不忍信也。至於斯而小人之態盡矣，而閱變者之學問，亦稍稍增益矣。古人有一飯之恩不忘、睚眦之讐不報，如淮陰之報漂母、而不報跨下之辱是也。須賈於范雎，必報之讐也，必當殺須賈而後快，乃僅以綈袍之故，遂免須賈於死，則亦睢之報頃刻之恩，而忘其殺身之讎，睢可謂厚矣！一飯一袍之惠終身不忘，而況不止於一飯一袍者乎？須臾之恩不忘，而況將終身者乎？若安常處順，猶思百計圖報，乃有已在陷阱，不一引手則亦已矣，而復重其禍，於心安乎？若以德人之故波及於彼，彼不必救德人之禍，而姑避我一時之害，曰

‘我躬不閲’，此亦人之常情，無足恠者，是不過一無才之冷人而已，乃不止避害而已，復因之以爲利，吞噉逼勒，於心安乎？夫子於短喪之宰予詰之曰：‘於汝安乎？’曰：‘安。’乃不得已而曰：‘汝安則爲之。’蓋最恨之之詞，又不直責之，待其出而責之曰：‘予也，獨無三年之愛於其父母乎？’甚矣！宰予聞之，不如死矣。若小人以無怨之人以怨報之，已可駭異，且以怨報德，不已甚乎？”

或曰：“子責小人，兩詰之曰‘於心安乎’，蓋亦無可奈何之詞，或抑動其耻心也，不知小人耻心死久矣。”曰：“孟夫子曰：‘人之所以異於禽獸者幾希！’‘幾希’果何所指也？禽獸之知覺運動與人同，趨利避害與人同，父子之恩、雌雄之情與人同，其不同者安在？獨無廉耻耳。故曰‘幾希’也。人而無耻，而又加以機械、變詐、攻取之情，不無更甚於禽獸乎？所以又曰：‘於禽獸又何難焉。’蓋絶之詞也。噫！予讀書至此，竊爲孟夫子不取也。何也？”

或曰：“以德報怨，何如而夫子不許者？”卓吾曰：“是有心矣，作僞矣，聖人不爲也。”予曰：“非謂其作僞也，蓋失其權衡輕重之則耳。然調御氏不又曰‘視彼怨家如己父母’乎？是又矯報怨者之習而過其直也。予謂世人寃結無盡，必如調御矯枉之過，究竟僅止得一‘犯而不較’者，而忍料小人以怨報德也？”

或曰：“子之駁孟夫子也，何居？”曰：“‘於禽獸又何難焉’，是絶之也，當更生憐憫乃可耳。所以又曰‘一切胎生、卵生、濕生、化生以至十二類生，我皆令入無餘涅槃而滅度之’，是又且令共證佛果矣。予至此，不得不心折於調御也，豈忍遽以禽獸絶之耶？又迦文於歌利割截肢體，曾無嗔恨，豈惟無嗔恨而已，仍又欲與歌利共證涅槃也。此佛菩薩之廣大無量也。蓋窮小人之情，至於以怨報怨，未窮也；有德不報，未窮也；至於無怨而以怨報，亦未窮也。唯至以怨報德，理之所無而事乃有之，而理至此始窮矣。予何知焉，唯有歸依世間解而已，不敢謂以直報〔一〕之爲我所當學也。何也？恐其人真實有可惡之跡,犯天下之公惡,而直以公惡處之。彼且曰:'此報我昔日之怨者也。'故寧不以直報,仍以德報之,雖犯作僞之嫌,不顧也。"

【校記】

〔一〕康熙本"報"字後衍"者"字,據山右叢書本删。

# 雜　著

## 重修海會院募〔一〕緣疏

言竊聞之:有經世之學,有出世之學。經世則大成集歸尼父,出世則最勝無逾迦文。道本相須,見分歧指。言自總角已稟志皈依,迨結綬,遂迷因逐物。今偷生且六十年於兹矣。六十歲以前,備歷窮通禍福、生死榮枯之相,回首盡是空華;六十歲以後,堪憐老死病苦、三塗八難之因,究竟將歸輪轉。將來如赴市之牛犬,步步已近死期;現在似少水之鮒魚,沾沾有何樂趣?馳逐於富貴功名、聲華歌舞之場,愈增煩惱;即寄託在烟霞丘壑、文字朋友之地,未證清凉。盖前此尚有好醜兩途,賢愚共鶩;後此只爭生死一路,豪哲難逃。刻刻不停,星星非故。且如最痛癢是血肉之軀,到頭果成何物?極親切是兒女之愛,臨期畧不相關。一旦眼光墮地,鬼手捉人,業力所牽,不知何處可止。識神未泯,揔〔二〕來妄想,所招貪淫愛渴,都是無明。即慧業文心,皆成罪果。現在五濁三毒之中,惘然果不知因,業不知報,誰向人天罪福之外,照見死此生彼,捨身愛〔三〕身?如來説爲可憐憫者,豈虚語哉!契經曰:"佛種從緣。"古德云:"轉物須智,良以發行者因,起因者相,因相悟性,此中導引殊徹,依實行權向上,感通良在。"

吾土有海會禪〔四〕院者,地可布金,人斯卓錫。邑中薦紳先生,後先項背相望,雲鶴翔禎,率飲兹八水;桐鸞絢藻,盡棲此雙林。既現宰官長者,應身説法,合無莊嚴供養,成就威儀?眷言練若,新此祇桓。借渡慈航,期度脱於千百萬劫;瞻依調御,免流浪於一十二緣。真〔五〕俗同歸,天人〔六〕作眼。闡提慳貪是罪,波羅檀施爲先。經云:"愛欲爲因,愛命爲果。由有諸欲,助發愛性。"是知愛即是病,佛即是醫。貝葉靈文中具驗方,見聞喜捨,皆爲良藥。詎可無一瓣香,向一佛二佛試種善根?從兹〔七〕讀四句偈,於千刦萬刦永獲妙果。既以福田净土接引中根,法雨慈雲普沾含識。至覺海澄圓,性天皎潔,同臻彼岸,共拔迷塗,端有待矣,夫豈徒哉!

又思韓退之力闢浮圖,大都是罪福之粗,至法王奥義,未涉津涯;蘇子瞻深心禪悦,亦僅窺游戲之迹,止借義海餘波,時資筆楮。且舉"而今而後,吾知免夫",所免者何事?"君子無入而不自得",所得者安名?"朝聞道,夕死可矣"。不聞則不可以死乎?"未知生,焉知死?"知生即可謂知死乎?噫嘻!物不可以久居,其所窮於外者,必反其家。古今大覺均等仁慈,後先聖人原同悲智。今兹盛舉,良爲大事,因緣借此化城,徐臻寶所。謹疏。

【校記】

〔一〕募　康熙本脱,據康熙本目録補。

〔二〕捴　山右叢書本作"總"。

〔三〕愛　康熙本作"受",據山右叢書本改。

〔四〕禪　山右叢書本誤作"彈"。

〔五〕真　山右叢書本作"貞"。

〔六〕天人　康熙本誤作"人天",據山右叢書本改。

〔七〕兹　山右叢書本作"此"。

# 讀高皇帝敕諭

伏讀高皇帝敕諭，文義淵奧，未易窺測。究歸於"智"，其旨安在？今中外臣子，仰干聖怒，罹國憲，益見高皇帝諭誡後世至意。臺臣試恭繹"智"義而暢其説，考授日擬作示諸御史。恭繹高皇帝敕諭，真"欽明文思"矣。

聖意在獄清而無事，心静而神安，究歸於"智"，何也？人之有智，如人之目暗室之燈、天地之日月，無則不成世界矣。智者慧眼一炤，禍福皆空；不智者觸目成迷，現前死地，危矣哉！試問何以智？何以不智？曰知斯智，不知斯不智矣。何以知？何以不知？曰致斯知，不致斯不知矣。何以致？何以不致？究指歸於格物而已。試問物是何物？何以格物？盈天地間皆物也，從何處格起？語有云："一物不知，儒者之耻。"又朱子曰："於天下之理有未窮，則吾心之知有未盡。"果爾，則終身無知之之日矣。何也？以物理之在天下未易窮也。不知吾身、心、意、知皆物也，還格此身、心、意、知之物而止矣。身、心、意、知中有何物？曰，喜怒哀樂是身、心、意、知中之物也。喜怒哀樂何以謂之物？曰有所好樂，有所恐懼、忿懥、憂患焉，又之其所親愛而辟，之其所哀矜、畏敬、敖惰而辟焉。既有所以，既之其所矣，可不謂物乎？喜怒哀樂，物也。所好樂親愛，又物也。物又物，展轉發生，盡平生格之，恐不能盡，皇及身、心、意、知之外乎？

纔之其所而好焉，雖有惡以至大惡，我皆不能知矣。纔之其所而惡焉，雖有美以至大美，我皆不能知矣。纔有所忿懥、好樂焉，即視不見、聽不聞矣。至於視不見、聽不聞，走死地如騖，世界昏黑，舉足皆貫城矣。如干聖怒、罹國憲者，可不謂前車乎？果如此，即至博如張華，知盡世間之物，亦復何益？然則何以謂之格物也？曰：吾人終身終日常在物中，雖夢寐之中皆物也。盡古今聖賢學問，止有格物，舍此格物,再無一事。雖畢世言之,不能竟其説;終身行之,不能竟其事,今欲言下盡之,得乎?

曰:"姑舉一端,引伸觸類,可乎?"



曰:"難言也。且舉中庸。人皆曰予智,驅而納諸罟擭陷阱之中,而不知避也。既知爲罟擭陷阱矣,肯入其中而不避乎?雖驅之也,愚者且不肯,况智者乎?"

曰:"政惟愚者不肯,予智者反自驅之也。罟獲陷阱〔二〕即物也,何以格此罟獲陷阱之物也?蓋罟獲陷阱者,掩取鳥獸禽魚之具也。鳥獸禽魚何以肯入此罟獲陷阱之中乎?則以其中有鳥獸禽魚所迫欲得之物在,故不覺入而納諸其中耳。試將今在貫索之人取其案而覆〔三〕勘之,皆被此物陷之也。滿世之君子小人在貫索之内、貫索之外者,皆顛倒於此物而不知,但有幸不幸、入與不入耳。若説至此,則不必再講格物致知之工夫矣。至無物可格而後謂之格物,若見有物,便不能格物。如此,雖一物不知,何傷乎?是可以對玄武之澄波、鍾山之蒼翠矣。"

然於高皇帝敕諭曰"智"者居是,尚未盡萬分之一也,但以此引伸觸類,庶幾可得涯涘耳〔四〕。

【校記】

〔一〕獲　康熙本作"擭",據山右叢書本改,下文不再出校。

〔二〕陷阱　山右叢書本此後有"之"。

〔三〕覆　山右叢書本作"復"。

〔四〕耳　山右叢書本作"矣"。



## 冀南會約

鄉有會焉,何居乎?《詩》曰:"維桑與梓,必恭敬止。"聚於鄉,觀於國,有會焉,修舊而敦好,禮也。是故有燕喜之期,有慶問之節。

君子不豫凶，當云慶吊，易問者，諱之也。時有觀陽之感焉，故卒言之。又，問義爲遺，該賻與賵，且疾病而訊視焉，亦爲問，有祖滁之意，有酬贈之則，有勸誡之規，會而備兹五物焉，君子曰"嘉會"矣。會約更長焉，以齒遞及之，旅進旅出者，齒不及，則遽直焉。期惟擇長之者之便，睎應慶祖者而爲之舉。舉如〔一〕常儀，直取於公餘，以其私足之。不然，有五篋之約，在爵無筭。嗣有以覲入者，以賀入者，以進秩入者，以除補入者，以復命陛見者，以起召入者；以"皇華"出者，以遷擢出者，以休沐出者，以銓除出者，以持斧出者；復有以子大夫入者，京朝官入者。慶賀酬贈之數，各視其秩而爲差，"日居月諸"，"匪朝伊夕"，詎徒"承筐是將"，直云"示我周行"耳。不寧是，玉帛禽魚之餘，浮於出，則長之者衡之。諸慶問之儀，斂不便衆，在者主贓，出者不及焉，則取於浮，嗣俟其來，安而責其逋，且居春明，曾受饋遺焉。遐而不及，往而不來，非禮也。近慶好爲醵金而舉爵，嘉典也。受之者，斯受之，無復，維宴之爲煩，衷分其來而爲之往，若爾我遞爲之，詎復須此？於是潤蒼爲之賦《頍弁》曰："爾酒既旨，爾殽既時。豈伊異人，兄弟具來。"庫部則起而賦《小明》之五："嗟爾君子，無恒安處。靖共爾位，正直是與。"其晉人之歌《唐風》乎？可謂"良士瞿瞿"矣。董子喜而拜，爲歌《伐木》，且曰："視彼鄉井，相友相助。吾二三兄弟不家食，觀國之光，誼遜同井，是靦面目。"獻蓋曰："旨哉！"賦《抑》之九，終焉。盖"告之話言，順德之行"矣。復申之曰："兹役也，其無煩、無侈、無僞。先民有言：'抑情以止慢，踈會以生敬。'其斯之謂乎？煩斯狎，狎斯侈〔二〕，侈斯靡，靡斯濫矣！信以成之，君子哉！"

再具酬贈之數如左。

【校記】

〔一〕如　山右叢書本作"無"。

〔一〕侈　山右叢書本作"慢"。

## 直義或問



或問曰："直之義何居乎？"曰："言心、言性以及仁、義、禮、智者多矣，未有專言直者。自夫子曰'人之生也直'，始以直盡生人之道，仁、義、禮、智統是矣。"

或曰："子無侈譚，但直指直之義，且奈何？"曰："余不知其解也。仍以所聞於夫子者而證之，可乎？直者，是非好惡不枉其本心焉，而直之義盡矣。天下萬世之公，舉在是矣。賞罰用舍、生殺予奪，於是焉出。質諸鬼神，建諸天地，悉此物也。直之反也爲枉、爲罔，始不過是非好惡一念之微，姑遷就焉，而已爲天下萬世之僇民矣。直則誠，誠者，天之道也；其次致曲，致曲者，曲以行其直也，人道也。"

或曰："固也。若徑情而直行，可乎？"曰："善哉問！子曰：'直而無禮則絞。'好直〔一〕不好學，其蔽也與無禮同。所學何事？學禮也。既質直矣，復察言而觀色；既義以爲質矣，復遜以出之。若不質義而直焉，徒察言、觀色、退遜而已，則爲巽懦，爲媚世。苟曰質直可義矣，徑情而直行，其僨事也與枉等，不翅絞而已。語曰：'事親有隱而無犯。'盖隱則心安，心安焉而直在矣。然'事父母，幾諫。見志不從，又敬不違。'此致曲以行其直也。父子之間何嘗不可直乎？斯民也，三代之所以直道而行也。不然者，則爲毁譽。毁譽且不可，況其甚焉者乎？辟則爲天下僇者，皆毁譽而甚焉者也。"

或曰："子言直之道幾盡矣。訐以爲直者，其所訐之人、之事，皆犯天下之公非、公惡矣。此而惡之，何居乎？"曰："所訐之人、之事，誠犯公非、公惡矣。但訐者之心，則不可問也。即其心無恩怨矣，其心無他，而其人則非也。或位卑而言高，或不在其位焉，則罪與患隨之矣。'言人之不善，當如後患何？'人果不善矣，但我不當言之爾。"

或曰："訐，誠不可矣，若言人之不善。是非之心，人皆有之，而不免於禍，則直以持世、厚以居身，君子有二道乎？"曰："子曰：'以直報怨，以德報德。'以直報怨，盡忘其怨矣；以德報德，則未忘其德也。未忘其德，固有不得盡行其直者矣。苟有人焉，操用舍進退之柄，遇途之人，直以是非好醜如其數焉，黜陟之而已，何計焉？即怨者，猶是也。若怨者合進而用，直進而用之爾。若有德於我者，其人果賢耶？進而用之，固也。苟犯黜幽之典，可奈何？公議不可奪，但視途之人，姑末〔二〕減焉，則吾之心盡矣。此正所云求其生而不得，則死者與我俱無憾也，所謂曲以行其直也。"

或曰："至哉言乎！語曰：'爲下不倍。'又曰：'惡居下而訕上者。'何謂上？即簿與尉，民之上也。有君民之義焉，而訕之，可乎？若簿與尉不奉若功令，復縱其虎而翼，擇人而食之；不寧是，苛政且猛於虎，民弗堪也，重足側目，將挺而走險。當斯時也，言之則爲訕，不言，將父老子弟立而視其死矣，忍諸？"曰："子何言之甚也！不可以若是其幾也。"

或曰："涓涓不已，將爲江河。當秦寇之始，亦起自簿尉爾。嗣費縣官金錢數十百萬，殆十年於此，蔓延六省，天地流血。當其時，若刺史而上暨御史大夫，有一人明而察其隱，煩尺一之檄，而滔天之禍塞矣。即不然，有薦紳先生不惜一言，造桑梓之福，不過曲突徙薪而已，所謂'仁人之言其利溥〔三〕'。惜哉！當時秦士大夫不及此，而今且以晉楚豫蜀爲壑矣。"曰："然。滔天之禍，兆自濫觴，固也。言滔天於濫觴，其誰信之？當蛇虎從横，道路以目，即言之，不聽也。是非告之，禍福動之，未已也。法言巽語，諷諫譎諫，無一可者，而其計窮矣。若聞過而喜、昌言則拜，即芻蕘得言，況士大夫乎？不然，聲音顔色，距人於千里之外矣，況芻蕘乎？"

或曰："簿尉之上，有郡守焉，層累而上，有守巡使者、御史臺，獨不可一言及之乎？"曰："烏乎可！御史大夫而下，且曰'夫夫'也，賢豪爲鄉里居間，武斷規厚，實數至偃之室，未得厭所願，乃爲是持吏短長，脩郤爾。將佯聽之，復心薄其爲人。烏乎可！簿尉而上一體也〔四〕，又將曰‘夫夫’也。言簿尉不已，且將駸駸乎侵郡刺史以上矣。不惟心薄之，且中以禍。縉紳先生獨非人也與哉？噬臍之害，先百姓受之，非愚無知，則狂而已！”



或曰：“姑無訟言之曰貪、曰酷，以他詞微言之，曰簿尉未習於水土，不諳於風俗，可乎？”曰：“然。‘河大水深，日出當心’。微言隱語，居今之時察而解之者，誰乎？恐且曰：‘不習水土，未諳風俗，小過也，姑安之，仲尼不爲已甚者。’肯曰：‘吾察其所言，若有藏焉而未盡之詞也，其存而廉之。’已而曰：‘果然，某簿尉猛於虎！’且喜曰：‘夫夫也，君子也！’噫！安得若人而與之言乎！”

或曰：“子之言是矣。爾將無妄言之。失言之害小，萬一聽之，片言隻語，塞天地流血之禍，則爾之德大矣。國家之法自上行之，小民習而安焉，則天下治；上之人不行法，而使民自行之，而天下亂。今日之寇，初皆自行法者也。三載黜陟幽明，柱後惠文歲舉之，百姓在水火之中，時日以幾〔五〕，而待終歲，且至三年終歲，三年而不靈，而百姓之望絶矣！不挺而走險，復何待焉？走險之害小，至紀綱風俗之壞中於人心者，爲千百年之害，不止率獸食人，人將相食而已。蓋走險之害尚可干戈定之，而紀綱風俗之害中於人心者，雖干戈不能定也。噫！子大夫忍人也！惜片言隻語不塞流血之禍，費縣官金錢數十百萬，大兵大荒大疫之後，二三孑遺，肝腦塗地，皆子大夫不直之流禍也！若聖人君子，必有術而處於此，子大夫不仁之人，且不學無術！”

言未已，余有隔日瘧，瘧遽發，寒極，洒洒口噤不得語。或人皇懼。俄有人報曰：“邑鼓譟，執簿尉！”俄又有人報曰：“邑之南，以癸卯日動衆，搶石臼而北！”逾日，且百人，乙巳，以千有奇，至邑二十里許，歃血要盟，聲言曰：“願得蛇虎而甘心焉！”或人去其家，將一舍遽歸,收保其妻孥。余殺雞爲黍,炊未及熟,不遑食,倉卒去。

【校記】

〔一〕直　山右叢書本此字前有“而”字。

〔二〕末　山右叢書本作“未”。

〔三〕溥　山右叢書本作“薄”。

〔四〕也　康熙本誤作“忠”,據山右叢書本改。

〔五〕時日以幾　山右叢書本作“時若以几”。



## 生　機

温陵李長者序張横渠《易説》曰:“‘易簡而天下之理得矣’,是‘易簡’一易也;‘不易乎世’,是‘不易’一易也;‘不可爲典要,惟變所適’,是‘變易’一易也。”噫！盡之矣。余謂“生生之謂易”,是“生生”又一易也。

惟“生生”故“易簡”,惟“生生”故“不易”,惟“生生”故“變易”。此富有“日新”之府,所謂“淵淵其淵”也,所謂“左右逢原”也,所謂“不測”也。帝王賢聖、道德功業,盡從此出。一息不生,而乾坤或幾乎息矣。故學者止務所以“生生”者,而學之能事畢矣。

姑以文章言之。古人之文章,自六經而下,讀之千古如新者,何也？有生氣也。讀之而索然無味者,何也？無生氣也。今日之制義亦若是。有成、弘先正之制義,至今可傳;而近日名公大家,人人所膾炙而户誦者,既以取高第、博聞譽,然其文實如嚼蠟,詎可吠聲而隨衆也哉？文字有文字之生機,上生下,前生後,節節相生而不容已。若上下可相易,前後可更换,可謂文乎？此文字之生機也。

然文字從何生？從本題生也。本題之生意未徹,而文字一字措手不得矣！凡文字之所應有者,本題原有。聖賢之言,旨遠詞文,不必借材於别徑,取精於旁門。此題與文相生之機也。此題何所從來？聖人之言也。聖人之言，聖人之心也。作文者代聖人之言，而不明聖人之心，可乎？不知言，無以知人；不知人，亦無以知言；不知聖人之心，亦無以知聖人之人。從聖心而生聖言，我以聖人之心而發聖人之言，庶幾有合。此聖人聖言相生之機也。聖人亦人也，我亦人也。聖人之所言，皆聖人之所已行，皆衆人之所能行。若衆人所不能行，則聖人决不肯出諸口矣。故“畏大人”、“畏聖人之言”，此君子戒慎恐懼之心法也。明聖人之心，而後可以明聖人之言；明己之心，而後可以明聖人之心。吾心不明，而欲發聖人之言，是爲揣摩、爲剽竊。業舉者，非自明其心不可！故曰：“仁者人也。”人即不自謂仁，而肯甘自謂非人乎？仁，人心也，人即不自爲仁，而肯甘自謂我無心乎？恐天下之人决不肯自認我爲非人、我原無心者矣。此千古聖賢與我相生之機也。

然聖賢與我雖的然無二，若但從聞見、承接意識比擬，萬萬無謬。然此道理爾聞見，爾與吾心了無與也。直盡掃一切，無依傍，無墻壁，心所未信，雖聖賢之言，不敢阿附；心苟自信，雖芻蕘之言，與聖人等。至此，則左之右之，無不有之，詎止文章而已哉！此心與心相生之機也。“生生之謂易也”。噫！盡之矣！

## 題　卷

天啓庚申、辛酉之間，言猶得侍希泉先生。先生峻標亮節，無待余不肖言。時更有鄒南皋、馮少墟、曹真宇諸君子，學者望四先生，如祥麟威鳳，又賴福清、蒲坂兩君子保全調護之。今二十年於兹矣。哲人其萎，可奈何！余諸生時，又得親見吕心吾先生坤、魏見泉先生允貞撫晉，吏治凛然，監司守令無束脩之餽。曾幾何時，而諂臣媚子、貪夫酷吏遂徧天下，以疾威降割，悔禍無期！回思希泉先生立朝侃侃之日，何如也！今於先生次君，又得見馮、黄兩太史真跡，當日於君臣朋友之際如此。今天下以假聲氣收真小人,《伐木》之詩曰“神之聽之”,有以也夫! 昔聞前輩譚〔一〕先生事甚悉,然神宗見夢,今日始知之。“豈弟君子,神所勞矣”,信哉!

【校記】

〔一〕譚　山右叢書本作“談”。

## 徐六岳先生偶咏題詞

勝地良辰,晴卉幽籟,對之輒〔一〕作丘壑想,卽欲挂冠神武。而古人名達,事或有待。如韋莊逍遥、賀監鏡湖,上章累請始從之。何可遽得? 矧六岳先生以豐鎬爲松榆,以鎖鑰爲帶礪,六朝佳麗,舉在目前。上臣憂國閔時,不皇啓處,暇問平陽歌舞、博陸山沼耶? 乃請告未得,彷皇吟咏,忠愛之誼,數篇之中,三致意焉。殆仲山甫其風穆如矣。昔公先中山九佩大將軍印,迄老不倦。今何時也? 公纔逾六爾,乃求徒步南崗乎? 請以《旅獒》《王會》之詩先之。

【校記】

〔一〕輒　山右叢書本作“輟”。

## 跋董玄宰戒懼帖後

玄宰云:“既不睹不聞矣,何處可容戒懼? 既戒懼矣,尚得謂之不睹不聞乎?”又云:“觀未發時氣象,既曰未發,何容觀也?”舉似袁中郎諸夫子作話頭參取,不知先生將戒懼如何理會。若向宗門中,只消得一棒一喝,止增狂慧,何濟學者生死分毫? 若真實爲自家大事,如何在口頭討取?“維天之命,於穆不已”,這便是真正消息。果然要箇〔一〕榜樣,“穆穆文王,於緝熙敬止”,“文王陟降,在帝左右”,便是直接堯舜“允執”之傳。言思路絶,禪火子何處生活? 只管終日戒懼,休問睹與不睹、聞與不聞,臨淵履冰,何曾間斷些子? 這便是

"行深般若"之時,故曰"至誠無息"本體工夫,無可分析。且道已發是過去,未發是未來,現在如何?玄宰當在此際着語,更於何處别覓生活也?試問玄宰:既曰"戒懼"矣,又曰"君子不憂不懼",何也?"勇者不懼"又何也?又"有所恐懼則不得其正"何也?此處理會不清,却向臨濟德山句下求生,總教印可不免臨期手忙脚亂,刻下休將閒話支吾,且去觀他已發時氣象如何。

道也者,不可須臾離也。若一刻不戒慎、不恐懼,則須臾離矣。一念萬年,豈論須臾!學者休將戒惧看作有所恐惧,這政是無息,政是生生不已之真機。至誠不息,君子自强不息,雖是朝乾夕惕,戰戰兢兢,然無思無爲,寂然不動,不論已發未發,依然不睹不聞、無聲無臭也。然此是學知困知,實實下手處。必如此者,何故?以"人心惟危,道心惟微"。纔不戒懼,危者愈危,微者將澌滅無餘矣!亡國喪身之禍、四生六道之變,如何不戒慎、不恐懼?致有性命之憂、陷入禽獸而不自覺也!道之於人也,不啻飲食,而曰鮮能知味者,何也?百姓日用而不知,所謂食而不知其味者也。仁者見之謂之仁,智者見之謂之智,各隨其所嗜而嗜之,不知天下之正味,故曰鮮能知味也。世間有一種貧賤之人,半菽不充,不暇簡擇,故不知味;有一種富貴之人,日費千金,無下箸處,黍稷稻粱,厭爲平常,故不知味;又有一種脾胃受傷,飲食到前,便生厭惡,故不知味;又有一種食而不納,納而不消,故不知味。有此四種,誰爲知味者乎?道之不明不行,又何怪焉?

人必知味而食,而後甘食,甘食而後臟腑榮衛得飲食之益,長生久視,免六氣七情之厄。余至今日而後知世之不講學、不修道、不求師、不讀書,皆不知味者也,皆病人也。纔無病便知味,便索飲食,不肯忍饑受餓矣。

天下國家可均也,管仲諸君子可辦也;爵禄可辭也,魯連諸君子可辦也;白刃可蹈也,衽金革死而無厭,茅焦諸人可辦也。皆是憑才噉名使氣之一流爾。至中庸,則君子而時中者也。至誠立本,知化者也;窮理盡性,至命者也,"維天之命,於穆不已"者也。有才技可恃乎?有氣魄可藉乎?有意見可憑乎?才技、氣魄、意見毫無可倚,而世間才人智士之伎倆窮矣。故曰:"中庸不可能也。"然則何道何修而可?

"中庸不可能也",而曰"君子中庸",何也?"君子而時中也","時"者何?即春夏秋冬之時也。誰能違此春夏秋冬之時,而乃歸之君子乎?"發而皆中節之謂和",節者,時也。時然後喜,時然後怒,時然後哀,時然後樂,雖怒與哀,皆和也。故天寒熱温凉之節,則雖折膠流金,皆太和之元氣也。發而中節,不可能也。有未發之中,而始有中節之和也。必戒慎恐懼而始能有未發之中也。而戒慎恐惧者,其誰能乎?故無意、無必、無固、無我,無可無不可。無適、無莫、無思、無爲,空空如也,而後可謂未發之中,而後能發而中節也。此惟慎獨之君子可與幾〔二〕也。何也?以不敢一毫自用,惟知有時而已。若小人則不然,惟知有己,執以爲可,雖時所不可,而彼不顧也;執以爲不可,雖時所當行,而彼亦不顧也。敢於自恃,敢於抗時,故曰無忌憚之小人也。何也?以小人原不知戒慎恐懼也,以原無未發之中也,此非日用不知之百姓也。人皆曰予智者也,皆"驅而納諸罟獲陷阱之中"者也。故夫子諄諄以中庸教人也,皆所以救天下後世之賢者、智者,令其出罟獲陷阱之中者也。而奈何賢智之不肯信也?

萬物之中人爲貴,人者得天地之靈氣而爲心,故人心一刻與天地不相似便非人矣。是以"誠者,天之道也;誠之者,人之道也"。"至誠無息",天道也;"君子以自强不息",人道也。以故聖賢立教,再不作兩件看。曰:"易與天地準,與天地相似,故不違。"不知天,不必求之於天,但看我身、心、意、知,何處與天差别;不知人,不必求之於人,但看時行物生,於我已發未發何處差别;不知天、不知人,不必求之天人,但看聖人之言載在《六經》者,何處不明白直截。故知言、知天、知人,原非兩事。

“無爲其所不爲,無欲其所不欲”,此即“精一”之旨也。不爲、不欲者,道心也,特幾希爾。爲之、欲之者,人心也。内有種子,外有塵緣,内外交構,當聲色貨利之衝,危矣哉!人心、道心,是二心也。二則不一,二則雜,雜則不精。大勇者無爲、無欲。单提不爲、不欲一念,無第二念以貳之,是謂“惟一”;無第二念以雜之,是謂“至精”。

蓋余服膺孟夫子此語,而後悟“致知格物”之旨也。不爲、不欲者,良知也;無爲、無欲者,致知也。所不爲、所不欲者,皆物也。記曰:“人生而静,天之性也。感於物而動〔三〕,性之欲也。”人皆有所不爲、不欲,此良知也。不禁而爲之、欲之,則自欺矣。無爲、無欲,則自慊矣。此之謂物格而知至,君子必戒慎恐懼也。何以“人心惟危”也?試觀凶於爾家、禍於爾國,亡其身以及其親者,有不兆自一念者乎?危者愈危,則微者絶矣。纔不戒懼,則禽獸矣,已亡身及親矣,可不畏與?不睹不聞也,奈何若待睹聞而後戒懼焉?則已危矣、微矣,已不可救矣。古人臨淵、履冰,有以也夫!

既曰戒慎恐懼,又曰不憂不懼也,何必戒慎恐懼而後能不憂不懼也?吾夫子之發憤忘食,政夫子之樂以忘憂也。古人尋仲尼、顔子樂處,樂處安在?在〔四〕臨淵履冰。戒慎、恐懼,政仲尼、顔子樂處,舍此再無處尋覓矣。

【校記】

〔一〕箇　山右叢書本作“個”。

〔二〕幾　山右叢書本作“几”。

〔三〕而動　諸本并脱此二字,今據《禮記·樂記篇》補充。

〔四〕在　康熙本脱此字,據山右叢書本補。

## 與藍仲遜談易

言成酒泉，無所事，仲遜間過談《易》。言問曰："《小畜》之義何居？"仲遜良久矍然曰："文之繫斯卦也，隱而不肯盡其辭。其憂深，其慮遠。不惟是爲君子慮，其爲小人也亦周以至。夫'柔得位而上下應之曰小畜'，是上下皆爲小所畜矣。而人誰甘之？初、四，正應也，勢不得不爲所畜也。但'復自道'爾。二與初一體，二雖欲不復，爲初之君子所牽，可奈何？至過剛如九三，則不屑爲所畜矣。有不反目者乎？反目則凶，聖人仍歸咎於三，曰'不能正室'，不得已也。然幸而六四且'血去惕出'，九五之'有孚，攣如'也，庸何傷？乃從古如四者幾何人哉？有'密雲'而終'不雨'者乎？殆至上而聖人乃始盡其詞，曰：'君子征，凶。'自昔如此者，不知凡幾治幾亂矣。甲乙之際，無乃其時耶？文之不肯盡其辭者，至甲乙而發，無餘蘊矣。"

噫！至今日而始知仲遜之微也。

## 書若水惠紙

士大夫惟有讀書，此外再無别事。如人之於飲食，一日不再食則饑。若束書不觀，不止面貌可憎，舌本間强而已。但頃來聪慧少年耑讀一種妖邪誕妄之書，浸淫及於舉業，爲人心風俗之害不小。《五經》，日月也。光景不異而千古嘗新。即讀《莊》《列》《淮南》《吕覽》諸書千言萬語，不如讀《五經》一言半句之益，況下於《莊》《列》者乎？經中何所不有？捨此他求，非狂則愚。經之外，則有全《鑑》。《鑑》者，經之注也。上下數千百年中間，經濟、道德、文章、學問，如入五都之市，隨物畢有，但恨我如窶人，無物以撮之耳。涑水此書當與《五經》並垂不朽。當涑水爲此書，以十年之力，經數公之手，藉縣官之寵靈，其稿且汗牛充棟，告成之艱如此！吾輩以竟歲之力可再讀之，乃庋之高閣，可怪也！言少時不知讀，比纔知讀，而目力精力衰竭，開卷一尺，便已眩瞀，奈何！因白兄惠此紙，謬書之，以誌媿云。



## 偶書十六則

頃讀晦菴文公，乃嘆公無刻不讀書，而爲後來苦心無所不訓詁。即毘陵唐荆川，有《左編》《右編》《稗編》諸集。思公立朝甚久，何暇讀如許書？無論君子人品事業何如，即作一讀書人，令人千載服膺耳。念之悔恨。

近來學者之病，好問異書。《五經》無幾，不盈篋笥，《通鑑》一編，備集今古，尚未周讀，日問異書，何也？二書政如河海，象飲鼠吸，所得幾何？仁者見之謂之仁，智者見之謂之智。任千古以來聖賢豪傑補天浴日、文人墨客雕龍譚天，無不取給於此，而二書寂如也。頃老矣，一日未塡溝壑，願取《五經》各讀一過，却以《通鑑》裨觀。游衍之謬，先識於此。

夏旱無聊，日惟閉閣兀坐而已。苦眊，略取架上經書日攝一二行，居心永日而已。因思清福古人享用都盡，如康樂一生在山水文字之中，詩云："懷抱觀古今，寢食展戲謔。"所謂"展戲謔"，即在"懷抱觀古今"之會。古人以讀書爲戲謔、爲寢食，而今學者則以爲苦，無可奈何方讀書耳。

唐虞以降，至周而質文之變極矣。嘗謂周公嫌其太盡，賴夫子維持之，而虞夏之意尚留。漢唐以來，叔季之霸氣極矣。嘗謂秦以後闕里之脉甚危，賴宋諸老以迂濶補救之，而"精一"之統不絶。後之視今，猶今之視昔也，悲夫！



聖人君子之學無不本於柔者，如《詩》詠仲山甫之德"柔嘉維則"，申伯之德"柔惠且直"，又曰"視爾友君子，輯柔爾顔"，又曰"敬爾威儀，無不柔嘉"，至矣哉！《書》曰："沉潜剛克。"剛克而曰沉潜，剛豈易言哉！嗟乎！涉世且不可，況當君臣父子之間乎？

“柔弱者生之徒，剛强者死之徒”，當日直謂老氏之學爾，後乃知源本坤卦。故乾是神聖，坤又一聖人也，如伯夷、柳下惠之於孔子是也。近日讀書，始知後世君子盡領坤卦之學，至乾卦，全讓堯、舜、孔子，而不敢當矣。自乾而外六十餘卦，皆君子之學也，皆善學乾者也。

“精氣爲物，游魂爲變”二語，可以盡“鬼神之情狀”乎？“體物不遺”與“臨汝之上帝”，果是一是二？既曰“明乎郊社之禮、禘嘗之義，治天下如指掌”，又曰“敬鬼神而遠之”。既臨汝矣，又可遠乎？此等奥義，安得起昔者吾友而共參之？噫！

“朝聞道，夕死可矣。”或曰：“若未聞道，則不可死乎？”曰：“未聞道則何可死也！”一日未死，尚汲汲焉。冀萬一聞道，庶不至倖生枉死耳。聖賢發憤忘食，皇皇焉如有求而弗得，一息尚存，此志不容少懈，政謂不可以死也。曾子易簀反席，未安而殁，時始頃刻之間爾。曰：“而今而後，吾知免夫，小子！”一呼便是當面唤醒。想臨淵、履冰何等工夫！“免夫”所免者何事？今夫屬纊之頃，猶剌剌田舍、錢債、兒女、妻妾、生平未了事件，此亦一息不容少懈者也。君子小人，爲善爲惡，一也。由此觀之，聖賢一生兢兢業業，只爲生死一事耳。季路問鬼，子曰：“未能事人，焉能事鬼？”又問死，曰：“未知生，焉知死？”人皆以子路問非所問，故夫子拒而不答，不知已盡情道破，竭兩端而告之矣。原始反終，故知生死之説，通乎晝夜之道，而知此皆盡生死之道矣。《詩》曰：“上帝臨汝，無貳爾心。”試問上帝爲誰？人耶？鬼耶？能爲臣盡臣道，可以事君，即可以事上帝。莊子曰：“善吾生者，乃所以善吾死也。”此亦有見之語。如蒙莊者，政夫子所謂“狂簡”“斐然成章”。若在聖門，夫子惓惓焉，當在端木之上矣。

陽明先生良知之學是千古之滴血公案，不知者衹爲偏枯，殊不悟良知之知原不與行作對，所謂“致知”“慎獨”，皆此知也。“明德”

即知，“明明德”即致知。但“明德”是渾淪之體，猶如穀種而知其萌芽也。“孝弟爲仁之本”，政謂此耳。佛之所謂覺、所謂種智、行深般若，行此耳。後來龍溪頗暢其旨，學者試取而讀之。

讀吾儒之書如餌參朮。昔者謂調理脾胃，醫中王道。若病入膏肓，則參朮未必奏功。謬謂調御諸經，則大黄、枳實、天雄、附子，功與參朮等，無有二，政在火宅苦海之中，非貝葉靈文不能永拔諸苦。説食不飽，讀者當自知之。

“恐惧乎其所不聞”，既恐惧矣，尚得謂不聞乎？正心誠意致知，知與心如何理會？知者心之靈也。果此方寸便謂之心乎？佛説有八識、七識，即“誠意”之意。第七識八識與《大學》所謂心與知者，不知又當如何分疏。日來爲此一事寢食都廢，奈何！

昔人以七言始於《柏梁》，謬矣！“夜如何其夜未央”，此與“江有香草目以蘭”何如？余謂屈、宋七言真絶千古，後之作者無復措手。因讀《離騷》，猥爲拈出。若讀《三百篇》暨騷，漢魏以後可廢也。若近體無騷味，便佻薄不可讀，不得目以醇古。以此繩唐以上不可，況宋以後乎？

平原書《多寶塔碑》，謹嚴，無一筆懈，然是公初年筆；《家廟碑》暨《東方朔像贊》風氣更復遒上。公率多真書，行艸殊不多見。《爭坐帖》《祭十二郎文》《蔡明遠送米帖》韻格可愛，朴中藏秀。余在長安曾見公書《摩利支天經》真跡，對之聳然生敬，便如摩娑古鐘鼎，淳古之色溢諸墨外，非唐諸公可及也。

書雖小道，然能者代不幾人。晉唐而下，即點畫波磔夫人指腕間，亦隨氣運隆替耶？可恠也！元常、逸少而下，嗣維〔一〕魯公深醇可敬，虞、褚而降，便隔一塵矣。書道尚爾，況詩與文章乎！

偶閲兒旋所收張仲子暨友中諸詩画及字在便面者，賞玩良久，輒不禁向往。此小道耳，何喜焉？画之趍幽、書之味静，且習者之胸次近於讀書。近且可喜，而況真能讀書者乎？以此幽静之味，奪其淫躁奇衺之習，夫子所謂“賢已”也。飽食之人敗檢喪身，有甚於博奕者，博奕特不如讀書耳。何傷乎？夫子盖設身而處爲父母者之地，非權教也。

兒履旋寫《虎谷菌閣圖》，乃作亭橋踞溪澗左右，爲磥塊歷落之形，參差翼夾之，纔占箑地十一二，餘都空濶，不着一草一木。余謂此画家章法也。画家貴有遠神，故有“平遠”“高遠”“深遠”，此政所謂平遠、高遠也。詩文妙會，原與画理相通。盡思解，所得十六七，而脱筆楮，又僅得十二三，而有餘不盡之意，可知而不可言之妙，即在所不盡言之中，此法難以言詮。孟夫子曰：“游於聖人之門者，難爲言。”卽如子曰：“聽訟，吾猶人也。必也，使無訟乎？”漢唐以後，數十百言不能盡，而此含吐紆廻於二語之中。《中庸》“篤恭而天下平”，一部弘深精奥，該備無遺。又如：“必也正名乎！”夫子以當日衛事，不知有如許事業，無限躊躇，思來還是“正名”爲亟爾。静思當日語景，多少無言之竗藏露寂寥五字之中，此真所謂“難爲言”也。秦漢以來，詩文未易縷舉，可以意會。画家空遠無窮之景，不著一筆，而寥落亭橋、兀坐枯槁之人，反收拾無遺。若既作亭橋，意謂未盡，將餘地十七八都以遠浦孤村、遥峯積楚塡塞無已，反不若空澗之爲無盡也。此道詎止詩文，褆躬藻德亦當如是。寡言之味饒於多，不言之味長於寡。記往者題旋画，有“画理頗與詩文通，觸類關生從此起”，今且十餘年矣，画理長進，未識詩文何似耳。吾友鐘伯敬自題所作画曰：“君言貴具文人氣，在於離處察其意。熟後求生穉求老，再見君時方敢議。”此語煞有至解。

【校記】

〔一〕維　山右叢書本作“惟”。

# 泊水齋文鈔卷之三

## 啓　牘

### 告邑中父老守城啓

謹告:客歲麥秋,賊至而未爲大害。今年夏四月,聞警而未卽來。人遂狃之,以至今日。今又且狃視之,曰:"賊去未必再來,卽來萬不至攻城。"嗟嗟! 吾試質二三父老子弟而詰之:敢以此區區保不再來、來不攻乎? 吾有以知其不能也。萬一賊復來、來而攻,將何以待之? 賊初起纔千人爾,頃聞至十萬,後此脅從未已也。浸假而如銅馬、赤眉,將數十百萬,風聞大寧見告矣。

吾邑表裏河山,城堅可據也,此是四塞之地。不幸賊圖此爲狡兔之窟,進戰退守,從此蠶食高都、上黨,據太行之脊以窺中原,東聯叛將,可奈何? 若果至此,聽肉食者謀之,今嫠[一]恤其緯,且爲吾維桑目前之計,則吾邑一小金湯可守也。從來攻城爲兵家最下之策,古曾有以數十萬而徒困之斗大堅城之下者,未暇縷指。但須有守之資、有守之具、有守之法,三物備而人心可恃以無恐。守之資奈何? 錢穀是也。守之具奈何? 雖所需尚劇,而火器最急。守之法奈何? 恩威其切務矣。至布置之方,則有《城守》一書,可采擇潤色而輕重布之。吾嚮者亦以賊易與耳，今實有戒心焉。見吾邑城守徒是睥睨之間，立數輩不畏不懷之衆耳。若大敵臨城，而此輩不畏我之威，肯倜然登陴，敵上所懨乎？我守此轝恥之帑、無勇之拳，既無物以果其腹、鼓其氣，而彼無擔石之積，日不再食之妻子，徒令其不日不夜立於祁寒暑雨之中，矢石交下之頃，斯須而潰，不待吾詞之畢矣。既潰之後，身爲魯，妻爲妾，尚忍言哉？

日者，白巷諸里子女玉帛以奉賊者無論，而膏斧刃、填溝壑者不可數計。積三里之物力，使先是而語之曰，"爾損其百一，不憚征繕以從事"，其孰能之？寧女子玉帛奉賊盜、填溝壑、膏斧刃，而此百一決不肯取諸懷而與之，則吾之所大不解也。然後先倖免者，當今日爲亡羊補牢、未雨徹土之計，令損其百一、萬一以儲之物，恐仍是三里先日之人心，則吾又不禁痛哭流涕矣！陳孝廉據其未成之樓，周村以一富屋散千金，徒據一土陴，而賊不得志以去，況吾邑百雉之區乎？日者逃難之衆且幾萬，米遂騰踊。白大司空慨然捐谷四百石，而米直不騰，人無譁者，睥睨之衆皆欣然相告，而曰人心不可以恩結，吾不信也。大司空將有執筆而從其後者，自此千古矣。

刻下，願我維桑父老子弟，縉紳以倡士民，城中以倡四境。如有中人十家之産以上者，各籍其名彙集焉，爲第其等，再集諸父老而議之，約人所損，雖至富而貴者，人不過其中人之産，而三物犁然備具。可乎？不可乎？有識者試作《客難》，吾將緩頰焉。吾邑之事，原仍以吾邑之人爲之。邑父母爲民之長，不過藉其寵靈，假朝廷之威福，固封疆、保赤子耳。猶一家然，父兄子弟亞旅，彊以共爲之，乃克有濟。今吾邑之人，貴者養尊處優，次者徒是巷議，無益於成敗之數，盡以所可爲、得爲之事委重於邑父母。邑父母守此懸罄之藏，而視民如子，不肯爲一切苟且權宜之術，顧此蕭條散緩之狀，徒有潸然！吾邑二三父老亦當設身而處矣。

又有言於此，從來龔、黄、卓、魯，有十年株守一邑者乎？吾邑父母將報最矣。無論徵書旦夕至，即以巍然子大夫考績之後，俯就一含香之署，卸擔而去，誰得而議其後？我父老即扳〔二〕轅卧轍，萬不能借恂。即"樂只君子"回首并州，顧此孑遺，亦不過泣然歌《離黍》《麥秀》之章，父母子弟交無可奈何矣。如何如何！

既告之後，搢紳、學校、大宗、巨室，各約其黨，俟既畢，仍集諸父老而議所爲三物之資，決不至强人所難，爲非常之原，不則，吾亦束身以聽此劫運耳。臨書懇切皇愧之至！

【校記】

〔一〕嫠　諸本並作"婺"，誤。《左傳・昭公二十四年》："嫠不恤其緯，而憂宗周之隕，爲將及焉。"注曰："嫠，寡婦也。織者當苦緯少，寡婦所憂也。"

〔二〕扳　山右叢書本作"拔"。

## 與耿曲沃啓

敝土劫運兵火之後，荒疫相仍，頃復大旱。聞平水四境亦復如是，可奈何？救荒無奇策，詎有點鐵成金、神輸鬼運之術？但賴父母子民兩心照取，上下相恃，各保無恐。昔人有云："存心愛物，必有所濟。"豈必有奇策哉！

憶客歲敝邑大荒，窮鄉鼓噪，幾致燎原。今日更甚，乃四境寂然，何以故？豈真解推而衣食之耶？良以現在父母誠求保赤，此方寸可恃耳。從此再細講振救之策，上下相安，雖死不怨。何者？以相信也。此治生年來目擊如此。

吾輩作令，案牘易易耳，獨是催科一節最爲循良所苦，況今者羽檄旁午？此中亦無謬巧，但催比督責之時，與差役下鄉，票檄紛紜之頃，無令胥上下手。差役持尺符走〔一〕閭左，猙獰可畏。居者、行者各互關通，吾輩過聽，畧施朴責，若輩得當，遂以力酬之，飢寒無告，遽登鬼録。刻下催科，定在不免。但官長以不得已之心行之，此心可諒,雖猾者不怨也。治言作令壽張〔二〕、曹丘時,有堂邑許繩齋老師,諱維新,己丑進士。每以手札見示,輒推赤相與。一札云:"當日曾謁貴縣王太宰蹠菴公,云公祖爲政,寧可枷後打,勿打後枷。"繩齋先生曰:"此仁者之言也。我謹識之,今舉以相告。"蓋太宰,治言外翁也。此爲政一節細事耳,先輩諄諄相告,可思也。寧陵縣吕心吾少司寇諱坤有《保民實政》一書,殊可讀。此公刻刻爲民。

近日作官者立致鼎貴,多以守令起家,然多能吏。古人有云"願爲良臣,無爲忠臣",又有云"願爲循吏,無爲能吏",旨哉!治言往者作令,至今思之,尚有餘悔。曾記丙辰大荒,大東人相食,他邑振捄錢穀,率取給上官,百姓先受轉運之苦。曹丘倉庫所在皆滿,差不致襟肘,以平日區區積穀真實力行之耳,未敢自詡。但念積穀一節有何難事?有司率睬故事,一旦〔三〕飢饉,遂至束手,可嘆也!

爲老父母教愛,見惻怛之誠,溢於筆楮,故不覺覼縷。草野爲罪,恃在慈原。

【校記】

〔一〕走　山右叢書本作"足"。

〔二〕張　諸本并作"長",誤。據《明史》本傳,張慎言曾任壽張令。

〔三〕旦　山右叢書本作"但"。

## 與人書二首

讀來翰,追省往者,都不可得。然不佞歸里將十年矣。近雖衰眊,乃畧知嚮往。自恨居三家村裏,傍皇躑躅,無有半箇〔一〕可共語者。昔人禁僞學,不佞每向友中言,求一假道學亦不可得。假道學雖不如真草野,然彼雖作假道學,我以真性情聽之,我自爲我性命而已,何暇别其爲真假也?以此知古今聖賢皆是豪傑爲之,非豪傑決不能爲聖賢。所以孟夫子云:"豪傑之士,雖無文王猶興。"昔人謂做得豪傑,做不得聖賢,此語非也,或者此言爲無忌憚之人發耳。何以識得豪傑?具有真骨氣、真血性者,即豪傑也。眼中所見,皆餘幾之人爾。何也?以除却首尾,此身所餘無幾也。執事者是真骨氣、真血性之豪傑也,真可以爲豪傑者也。又肯交友,肯讀書,不佞所傍皇躑躅、求之而不得者,而今在水一方矣。奈何,奈何!但輒摻議論,不能盡同。然異者不能不異,同者不得不同。何以故?如自率其性情,皆至真無假,骨氣血性之所在,不可强也。若不佞三家村有如執事交友讀書,將北面焉,肯交一臂而失之耶?掌記垂覽至此,當不俟其詞之畢矣。

門下子弟皆雋爽,大非凡舉。執事在吴越文章之藪,當購佳本,所選房書絶佳者,再求名師,厚其幣,督課子弟。功名固有分,然作一真正讀書人,固勝科第倍蓰也。聲華裘馬之中,終非我輩安身立命之處。即文字丘壑尚且不可,況聲華乎?

信筆潦倒,其諒之。

日者在仰屋之時,無一刻佳況。爲子木、嗣辛、羅浮、丹水婣契芳評,都未作答,至今耿耿。客秋,里中名士薪樵殆盡,得報狂喜。往者不肖謬於行卷中物色諸婣契,今遂自許有眼。物華天寶,隱現固自有時,山川之靈,願言珍重。

不肖作書生時,曾侍太宰疎菴外祖暨晉川司空、桐陽司馬、健齋憲副,既是前輩典刑,更先大父剛方正直,庭教凛然。迄至今日,仍如提耳。前輩往矣!里中風氣一變,不謂遽有惡習。恐諸婣契不見諸君子,遂謂諸君合當如此。但里中通籍後,絶不讀書。晉川先生曾交卓老,有所聞。後某君子雅喜讀書,然習氣未化,殊爲可惜。

四兄聰明絶世,得雋後,帖括之外,無負己靈。不止讀書,兼求聞道。不肖深悔往者之過,百身莫贖;即日懺悔,嗟何及矣!兒旋幸附從者後,然有豪舉聲華之習,望苦用箴砭,當世刻雅誼。又近來惡習，喜求異書。只一部《五經》《通鑑》，中間何所不有？政如子瞻《山房藏書記》所云，不可不一體察也。

不肖老矣，無益諸媢契，既以自悔，謬効他山，臨書淵塞。

【校記】

〔一〕箇　山右叢書本作“個”。

## 與張深之書

昔人謂《詩》《春秋》《國語》，皆聖賢發憤之所爲而作也。不發憤而作者，是無病而呻。苟如是，不特《六經》，雖《西厢》《拜月》可傳不朽。何也？其情真也。故三百篇之中，間多柔情蒨語，以此真情流行於往古來今之中，雖經聖人之手，不肯删之。長兄諸刻如他種，是徐文長《四聲猿》之類爾，借酒盃而澆磊塊。若詞苑春秋，則真發憤矣。

日者不肖編管酒泉，無書可讀，止覓得《易經》一部讀之，間有同諸生作時義若干首。彼中諸生未易言，不過自歌自詠而已。不肖讀《易》，長兄作《春秋》，雖不敢妄自比，然其致一也。但酒泉萬里天涯，所與居强半是侏儞番魯雜種之人。今長兄在苕雲之間，是山水奥區、文章淵藪，使不佞得謫在此，雖鸞鳳啣書亦不肯去矣。

昔陽明先生居夷三載，困衡之中，遂得大悟，紹千古之絶學，後龍溪先生更闡明，無毫髮遺憾。此兩先生皆江左人，檇李去此中幾何？其流風餘響猶有存者否？更有繼其後者否？執事其一過而問焉。艷綺諧謔〔一〕之餘，牢騷慷慨之後，却取五經暨關、閩、餘姚之書再讀之。又聞檇李坊刻諸内典三藏都備，若備得，費若干金錢？靈文貝葉，亦是佛菩薩悲憫衆生發憤而作，如吾輩發憤者。若不肖再得如前知非之年，盡翻而讀之，亦一快事也。而今已矣，對之徒有太息！掌記試問之，板果精否？内《宗鏡録》原一百卷，後有删者，亦續有刻否？讀佳刻已，不覺覼縷至此。長兄其幸以教我！

【校記】

〔一〕諢　山右叢書本作“詼”。

## 酒泉寄貢聞札

弟至酒泉，卽寓禪室。新正僦得一弁宅，傍有圃，可引水〔一〕種果蔬。僅借得《史記》，求《漢書》不可得。若馬角未生，當以次讀《尚書》《禮記》。去留都未可知，亦漸有“此中樂，不思蜀”之意。百年强半之人，雖身罹網罟，然此中無恨，何所不可？擬元夕後，向地主以一二隊馳關外，臂鷹牽犬，幸得黄羊、野馬，割以佩刀，炙用野火，生嚼流血，良亦快事。茗酪佳，羌婦魋結，日獻酥湩，以餅餌易之。弟嗜此，殊勝步兵美醞也。

【校記】

〔一〕水　山右叢書本誤作“木”。

## 又

家累來詢，知老伯母康勝，年兄以下悉佳，聞二兄尋已霍然有起色，弟良慰。兒旋屬兩年侄提挈，愛如手足，更相勵勉，世講之誼，中心藏之。兩年侄德器，是兒輩勝友，聞之良喜。

弟受先帝厚恩，涓溪未報。鼎湖之泣，悲悔交横。聖主當陽，新政改觀，投畀孤臣，不得沾浩蕩之恩。若太平有象，弟卽皓首遐荒，亦復何恨！快雪齋《五經》一部蕭然在几，遂有終焉之志。年兄願言珍重，凡有水到渠成意便佳；又屬解衣衣我，真如挾纊矣。

## 又

年兄華誕，敬如來教。昨約一切諸往來交際，望與沁湄兄共訂之。弟心目都病，不能辦此。别後蚤夜以思，殊無難事，患難與病等爾。昔人有言："若得寒疾，五日不汗，死矣。"岳廣霞新寄一書，良有味。謂子瞻原未嘗學問，只是聰明過人，遇顛沛流離，儘有可觀。良是良是！

## 寄石翥雲書

諦觀老親丈剛而達，毅而敏，才與膽足以濟之，真豪傑之士，非近日畏首畏尾、身其餘幾人可比。自一别時慷慨數語，知足以辦朝廷之事。辱承翰及狂瞽，附布垂炤。

主臣一在静。軍務倥偬，方寸亂，必無濟矣。静生安，安生慮。一在嚴。嚴正以行其愛爾。嚴生於威，威生於廉。然廉止以繩己，不可以責人。繩己則人服，責人則生怨。一在誠。大將偏裨以下，有求於我也，甚於我之求彼，安危苦樂，更相寄也。推赤心置人腹中，如父子兄弟焉，曁士卒罔不皆然，更與同甘苦。一在重。重者何居？重以御輕也。或帷幄之中，或爪牙之士，知謀勇傑，一可當百，得若而人，不大聲以色，陰厚之，朝夕左右，忌者罔敢生心焉。一在交。大中丞、大將軍居彼中，久處文武之間，無專行己之是，降以相從，大直若曲。巨室之所慕，一國慕之，上下翕然，可以爲所欲爲矣。故曰"君子安其身而後動"。一在慎，謂起居飲食也。

右愚者之言，智者采焉。能言者未必能行，不能行者，才與膽限之也。執事於兩者有餘裕矣，敢以聞於掌記。

## 札孫宅相

頃目力已減,不得讀書爲恨。惟《易》與《詩》,日在案頭。近於《易》,稍有入處。然《易》義合者十二三,不合者尚十四五。始悔從前不善讀書,辜負聖賢,爲可惜耳。如《需》之九五陷於坎中,而曰"需於酒食",困之九二,陷於坎中,而曰"困於酒食",其義何居?泰九二,政當泰時,而曰"包荒",蓋包小人也。"不遐遺"者,不以小人爲遐而遺之也。"朋亡"者,内三陽皆君子,且不敢以爲朋而亡其朋也。此視後世君子果何如?至《小畜》益煞有妙理。宋之宣仁,小畜之至善者也。唐之則天,君子亦皆爲用,如宋廣平璟輩。其初二之"牽復"者乎?狄梁公其九五之"攣如"乎?李敬業其三之"脱輻"乎?當此時,既雨既處,君子無如何矣。諸如此義,抱膝沉思,間有得者,恨不與伯仲晤對耳。若前半日讀《易》及《詩》,後半日讀司馬《鑑》,更佳。古今理事懸合,良妙也。

## 家書七首〔一〕

閲坊刻數篇,令人欲嘔,文章之壞以至於此!氣運爲之,可嘆也。擬草一疏以聞,恐招忌,姑已之。前曾於時藝中丹鉛,畧露一班。既不悖時尚,又於文脉、道脉粗有發明爾,可充類求之。眊甚,不能復事鉛槧矣。聞又有《五經對語》一書,頗爲少年所喜,未讀,然謂此書當付秦火。所謂"析言破律,亂〔二〕名改作",其斯之謂與?爾當從本原用功。曾讀近人詩,一聯云:"三代以來方有學,六經之外並無書。"大賞之,當作聯,懸之齋頭也。曾與九子譚,謂李卓吾《四書藝》數首可傳。説者以爲腐,吾豈謂經生襲其詞?語所謂"癡人前説夢不得"。爾讀之,果得之文字之外,便有悟頭矣。我《悔草》内

《吾有知乎哉》等篇,亦粗有會,淺人不解也。

近日公餘畧讀書,然老矣。他書無味,體中畧佳,則讀《五經》,稍極,唯讀内典,差於生死之際有少分入頭,始悔前作諸生時止作舉業看,殊無毫末關涉。頃歷患難榮枯,及國家治亂邪正、一身生死禍福之際,讀之始津津有味,恨不得吾父子清夜共譚耳。頃讀《禮》,開卷日纔尺許,然一二語勝讀諸子書千萬言。《五經》無所不有,即以文字求之,後來千變萬化,無不從此中出者,讀之無甚難。以爾分中計之,打併精神讀《五經》,一兩年工夫可畢也。但要讀之有法耳。政與看山水無異,所謂佳處領其要也。即此時作舉業,便以舉業求之。吾雖老矣,自揣三月工夫,尚能作近日脂粉文字,但不屑耳。噫!

刻下父母俱存,小大無恙,光景已佳,但日中則昃,可奈何!一念及此,通體汗下。只有一法,目前只速求一安身立命之處,勢焰時如此,淒凉時亦只如此。任四時寒燠温凉,而一元之氣寂然自在。望夙夜念之,數年以後再無人説此等話矣。

閲張三哥暨爾近作,都有氣候,始可與言文。所謂氣候者,如冬之不得不春、夏之不得不秋也。若氣候未至,遽與之言,何益?政當保此清機,無使他日再以風塵世味汩而薄之也。場後風塵,倍宜自愛。朋友攸揖,揖以威儀。其念之!

閲墨義,閩、楚佳者甚夥。中間正變雖殊,然皆發自性靈,初不由記問勦襲而來。至用經學,玅無痕迹,盡絶餖飣之習,殊用心賞。有一部尚未閲完,每閲過,不敢草率,細加丹鉛,待完日寄往。意象之外,又顧自得如何耳。看來不從深静中有獨詣,專恃記問,決無售理。待寄去後，即爲所駁處，亦畧微論其意安在，乃有悟入耳。剽竊掇拾者，入眼便知，何可欺也！以其無真氣也。間有偏鋒，而亦蒙賞識者，以有真氣存焉。爾《知言養氣》制義中亦有此道，淺人不知。



秋音得王孟楨、張去偏，殊得人。前已有書云："近來文字，政極則必反之時，絢爛之極，必歸平淡。"此理也，勢也。爾文字太漫，而用學問至清靈警策，尚用商量。然此尚非吃緊。第一在心地潔净，在證悟。文字不得悟頭，讀盡五車，亦復何益？近邸中有四作，已付梨棗，未成。此較爾等制義雖少煆鍊、組織、謹嚴之工，然節節相生，縱橫變化出没之妙，則非爾書生所及；雖畧有道學氣，乃却無帖括飣餖之習。爾當思其真實有所見處，此所謂父不得而傳之子也。爾與孫、李諸宅相無少挫折，況功名尚是外物，何可不作一讀書人，令有道者鄙賤乎？書至，遣力相聞，它不能刺刺兒女語。身出處自决，不能向爾兒女子相商也。

桑林庄之西南，舊指云底柱山也。《尚書》云："底柱、析城，至於王屋。"今王屋屹卓於南，則底柱、析城不止想當然耳。白門有好手作《底柱草堂記》，遂命山人汪竹村寫草堂卷子，長丈餘。首以濩澤虎谷爲主，底柱三山爲客。既，復以底柱山之稍遠曰門嶮者目爲小底柱，介於王屋、析城之間，上作草堂；又以此爲主，王屋餘爲客；黄河遠在千里内外，明滅於豫州隱現之中。山人曰："我當作草木蒙籠、丘壑稠叠，皴法變幻，仰稱《草堂記》。"今先寄汝。爾於事隙，亦速作一長卷子寄我。



王正以來，獨居内省，政擬望日向佛菩薩前作一懺悔。疏尚未成大畧。我已六十三歲，向後仍有十年否？死期逼近，從前功名富貴、田園宅舍、恩愛因緣，再假百年，詎有歇手之日？昨讀陽明先生書，語門人曰:“工夫只從真切、簡易處做,愈真切,愈簡易。”當日不知簡易、真切是何等事,今垂老之年,畧窺一二。龍溪先生亦云:“學問只求日減,減得盡,便是聖人。”我從此以往,止作此工夫而已,再不增添得些子。卽讀書亦不貪多,況其他乎? 此等說話,向爾輩英少,政如嚼蠟,然亦不可不聞。

【校記】

〔一〕家書七首　實則共八封家書。

〔一〕亂　諸本並作“象”,誤。《禮記·王制篇》曰:“刑者,侀也。侀者,成也。一成而不可變,故君子盡心焉。析言破律,亂名改作,執左道以亂政,殺。”據此,當作“亂”。

# 墓表誌銘祭文

## 明故光禄大夫太子太保吏部尚書疎菴王公墓表

萬曆甲子七月壬午,故太宰陽城王公卒於里第。越崇禎壬午,外孫言始克表其墓。時去乘箕之期,四十九祼矣。輿議清肅,物情皦恬,天下追論故相江陵之烈,録用後裔。惟我公戮力三朝,鬱跂人望。古有祭橋玄之塚、求魏徵之笏,而不於我公發蔀擴翳,亦清朝有待之舉也。孟嘉長往,淵明勒石,彼於外王父僅表其逸情亮節;矧我公位極宫孤,際日月而司斗杓者哉?

公諱國光,字汝觀,别號疎庵,世居白巷里。高大父聰,聰生文,文生咼,咼生承祖。自文以下並贈如公官,妣並一品夫人。公生時,值正德壬申,原太夫人有異兆。方四歲,太夫人早世,繼張太夫人。就外塾,淵警無輩。年十六,補諸生上舍。嘉靖乙未,選明經,癸卯舉北雍,甲辰成進士。釋褐吴江令。蓋劇邑也,徭賦甲江以南。公能其官，飲冰視星，破滯讞，剔伏蠹，浚渠滄，繩魁猾，至裁漕耗五萬石，比户額誦。每條教下，吴人黠者胆慄，弱者乳哺也。戊申春，聞外艱，懸橐去之。庚戌冬，補儀封令。其土瘠，公沃之以德。時輪蹄踵接，力裁厨傳。嘗蒙詬上官，不避，公習爲吏，數見益鮮。

壬子秩滿，除兵部車駕主事。癸丑春，改吏部考功，歷稽勳員外郎、文選郎中。銓地方淆雜，政府旁撓，好行其私，天曹往往被譴，公劑之以正。王戎簡要，裴楷清通，政府屈焉。然幾外調，迫公議而留。己未，進右通政。庚申冬，予告。辛酉秋入朝。壬戌夏進太僕卿。冏寺爲養望待遷，公釐舉利弊，不傳舍視之。尋進順天尹。外戚貴璫、權閥大俠，闐溢輦轂下，最難治。時都民役煩，半骨立不支。公先蘇其困，裁無藝之征萬二千餘金。長安靜謐，請托絶而桴鼓息，用是聲大起。癸亥，起户部右侍郎，總督倉場，督理西苑農事。念積貯國之大命，向多隱耗，遂按故籍劑之，興革井井有緒。乙丑春，引疾。隆慶丁卯冬，命塡撫河南，仍引疾。庚午秋，拜刑部左侍郎。辛未，進南京刑部尚書。亡何，改户部尚書，總督倉場。公故有心計，至是益廑廑儲胥。甲戌春，神祖首有事於南郊，錫宴，尋手書“正己率屬”賜之。丙子春，予告，賜鈔幣。丁丑冬，召拜吏部尚書。江陵好爲名，高自負伊旦之望，虚己任人。公首拔淹滯，已上八事，采實政、禁投謁、別繁簡、議調處、恤卑官、停加納、責有司、重捕官，俱有關國是。尤注意守令方鎮，所推薦賢士大夫亡虚月。上益明聖，啓事所入，可可否否，不待補牘，庶幾都俞盛際哉。己卯冬秩滿，進太子太保。庚辰二月，從耕籍。三月，從謁陵。辛巳春，從閲武。壬申秋，進光禄大夫，貤贈四代如其官。他宴賚服幣之賜不勝書，蓋上之倚毗公有加焉。

江陵捐館舍，一二私人不自堅，噏噏詍詍，莫知所附。楚人大司空曾省吾覬代公。於是御史楊寅秋謂公私王謙以吏部主事，謙蓋蒲州張文毅公中表戚，意傾蒲州，欲兩去之。大璫馮保竊權，先罷公。

去後朝議如奕，或薰或蕕，乍賢乍佞，久之而始定，人或求多於公。今觀江陵疾甚，上問後事，所薦尚書潘晟、梁夢龍等，而不及公。又見忌馮璫，是不可得公之概哉？

還里之日，闔門養威重，引體過峻，庭可羅雀。魏其之客俱散，旋中蜚語；永叔之毁亡繇，遂加污衊。嗟乎！人實爲之，公乎何尤！推真引分，岩居川觀，平泉之石時醉，履道之園長吟。而至性過人，居張太夫人之喪，猶孺子泣也。謝政十二年乃卒，年八十五歲。元配張贈一品夫人，繼張封如之。子女嫁娶俱仕族，詳志狀中。所著書有《司農草》《司銓草》《率意稿》行世。

公長身魁碩，飲啜兼數人。壯歲立朝，循資平進，歷著聲績。永陵之季，太阿之柄莫測，奉職循理，亡纖芥之嫌。昭陵以公遺冲聖，統鈞之任十年間四易，獨公最久。典銓五載，百官洗心滌慮，貪黷屏跡，大法小廉，緊誰力也？往者輒訾江陵。夫江陵救時相諸大臣，協衷畢智，其誰曰不然？即一二黨人，在楚不在晉，若比而同之，是執朝之人而罪之也。嘗按先朝冢宰，姚文敏、尹恭簡，俱蒙横口。恭簡去國，亦如我公。及時移事定，指屈名碩，並未之或遺也。吾晉冢宰王恭襄讃，視公重。喬莊簡、楊襄毅身名雖完，白簡亦不少幸，禮貌未衰。公不幸，銜誣畢世，箕裘戢翼；又知舊淪没，晚進寡昧，遂使陳寶易瞑，衈典鮮聞於身後；牛李互隙，明詔不見其南還。諒公無慚於九原，而質之故實，參之陽秋，自不能不爲國家惜也。

謹著其大誼，樹之隧道。願成宅相，情悲幼婦之詞；求爲良臣，事感踣碑之痛。令董陵下馬，尚思聽履於星辰；漢柏參天，猶將指斗於喉舌。則言之擗臆刊珉，夫豈一人之私乎哉！追往勸來，式靈遺衮，實自今伊始矣。

# 資德大夫正治上卿南京兵部尚書參贊機務桐陽衛公配夫人楊氏合塟墓誌銘

蓋今年癸酉春二月廿一日，大司馬桐陽衛公以年八十四卒於正寢云。公以隆慶庚午舉於鄉。越七歲，萬曆丁丑言始生。言束髮時侍大父田南公，即知公有道君子也。言既釋褐，始束帶見公於里第。公曰："我昔成進士即從田南先生遊。先生曰：'無近名，無由徑。'至今佩其言。"不肖言聞之，凛然如聞先王父庭訓也。後庚午，言蒙恩歸里，公以病謝客。言以國之老成，不可不一見，彊而後得一揖於庭。時家國多故，公念之良深。比既卒，公之嗣廷憲、廷亮以大司空省菴先生狀，乞銘於不肖言。言固夙敬公，不可以辭。

按狀：公諱一鳳，字伯瑞，別號桐陽。其先自高平赤土坡遷陽城，世隱於農。曾祖繼高始以文辭隸學宫。繼高生雷，雷生夔，是爲公父，皆以公貴贈南京兵部尚書。祖妣程氏、母路氏贈夫人。

公爲諸生，靜默若處子。從贈公之長安，時鎬山栗公魁周爲民部郎，一見，目公爲國器。庚午，舉山西鄉試。庚辰，賜進士出身，觀禮部政。癸未，授刑部主事。往子大夫居比部，其高者賦詩讀書，不則諸曹時相過從飲酒。諸所剖决率受成於吏，吏緣爲市上下手，奇請它。比郎但目攝之，即深故不聞。公獨取律例，沉酣枕藉，手自爲爰書，奏當，廷尉無以難。丙戌，遷員外郎。會内計，大司寇潘公季馴深器重公，曰："諸曹郎頗有遺議，衛君皭然無可指，此國士也。"戊子，遷郎中。山陰金亭朱公賡二家宰，求紹興守於潘大司寇，曰："無如衛君者。"之郡纔四日，以路夫人憂，扶櫬去，哀毁踰禮。辛卯，補青州守。青，沃郡。先是，州邑雜運錢穀，率會計於郡。郡以時出納，緣低昂之，冀什一二浮羡。公但檄各邑，發所在郡，但一更其移。諸政簡而肅，嚴而惇大。時直指某有所不快於公，詗其事，欲中傷焉。姚江孫月峯公鑛爲東撫，知之，語諸司曰："衛青州有不可及者三：初筮仕，即以伉直聞；守吾郡，席尚未暖，而輿人頌之不衰；至今日，止飲青州一勺水爾。其安能爲？"卒不能中公。甲午，遷關中憲副，備兵鞏昌，佐撫臣籌畫邊事，以捷聞，詔賜齎嘉奬。時贈公疾，公疏歸養焉。丁酉，居贈公喪。庚子服闋，東人士復求公備兵青州。大司空劉莊靖公東星時治河，河方多事，特疏以請，復改公治河。河決黄家諸口，不減宣房之役，歲且大飢，米值騰躍。役甚夥，米既踊，所獲直度未足支，日夕恐且鳥獸散。兖西某憂曰："役不足，無以浚河，米不賤，無以集役，計非減價平糴不可。"公曰："是速其貴也。但預給諸役廩，姑陽昂其直，米且至，至將自減。"已而商販雲集，果如公言。治河一年所，大畧因勢利導之。工既竣，曾少司空巡行治所，曰："治河如治兵，劉公可謂知人。"癸卯，遷左參政。復移道青州，青士民如嬰兒再見慈母也。公再以前二千石諸政輕重布之。時大祲，公率其郡如富鄭公守青州時。衡藩諸宗益困甚，遮道號呼，有司計屈。公曰："第以各宗禄所應得，時給之，不則稍預給焉，亦何必溢額外乎？"不費而諸宗大悦。公行所無事，率此類。丙午，擢應天府丞。妖民劉天緒倡亂，謀叵測，力爲消弭，留都以安。辛亥秋，以右僉都御史撫治鄖陽。鄖控三省，盗賊出没。會秦寇數萬嘯聚山林，房、竹之境騷然。見告，公曰："勿憂。此與潢池之弄何異？草一檄，曉譬禍福，但遣一裨將馳諭之。"諸寇望風解散去。鄖地瘠，舊撫經費率捐兵餉代之。公曰："一旦呼庚癸，借此爲脱巾者之口實，何詞以對？"但刻意節嗇濱去，補前耗且七十有奇。甲寅，晉南少司馬。金陵朱蘭嵎公之蕃見之，笑曰："我固知公南矣。"丁巳，自陳乞休，詔不許。戊午，晉南大司寇。己未，再乞休，又不許。公居司寇，仍如前在郎署時，又知司屬行提之弊，被逮者，人率破其家，公禁之，著爲法。庚申秋，改南大司馬，參贊機務。疏辭，奉旨："卿清望宏猷，勞績久著，留樞重任，特兹簡畀，宜遵新命。"不准辭。先是，南兵躁，至焚毁兵垣,當事者不敢問。公廉其魁,率置之法,軍伍肅然。無何,具疏乞骸,奉旨:“卿才猷敏練,精力未衰,方倚任留樞,何得以病請?”不准辭。疏再上,復温旨慰留。三上,始准回籍調理。

公歸,杜門却掃。丁丑春,魏璫用事,建祠之事起。縣持募籍要公,公艴然曰:“吾解組時,正爲今日硜守地,乃今改絃於末路乎!”力拒之。居林下十有三載。一日,夢之東國,旌旗甚盛。覺曰:“吾將逝矣!青、齊,我桐鄉,意者,魂魄猶依依乎?”

公既以清正樸方爲鄉國典型,乃夫人楊氏,幽閒貞静,仰佐君子,自居約以至鼎貴,六十餘年一日也。公四十未舉子,爲公置側室,兩子四女出諸姬,無異所生。閨闥之間,未嘗一見聲色,温惠而莊靖,諸姬仰其色。既有《葛覃》《樛木》之風,肅肅宵征,無有怨者。不惟是,以公糟糠之妻,僅少一歲,身膺累命,乃必敬必戒,仍如少婦。在中饋,無攸遂也。衣必再澣,食無兼味。即年八十高矣,公食,必先嘗之。所撫四女,謹擇諸逢掖之子,遵公命唯謹,無須名門巨族。簪珥裳服僅如禮,無奇巧珠貝,諸女亦化而安之,壼範肅然。不信巫鬼,諸婦女以方術、算卜雜流,皆無得闌入其門。終夫人之世,未嘗聞乘軒一御宴會,且未聞頻至諸女家。夫人故楊貞肅公五世女孫,豈其静淑世篤之耶?即其侄楊且貧甚,無私惠也。言不踰閾,足不踰閫,有夫人之體,即古《女誡》所稱,曷以加焉。不貪不妬不奢,可以風矣。乃以今年三月初七日,以公歿,哀痛不食而逝,去公卒止旬有五日耳。公生於嘉靖二十九年六月初六日,夫人生於次年十月初七日,壽八十三歲,亦異矣。

側室李氏、郭氏、張氏、陳氏。子二:廷憲,舉人,娶唐縣知縣白所學女;廷亮,恩生,娶常州府同知王桂女,俱李孺人出。女四:一適廪生閻士衡,一適庠生陳鴻範,一適庠生吴俊偉,一適庠生白胤恒。適陳者張孺人出,餘具陳孺人出。孫二:振輝,聘太學士田養相女;振美,聘舉人白胤謙女,俱廷亮出。孫女三:一適庠生成惠人,廷憲出;一許字良鄉縣知縣石鳳臺子石博;一幼,俱廷亮出。將以嘉平二十六日合葬於邑之北崗。其贈卹易名之典有待也。

張慎言曰:語云“事其大夫之賢者”,又云“出則事公卿”。言諸生時竊疑之,謬謂人而賢,盡可事也,奚必公卿大夫乎?比從子大夫後,獲交荐紳先生,私竊求天下長者,又得以里中子侍衛大司馬,而後深有味乎其言之也。天地淳龐敦厚之氣,雖當世之末流,必有碩人君子以留之,不盡絶於宇宙之間。以余耳目所睹記,如大司馬,天下長者也。公質重少文,寡言笑,然是非之際,斬然不可奪;簡易廉静,而嶽嶽有不可犯之色;醇謹罔與比,不肯自露;其智畧老練而習於國事政體,更辨於故實;居平無所臧否,每見所評騭推與,皆海内樸廉方正之君子。往者,門户之禍不減漢、唐之季,始於君子好名,小人借交,羣朋曹比,究歸於權利,而國家不得其毛髮之益。至逆璫而禍始烈,公獨超然於時流之外,其時東西黨人皆無所名公。余起家東國,見東士人稱公守青州狀云,憲副楊建齋公植爲益都令,並公爲二千石,清正罔有二。憲副介而太執,公於人情政體豁然也。守青三年所,未嘗檄取州邑贖鍰一錢,此在公爲小節。然余習今爲監司御史臺及直指使者,檄郡邑如索諸寄,稍賢者猶飾名境外束脩之交,不肖者且以爲裝。又御史持斧至嚴倨也。猶記衣繡者巡郡國,不敢以一字起居其父母,今且苞苴絡繹其家以爲常。郡邑無所名其贖,更它爲名,勒索其守若令。已而虞且爲口實,悉去其籍,然實不可罔,守令姑以啓事償之。此視公何如哉!曰斤斤小節乎?孫太宰公丕陽,正人也,嘗語人曰:“天下清品有二衛。”蓋指公與淇竹衛公太宰承芳也。公守青,治聲籍甚,擬擢光禄尚寶,公時稍稍爲道地,可立躋卿貳,介然不屑也。比翱翔藩臬,積資隨牒,纔得留都爲少京兆,六載不調,此亦質廉之大效明驗矣。歷二品俸,將三年許,業整牘奏績矣,卒不少待,拂衣去。出處之際,皎然明白。暨家居,室屏姬妾,門無車馬。入其庭,一二椎魯老蒼頭,藍縷侍其側,几案帷牀蕭然,無近者奇褻淫巧之飾。至聆其論,率布帛菽粟之語。余嘗謂,侍君子,無論不能及聲華耳目之好,卽文章丘壑,亦廢然不能出諸口,則公之樸直敦厚有以奪之也。頃士大夫躬市販之行末作,貰貸持籌貯積,區區規田舍,術取智獲,甚且漁奪刀俎之,桀黠奴縱恣擊斷,維桑以目;里中健兒規指伺覦諸遺棼,僞文冒借,率按文而籍其有;奴欺其亡主之息,婿售其翁所遺,甲鬻乙之産,轉相倣傚。荐紳暨子弟公姓、母妻家及其倩,率祖此輩以規利,牟奪田廬,郡邑不問。又竿牘居間,奪郡邑之權。大司馬有一於是乎?公多質少文,又内行淳修,有先民之風,可謂篤行君子矣。言既叙次其譜世,更爲銘。銘曰:

天篤碩德,以留元氣。我表耆舊,爰誡晚季。天人相與,交用持世。君子所履,小人所視。

## 明山西太原府代州崞縣<br>儒學訓導見菴白公墓誌銘

往丙午春,言從邑大夫試,得於風簷之下讀白公廷徵春容簡練之文,且吉祥善事之氣見於面相,顧謂友人曰:“異哉!”比出,而已報舉子矣,卽孝廉君伯益胤謙也。今孝廉且壯,其文若詩暨行已,言甚敬而樂道之。乃以伯兄季文所爲狀,求爲公誌。

謹按狀:公諱所藴,字廷徵,别號見菴。先世自陝之青澗徙邑化源里。曾祖文學公子富。祖道,以孫大司空省菴公貴,贈户部侍郎。道生掾史公銘,是爲公父,母原氏。公少温醇謹飭,九歲,從大司空公授《易》,端坐佔畢〔一〕,不少怠。壬午,補諸生,時司空公登第,秉銓衡,公恂恂若處子,不矜門閥,深自韜晦。丁酉,澹如劉公爲邑令長,久乃物色之,曰:“何相遇之晚也!”未幾,督學誌寰陳公、蓮峯周公、茂槐王公,每視學,皆以公冠多士。辛酉春,以既稟積資薦於廷,時從兄大寧令、從弟孝廉皆後先舉賢書，而公僅以明經起家，命也。

丁卯春，公將謁選人，曰："吾以廣文銜了疇昔，足矣。安能借青氊爲終南之徑！"及選，得崞縣訓，堅意不赴。時伯益甫弱冠，將試於鄉，大司空再四趣其行，謂崞既孔邇會城，又將胤謙往，秋以爲期，未晚也。無何，伯益果報雋，而公欣然掛冠矣。伯益作詩紀其事，有"豈爲貧而仕，非因倦則還"之句，句既清娟，且又仰承公志。歸日，與大司空公洎知契訂香山洛下之盟，暇則課讀，簡勘平生。往往作小楷盈笈，率身心要語。寒無爐，暑無扇，自若也。優游者且十餘載。客歲，忽染微疴，笑語如恒時，秋始劇。伯益進湯藥，斥去之，曰："七十老人，尚復何求！"忽中夜呼燈，命伯益曰："吾茲者逝矣。"且誡之曰："勿陽爲善陰爲惡。"遂絶口不及他語，可謂脱然於生死之際矣。

公貌頎偉隆重，孝友出天性。當掾史公病，徒步迎醫，足爲重繭；或云糞可診疾，數嘗糞，糞果甘，乃驚泣幾絶。原孺人止一女，既歸於陳而夭，孺人思之病，病且革，公哀毁骨立。掾史公兄弟七人，贈司徒公有子四，而公爲孤子，餘無所出。所遺貲産且腆，盡讓諸從兄弟。公卽以孤，故不得嗣，獨不當沾什一二耶？與諸兄弟恭敬而温文，日凜凜惟恐獲罪。歲時伏臘，燕衎往來之禮，勉强步諸後，不以諸生自菲薄，亦不爲是昆從親疏異等。大司空兄弟相繼貴顯，公食舊德，不敢軼咫尺。卒用勤儉力田，區宅僮牧之盛，埒於大司空兄弟，而廉讓聲且益鵲起。大司空雖與公師弟雅相器重，親愛踰諸同胞。長公唐縣令諒直不阿，獨與公怡怡如也。與人交，既無崖岸，亦不作艱深。酒酣，亢爽誦心曲，如重門洞開，而識力局量嶽嶽超人意表。往曾同季文下第，宿陽阿逆旅，夜寇且至，諸僕倉卒奔竄，公正襟危坐自若。少頃，寇遁去。季文問故，公曰："百人而窺數青衿乎？"季文深服其膽識。賑飢已責，三黨婚喪仰給，如取諸寄。邇者兵需告匱，佐以三十萬錢，視諸縉紳有加。寇掠遠郡良家女，中道棄去。公募健力，不遠千里詢若親屬，裹餱糧歸之。邑中邨氓野嫗無不嘖嘖頌曰“見菴白先生者。”

少以德行受旌學宫，晚舉鄉飲，僅一再出便謝已。至嶍無幾時，去之日多士不忍舍，祖道百里，信宿而後返。非誠心質行沁入其心骨，區區却修脯、工罄折，遂致是乎？公直而和，祥〔二〕而坦，剛而不折，慈而不靡，庶幾古之明德君子矣。公既殁，伯益又出公笈中書，示其兄季文，云：“學聖賢工夫最細，不可以偶合得誇詄，自謂已盡。悔少壯不學，囿於流俗，今向平之願粗畢，少游之志不乖，正宜修身補過，累德貽謀。老矣，且奈何！”其孳孳爲善，老而不怠如此。

生嘉靖癸亥八月十八日，卒崇禎甲戌後八月初五日，年七十有二。元配喬氏，柔静孝謹，生嘉靖癸亥十一月十五日，卒萬曆辛巳六月十二日，年一十有九。繼田氏，温惠明淑，總内政不爽節度，前後爲先生擇篴，咸相得如娣姒，保訓諸子無異屬離。生嘉靖丙寅十一月廿二日，卒萬曆丙辰十月十二日，年五十有一。側室成氏，恭順勤正，諸子女悉出焉。生萬曆乙亥十月初七日，卒萬曆乙卯正月初八日，年四十有一。又張，又成。子二：胤謙卽伯益，中天啓丁卯山西鄉試，娶郡丞王公桂女；胤恒，庠生，前公四年卒，娶大司馬衛公一鳳女。女二：一適吴俊賢，一適楊載簡，俱庠生。適楊者，前公十有一年卒。孫三：方鴻，聘俊賢女；方穀，未聘，謙出；方熙，聘庠生賈一默女，恒出。孫女四：一許字□□〔三〕；一許字恩生衛廷亮子振美，卽大司馬公孫，謙出；一許字庠生崔鼎鉉子洪初；一許字庠生崔鼎新子澤初，恒出。

將以今年三月之吉，塟於縣西水磨頭之北原。謹按狀序次如右。狀公者，公之猶子長洲君胤昌，唐縣長發菴公長子也。

張慎言曰：余嚮者攻制舉義，殆戛戛乎其難之。蓋制義，静業也，雜則否。冥搜泛覽，猶恐旁溢，況治家人生産，米鹽靡密，問雞彘牝牡之數，復攻苦下帷，與諸子劌心鏤肝，爭晷刻之長，難矣！語又有之:“何知仁義,已嚮其利者爲有德。”果爾,則仁義與富貴相讐也,乃至於是乎?有人於此,孝友婣睦,鄉里頌義無窮;不惟是,俯仰賴之,閭里族黨沾河之潤,若驕藜藿,不厭糟糠,歌聲振金石,即三黨無賴焉,則何益之與有?白公視余年十歲以長,爲博士弟子,至艾而耆、耆而老,最稔其居平。且悉公少時纔中人之産,餘夫之田,僅足朝夕。聞從子錢家貸,息什二三,權其母而行稍羨,又復以他故廢其居,已又復貸,貸而稍贏,贏而廢者至再四,卒以其誠壹,飭化阜通,修業而息之。比年五十時,累致千金,一易再易之田踰井。若此者,其人復能操觚爲雋永淡簡之文,與豪傑爭一日耶?往者不具論,大司農陳公正甫爲學使者,公裒然冠多士,余謬爲貂續。余素妄傲岸,不能爲人下,乃於廷徵心安之。周公蓮峯爲南國冠冕,視學上黨時,屈廷徵次不肖言,則深愧糠秕矣。言無足比數,楊給事君季雨才十倍言。王公大京兆茂槐,江左人倫,其時月旦季雨及公,如長慶、大曆之間元白王楊矣。異哉!余聞公經濟其家,至穜稑委遺、畜牧質劑、舂饎薪藁,躬自料理,復何道而又攻制舉義?至今二三少年廢寢食求之,不能與並驅,建濩澤之前矛,何居乎?積貯則業荒於嬉,挾策讀書又有亡羊之患,才不足耳。又公以中人之産、餘夫之田,不三十年累致千金、田千畝、僮僕指累百、羊牛角蹄千,與大司空伯仲方幅齒遇。然試問邑人士,果廷徵奥倚睥睨鄉黨,豪居閭里間,奪邑大夫之權,受獻遺,如近者諸君子?即讐廷徵者,不能伺其隙,措半詞。擁累千金,畊腴田,積三十年,未聞里中健兒窶人子有反唇心非者,又豈聞廷徵至於子錢暨田宅細故見聲色,一至偃之室耶?且孝友婣睦之聲,自從兄伯仲暨閭黨無以異,乃知“爲仁不富”者虚語耳。詩書仁義非讐人之物,於廷徵益信之矣。由今論之,桑、孔之心計佐武帝,遂爲罪人,而太公、管夷吾率以其道表東海。至今讀《周禮》,其靡細密察,率皆出“赤舄几几〔四〕”者之手,家與國其道一也。吾感廷徵,因極言之,乃復爲之銘。銘曰:

猗與君德，篤厚敦靜。子復有子，以莫不令。吾聞君子爲善，不求其報。天之報善人也，未必盡信。乃獨於君，枹落嚮應。今之君子卽不信吾言，胡不於君姑一取正耶？



【校記】

〔一〕畢　諸本并作"僤"，誤。《禮記·學記》云："今之教者，呻其佔畢，多其訊。"注云："呻，吟也。佔，視也。簡謂之畢。訊，猶問也。言今之師，自不曉其義，但吟誦其所視簡之文，多其難問也。"據此徑改。

〔二〕祥　康熙本作"詳"，據山右叢書本改。

〔三〕□□　諸本并闕。

〔四〕几几　山右叢書本作"幾幾"。

## 明奉直大夫山東按察司僉事廷芝張公暨配宜人畢氏石氏合葬墓誌銘

余友廷芝張公今將與宜人合葬，猶子毓中與嗣子擇中卽持公門人石君翥雲狀，乞銘於不肖言。翥雲名鳳臺，乙丑進士，卽廷芝於總角時期以今日，翥雲無以報知己，乃揮涕而爲公狀者也。

狀云："臺念先師往矣，一日千秋！言之，淚與筆俱，安忍狀？然亦安忍不狀？謹搜家乘，參以聞見，撮要而狀之。"

公諱志芳，字廷芝，號聞寰。其先高平赤土坡人，後徙陽城通濟里，遂占籍焉。曾祖鳳，祖守印，父贇，以公貴，贈奉政大夫、户部江西司郎中。母喬氏，封太宜人，以隆慶戊辰四月初四日實生公。當束髮時，簡靜如成人。乙酉歲補博士弟子，辛卯舉於鄉，益恂恂如處子。遭贈公喪，哀毁骨立，讀《禮》三年，不居於内。侍喬太宜人疾，七晝夜不解衣。教其弟同芳，友而嚴，雖後爲諸生，既冠，事其兄無異事贈公也。兄弟終身不析箸。公既守官廉，後先所積俸，率付同芳，笥無長物。凡七上春官，不報。後以贈公既先背，太宜人春秋高，始以癸丑授山東陽信縣知縣。留石宜人侍太宜人，止携蒼頭二三輩，單騎之任。邑大飢，人相食。時奉功令，爲煎政他邑，故事爾。公曰："昔云'救荒無奇策'，然亦安所事奇？顧力行何如耳。家櫛而户比之，無漏無冒，不落胥吏手。次其等，依飢者所居遠近爲粥所，以其等所次高下老稚，某宜粥，某宜賑。又賫之日，即爲賑，既果其腹，又實而歸。蓋不賫而哺以粥，則不能得飢者之狀與其甚與否，亦因以不得定其裒益多寡之數；賫而不兼以賑，官與執事者既苦，日且不足，而飢者守候奔走，匍匐不能前，且甚者踣於道。故賫一而賑三之，或又增損焉，一以飢者之遠近甚否爲則。必躬必親，期以月無虚日，出其不意，而賫所之執事與飢者，皆若各有一官長親賫而賑之也。"公既自定其功令，與邑里中父老人士垂涕勸勉之。時蓋有四十廠，又有慈幼、流移二廠之名，後先所全活無算。當事者廉其狀，檄所在郡邑，皆以公爲故事。嗣歲稍獲，徙者復業，更爲買牛給種。去之日，恐胥吏爲奸利，復按簿責償，貧民遂悉焚其領，然百姓不知也。丙辰，舉卓異，登薦剡凡二十二，歷俸五年所。時歷城令張君翼明知公治狀，與其戚銓部王君三善曰："張陽信，古循吏無兩。"張故宿州人，王君亦有田在宿，且密邇永城，迫欲得公爲守，遽奪公，除宿州知州。陽信父老赴闕保留，不報。比行，泣送百里外。爲所全活者，攀留不忍舍，爲建生祠，豐碑爛焉。既歸，行李蕭然，止布衣衾、圖書一肩而已。鹽使者張公潑扁其第，曰"天下清廉第一"。張公樂陵人，孔邇陽信，心折公久矣。任宿州未久，夙有積蠹，驛傳爲累，釐革一清。

丁太宜人艱歸，讀《禮》，亦三年不居於内，未嘗見齒。服闋，補滄州，殊惡。時中外多故，人懷疑懼，公經理再築之，興大役而民不知，不越月，既高且堅，至今重金湯焉。御史張君文熙，先是爲東阿令，亦稔公陽信治行爲天下第一，與其里銓部郎曹君思誠，亦迫欲得公爲郡，仍如前者之求公爲宿州也。遂改知景州。滄州父老亦赴闕保留，不報。兩郡地既接壤，時送者、迎者、歌者、泣者，肩摩踵接，悲喜異狀，可圖可歌矣。景當東土蓮妖之變，愚民蠢動，公單騎曉譬禍福，既歸田，亦爲買牛給種；又歸者方反側不自安，挾詐爲苦爲厲，其禁，景賴以安。景故孔道，驛傳之苦更劇於宿。乃自爲募買，既綜覈有署，而精力智計能終始之，景之民不復苦傳遞矣。諸如申保甲，練鄉兵，除羡耗，施藥餌，仍如前治陽信時，兼有妖民之亂，咄嗟定之。三年獨居，仍止二三蒼頭供朝夕，不携妻子，如前五年作令也。一日，候漕使者舟次失足墮水，倉卒救之，比登舟，解易裳服，中外率布衣，無尺寸帛着體。使者嘆曰："果清正人也！"特疏表異之。

丙寅，陞户部江西司員外，士民復立祠，取所行實政繪壁，蓋欲後來者踵而行之耳。奉命署太倉，纔兩月，積餘米一千七百石。奏聞，欽賞銀三十兩，酒二瓶，賜宴旌異。陞本部郎中，差督天津餉務，親視權量，左右不得因緣爲利，三軍戴之。疏薦，恩賜銀十兩。戊辰，晉僉憲，仍爲津門餉務使者。時官以新設，一切費無所出，往遂爲苟且之政。投民船者，納銀二十兩，船户更名亦如之。由津至淮，道既遠，主者及有司奉行，巧爲色目，歲入凡若干，遂爲例。公悉行裁革。

今上卽位，以軍需孔亟，募民船數百艘，督淮楊諸郡造官船數百艘，子來恐後，不至如往者恐而逋，且百計詭避焉。兩運賴之，則公清而覈，裁革之明效也。至解官船户停泊回空暨甘結印批，盡絶往者需索守候、文移稽留之苦。由淮達海，口碑載道。時解官旗〔一〕甲，以風浪失船，錢粮掛欠，稽比縶獄，嚴霜溽暑。公多方矜釋，且解推之，此輩積猾，亦感欲泣。公以司徒暨監司鞅掌津門，凡五六年於兹矣。積勞成病，遂以五月卒於官舍。軍民聞訃，老稚垂涕，如喪考妣，各以白布括髮如袒免焉，不能者，則紙爲之，哀號數日。軍民及長年爲建祠竪碑。辛未，探花夏公曰瑚爲文紀其事。後津撫賀公世壽，復以公勞績奏聞，得與優卹，方待部覆也。

吁！公可謂聞道勤行之君子矣。既孝友至性，輔以忠敬温文，鄉黨宗族署無間言。今上二年，用御史言，令各省直郡邑咸舉博學方正之人，於學宫設帳講説，助宣政教。不論在朝在野，惟其人。邑諸生謂非公不可，合詞舉於當事者。其署曰：“大人不失赤子之心，孝子還行忠臣之事。”可謂不愧矣。

語曰：“天道無親，常與善人。”公止一子，以中道殂，雖聖人不能綿伯魚之算，然而天之報施善人何如哉！公卒於崇禎五年五月十八日，距生之日享年六十有四。初娶畢氏，蚤卒，贈宜人。繼石氏，封宜人。子一，會中，庠生，娶廪生王兆民女，俱蚤卒；女一，適廪生孫如瑜。孫女二，一適庠生王恪，一聘賈允抃，會中女。嗣子擇中，即公胞弟同芳之次子，娶庠生白胤大女。今於五月十七日合葬於贈公之次云。

張慎言曰：余嘗尚論古之人，無論品之大小，皆有本末可論，屹然有以自持於世，非苟爲俯仰浮沉而已。昔子貢問“今從政者”，意其人决非今日富貴利達，徒攫取高官大位而止。果如是，何至仰扣於夫子乎？然夫子鄙之，尚不得比於硜硜之小人，況至今日所稱爲富貴利達者，方自號爲通人達士，唯硜硜爲拘儒小夫所不屑道，而豈知反出其下，且不得比於鄉黨自好者，而況信、果之士乎？則士所重可知矣。

余既通籍以來，所交士大夫有本末可論、介然有以自命而不愧，殆吾友廷芝其人矣。自爲孝廉時，行不由徑，非公事未嘗至偃之室。居父母之喪，三年不入於内，未嘗見齒。與其弟同居，終其身積升斗之俸，皆付其弟。五年作令，三年作守，不携妻子，止二三僮僕供朝夕饔飲。夫人而能之乎？噫！此狷士也。然後先守令治狀，海内士大夫所共見聞，卓然爲天下第一。陽信大祲，景州值妖民之亂，津門重地，應變解紛，丸轉機發，狷果足以盡廷芝乎？士大夫一行作吏，多受知己之利，而廷芝獨受知己之累。當陽信報最時，余居邸中，主者業有成議，以報廷芝，曰：“彼其之子，邦之司直。”而迫欲得此循吏,遽奪廷芝爲宿州,然人亦無奈彼何。曰:“是匪妬也,固同此緇衣耳。”迨再除滄州,固無事之地也。景政妖民爲祟,又爲知己者奪而之景州。積司徒之俸,安往而不能憲臬?又以知者遽置津門盤根錯節之中。然廷芝不如此,則人不過目之曰“此宗族稱孝,鄉黨稱弟,硜硜信果”者耳。亦豈知吾友廷芝爲用世之士耶?

噫!廷芝死矣。其子先廷芝而夭,造物不可問矣。然今古悠悠,絶一廷芝之世,亦無足以問造物。吾獨怪今之從政者皆鄙夫,不可與事君,而造物若偏寵異之,何居乎?覆載大矣,寵此鄙夫亦無足問。吾又獨恐後之學士大夫曰:“狷而清者無後。”羣爲無恥,盡如今之從政者。上欺君父,下欺族黨,又不干造物之責,何苦而步趨廷芝?則世道人心之慮,不得不以此介介於造物耳。夫楊、墨者流,皆古所稱修士,孟子以爲其道可至率獸食人,人將相食,而况今之貪鄙無恥者耶?吾誌吾友,安得不三致意,垂涕而言之至於斯也!或曰:“張子之仕也,可謂獲上信友矣。”然今之巧宦,豈少獲上信友者哉?吾謂悦則有之,信則未也。張子可信者,“行己有恥”爾。噫!此張子之本末也。銘曰:

狷者有所不爲,而後可以有爲。今之名爲有爲者多矣,然有所不爲,舍子其誰?表子之幽,以繫我思。死者可作,吾誰與歸?噫!

【校記】

〔一〕 旗 山右叢書本作“其”。

## 明故文林郎四川道監察御史述文王公墓誌銘

皇帝既卽位,明年,用御史牛琊玄言,卽日下所司,起原御史王允成爲四川道監察御史。琊玄疏云:“熹宗御宇,逆璫魏忠賢、客氏表裏爲奸,熹宗幾不自保。我皇上以孑然之身,寄婦寺之手,其勢誠危,滿朝懾於逆焰,相視莫敢言。允成獨能慮遠防微,堅先帝友于之愛，折奸宄窺伺之謀，究能保護聖躬，入承大統。則允成功在宗社不小。因犯逆鋒，重遭貶斥。祈鑒孤忠，從優起用！”上覽奏，惻然改容，因下科，簡原奏以聞。其疏曰：“竊聞皇五弟之母亦已即世，則雖付託得人，而飲食之節、出入之防，能無萬一之不周乎？‘唐棣之華，萼不韡韡。凡今之人，莫如兄弟。’手足之重也如此。陛下於皇五弟天性之愛，無解於心，凡所爲保護之者，亦當更加懇至。豐枝强幹，足消窺竊之奸。此深根固蒂之道也。”允成此疏，豈〔一〕忍逆計國家之大故，爲後日徼寵之地乎？且曰：“豐枝强幹，足消窺竊。”方起草時，客魏之奸如草木勾萌，尚未甲柝〔二〕。允成之及此也，何居？且疏又曰：“慎内旨，杜旁落。”指及婦寺，娓娓無已。無何，乙丑、丙寅之間，岌岌乎殆哉！允成之識淵矣！

先是，起廢無虚日，獨於君若或尼之。君剛直嫉惡嚴甚，喜者、忌者，邪正將中分焉。在留臺時，章且接踵，北諸君承響望風耳。然奸人亦稍稍側目，計無中之。曹郎某，以父中考功法，謬謂君主南計，且有嗾之者。疏既上，南北交章爲君理，坐某以撓亂察典之法。未幾，魏忠賢勢益張，矯旨用事。羣小聚族而謀曰：“可藉而用也。”嗣是，水火分門，左右各袒。要人既快意恩讐，頤使羣小，羣小亦謂富貴可取諸寄。如倪文煥劾周公順昌爲魏公大中託孤，梁夢環媚客氏，指及中宫，以墨法中何公士晉，實以何在垣，力主梃〔三〕擊之議。異何者，力能嗾梁使爲之。諸如此類，未易更僕數。諸君子駢首就逮，死於獄者凡若而人。鬼薪城旦，姑謂末減。如述文等爲世所指名，既嗾某等論劾，矯旨欲籍其家，尚謂君等無死法，異日可藉口實，擬以國法中之，繫圜土，冀快所欲爲，《要典》之議起矣。

凡三案，君留臺疏皆及之。男子張差狼突大内，狙擊青宫，異議蜂起。忠憤之士欲竟其獄，私之者曰：“此癲也。”差，一癲人耳，烏知九閽之内有宦者龐保、劉成乎？君謂：“窮獄者維君臣之大義，主癲者保父子之至情。然君等主癲，其心公；私之者，途徑他出矣。”鼎湖再泣，熹宗在邸，李選侍居然乾清，擬移噦鸞，禮也。時諸言者，但倡言移宫爾。門以内言者，烏得而問之？羣閹利其有移，頃微聞造次，羣小遽以夙嫌藉端煽動，舉朝愕然。君謂："未登極以前，禮當避乾清而移噦鸞；既登極以後，情當安選侍而存簪履。"中外得君議，翕如也。光宗大漸，法不當峻補，進紅丸者，以庸醫之罪罪之足矣。礉者方持他議，時既辱賞齎，更予告以歸。羣議囂然，遠邇中外，揣摩憤恚。君謂："無生他議，啓後世之疑。薄罪紅丸，重君父之事。"諸如此持論，何如乎？時言待罪班行，值大宗伯持議嚴，欲追論三事，坐當事者以法。言以冲主在御，二聖大故方新，不宜興此大獄。又謂秩宗公正發憤，重忤其意。時方下廷議，言謬草疏以聞，大畧與君前論無甚牴牾，時論亦誤謂言疏近是《要典》。議既堅，臺〔四〕垣承望風旨，從臾良，亟敕諸臣，分曹編纂後先諸疏。羣太史字櫛而句比之，斷章爰比，鍛煉周内，期當要人之意而止。述文諸君皆與焉，言亦厠名諸君後。時詞林有藉微罪而去者，有濡毫仰日而太息者，亦有願効鉛槧，區區冀得一當者。書成，冠以聖諭，告九廟，賜宴秩宗，賞齎白金文綺，進級各有差，中未易縷指。當先巧迎，則以楊公漣、左公光斗爲阱，推諸人而納其中。楊公漣曾疏二十四罪，逆璫切齒，餘則引繩批根，率傅會此義，其大指也。復遣官頒郡國，且謀再嗾言者，指《要典》諸臣罪，緹騎四出。時吴門以逮周公順昌故，民鼓噪殺緹騎，沉諸河。都城西南隅災，數里外屋瓦皆飛，頹垣壞壁，震壓男女死者以千數。璫意甚惡之，羣小亦有戒心，君等遂幸免，止一意下所司，令以贓敗爲胥靡白粲矣。

言既戍酒泉，郡守蜀人某持君甚急，使者日幾輩至，守欲索賂不貲。時郡縣諸大夫皆中言，道路以目，無敢居其間，君坐是憤懣且病。戊辰春，逆璫磔，羣小竄伏。日從臾《要典》者，負芒刺不自得，私念中所載爰書，則出許顯純手，羣小所矜《局大章巨論》，同弁簡端，則崔呈秀也。崔、許既辱，尚方諸臣厠二豎後，意殊踧踖，遂疏曰

"《要典》當删";又某曰"宜更修之"。太史倪公元潞,以當日分曹秉筆之臣,良迫於不得已,其仰日太息可念也,爲諸君子良苦,兼亦令羣小自安,抗疏曰:"焚之便。"得旨,遽付於爐。迺又有哭《要典》者。時列名《要典》如述文等,自謂是非較然明白,或删、或修、或焚、或哭,俱任之,夷然不屑也。且謂今日以往皆餘年,敢復有冀幸哉?諸君子拔茅連茹,依日月之末光,述文獨稽啓事。聖意方嚮用君,且鋭意吏治,當今貪墨滿天下,君以遺直指斥貪吏,萬物吐氣,乃先是垂死如綫。及遭逢聖世,有不起之憂,豈非命哉!

君生平剛直沉毅,介然有不可犯之色。在南臺,肅如也。其指歸於維持公道、保全善類。在諸君子中領袖孚號,是其所長;其他孝友睦婣在鄉黨,盡反諸貴人所爲,未易覼縷。止識其大節、關消長邪正之數者如此。

按君狀:諱允成,字復我,以贈公號文泉,永言孝思,號述文云。世籍澤神泉里之土門,繼遷大箕。曾祖壽,字〔五〕仲名。仲名伯子曰武,武五子,叔曰簡,爲諸生,是爲君父,以君貴,累贈文林郎、廣東道監察御史;母任氏,累贈孺人。君爲長子,萬曆甲午入郡學,爲諸生;庚子舉於鄉,第十九名。凡四上春官,不報,遂就除目,得新樂尹。當三輔孔道,疲甚。君偕計夙慨於中,比至,曰:"所不起此邑者,有如水!"顔其門曰:"砥操必潔必嚴,苟取半分雷擊;聽斷其難其慎,枉冤一命天誅。"邑中三年一日也。新樂既有起色,調繁獲鹿。兩邑道里相望,治獲鹿如治新樂也,皆尸祝之。丙辰報最,贈贈公如其官。己未,行取暫擬刑部主事。庚申,授南京廣東道御史,以覃恩實授,再贈贈公如其官。在臺知無不言,言無不盡,章疏歲無虚月,刻有《留臺奏議》若干卷。戊辰春補四川道御史,時中外正人君子日望君早出,仰副知遇,惜哉!

距生於萬曆癸酉十一月三十日,卒於崇禎庚午八月初九日,得年五十有八。元配李氏,永慶女,累封孺人。男二:長憲榮,庠生,娶生員段丕光女；次憲适，庠生，聘恩貢張光先女，副室李氏出。女四：長適鴻臚寺鳴贊司邦業子、郡廪生司化民；次適户部尚書孫居相子、邑庠生孫如璧，孺人出；次字儒士成炳然子成瑞；次字河陰縣知縣苗有土子苗咸賓，副室李出。孫一：世勳，聘舉人丁泰運女，憲榮子。今將以崇禎壬申二月二十八日葬於祖塋之次。謹按狀而序之如此。

張慎言曰：往言在臺時，一君子自白門來，言訊之曰："南諸君何如？"曰："獨王君述文，無小大率敬憚之，他不知也。"説者謂君太剛，過於嫉惡，恐禍至，且太剛則折。噫！人患不剛耳，至禍福，命也。世之熟軟側媚、禍不旋踵者，可勝道哉！今述文歸復於土，言既序如前，且以詩爲銘，識其墓道焉：嗚呼！乙丑丙寅歲前後，誰送太阿在璫手？璫持魁柄不自由，利刃仍爲媚者有。公在南牀凡幾時，隱然公論皆歸依。在南遂令南者重，幾障百川而東之。上及乘輿下婦寺，危言侃侃何曾諱！中間國是方紛爭，公蚤持論扶元氣。平者元氣賴以扶，危者亦足殺其軀。天下垂異《要典》就，五年以前君在無？吴門之變繼以火，不然死不止楊左。嗟哉諸臣良可哭，垂死偷生君與我！厥言中者皆不幸，幸而中者保聖躬。遲之幾年章再上，天子瞿然爲改容。遺直留今事聖主，指貪斥酷何足數！膽識曾經生死間，善類清議快聽睹！嗟嗟！世人且笑君太剛，須眉峭直挾風霜。嫉惡無乃過於甚，人將中之且不祥。寧甘不祥無齷齪，不可不剛不嫉惡。世人媚惡且不剛，雙眼雖存眼光落！重爲告曰：脂韋豈保終無錯？君豈不見前年秋，媚璫首領膏神鍔！

【校記】

〔一〕豈　山右叢書本作"其"。

〔二〕柝　山右叢書本作"拆"。

〔三〕梃　康熙本及山右叢書本均作"挺"，誤。按"梃擊"案與"紅丸""移宫"并稱爲明史三案。明神宗時，鄭貴妃有寵，朝臣多疑帝欲立妃之子福王。後光宗立爲太子，忽有男子張差持梃入光宗所居的慈慶宫。被執訊問，供爲内監劉成、寵保所指使。人疑鄭貴妃所爲。神宗不愿深究，乃殺劉成、寵保及張差。史稱“梃擊”案。

〔四〕臺　山右叢書本作“台”。

〔五〕字　康熙本及山右叢書本并作“官”，于文意不通，当作“字”，徑改。

## 明故承德郎大興縣知縣賁聞楊公暨元配贈安人王氏合塟墓誌

公諱樸，字賁聞。少孤且貧，贈公捐館舍，弟楨在襁褓，太安人織纴不足供饘粥，賴外大父張某扶持安全之。大父歿，幾不能朝夕。自負米就學虎谷，與余同事藎銘先生。公穎悟絶倫，筌籥搦管便韻，雖家徒四壁，昂藏磊落。余少公七歲，謬悠不能屬詞。輒流覽《史》《漢》，深相期許。已餼廩，闕歸，授弟子室自養。既補博士弟子，越一歲，始有室，復與余結社海會院。丙午同舉於鄉，余糠秕在前，公凡五上春官不報。以太安人春秋高，選得胙城令。胙田下下，苦砂磏，彌望蕭條，率多不毛之地。棟宇痺陋，文獻荒落，簿書竄冗，賦役雜亂，有司無可奈何。人與地更相壞，吏既無良法〔一〕，邑日就敝窳。公條上其事，發倉廩，振羸乏，正經界，清飛詭，稽户口，均力役，免瘠賦，瑣細靡密，手口拮据，設誠〔二〕致行之，邑編審劑量，無毫髮爽。某里某牛若干角，羸若干蹄，車大小若干輛，悉知其數，人咸服其神。然賑飢時，躬編下里。業私識手記之，人罔知者。期月，胙有起色。御史大夫廉其治狀，謂湯陰孔道，驛傳凋敝，吏因緣爲奸利，遂换縣湯陰。歲省無名之費以萬計，既無廢事，傳倈徵解諸雜徭役甘苦。上下多寡貧富之數，罔不當父老意。未嘗飾厨傳、媚冠蓋，費省往十三四，粲蔬簡潔，客至如歸。三韓告陷，黔、蜀、齊、魯交訌，趙、魏輪蹄如織，所過將士奢索蹂躪，率皷噪辱其長吏。公儲蓄芻糗，具而有法，各厭其意焉。湖率最獷悍，亦晏然去。西京兵逃爲亂七百餘騎，官兵無敢格者，邑人士惶懼，思盡室以避，公亟止無動，躬自登陴，宣諭恩威，諸叛卒窺設備嚴整不可犯，下馬羅拜。以往東道既梗，冠蓋盡趨河朔，他邑請益，郡剌史無以應，獨湯陰取諸前節省站銀，裕如也。趙藩宗某，結惡少椎埋爲奸，己黨益衆，有司不敢問。公密畫，贊兵使者焦公蘅芷，卒用其計以安。府庫積餘數萬金，郡守張公華陽亦以用公言，疏上，得抵鄴所屬儉歲田賦之平〔三〕。大抵以龔、黄、卓、魯之心，濟以桑、孔、陳、劉之術，疲邑壞縣，皆有起色。然惟公能行之，幹敏精覈，他人不能也。

樞輔孫公愷陽、鄒忠介公南皋、御史大夫曹公真予，皆謂公可大用，馮公禮亭、丘公毛伯以卓異薦。海内知者，如左公浮丘謂公爲今之劉晏，倉卒遷瀛海郡丞。公既治邑爲善地，有陰圖湯陰者，既以臺使者從士民扳留，未即去，後復以公名藉甚，謂可治兵，量移戎政幕，比計典卒，中考功之法。蓋權有力者竊鈇〔四〕之疑，遂計中之耳。

逆璫用事，楊、左諸君子斃於獄，余謫酒泉，公鐫級食於家。比戊辰今上御極，諸君子嚮用。余賜環，再爲御史，公出補京兆幕。無何，兵興旁午，大京兆劉公念臺廉公才，薦補大興令。羽書交馳，時日迫劇，一切軍需督趨如星火，公咄嗟告辦。嗣以給諫楊公沁湄疏劾貪吏，某反噬，沁湄疏辨〔五〕。孫公拱陽諸君子謂某有私謀，疏上，恐有不測，持其章趨僕歸里。某伺於路，奪諸公覆沁湄書以聞，孫公獲罪，波及公，又鐫級去。

公生卒享年七十歲。初娶王氏，邑庠生復本女。辟纑佐讀，事孀姑以孝聞。先公卒，贈孺人，再贈安人。今次子仲君載簡，卽以公所自擇某月日，葬於所自治宅兆，與王安人合竁焉。嗚呼！生死之際，亦既皎然明白矣！公爲弟楨治千金之産，太安人愛少子，曲承太安人意。丙午得儁後，盡色養之孝，殆三十年。太安人壽九十，足報居約時洴澼洸之苦。既以經濟十二三施之官，復治其家，輪奂奕然。大木值數十百金，詢之，自既廪後積束修之饋，拱把而上，約得百許錢爾。善耕瘠田，隣壤纔畝獲五六斗以爲常，公輒再倍之；諸僮僕老稚愚黠，皆能盡其用。壬申、癸酉，經流寇之變，殺掠殊慘，里西北偏高阜，三面瀕河，公相度高下，量方廣，得若干畝，計畝斂直費數千金，築砥洎城，屹然金湯，此不朽之功也。

張慎言曰：噫嘻！賁聞，用世之才也，爲人彊忍，有心計。以余觀古名臣，如劉晏領度支鹽鐵轉運使，權萬貨重輕，使天下無甚貴賤，而物常平。自言如見錢流地上，然覈其實，無他謬巧。嘗曰："王者愛人，不在賜予，當使之耕耘織絍，常歲平斂之，荒年蠲捄之，又時其緩急而先後之。每州縣荒歉有端，則計官所贏，先令捐某物、貸某户，民未及困而奏報已行矣。善捄災者，不使至賑給，賑給少則不足以活人，活人多則國用闕，國用闕則復重斂矣。"至哉言乎！陳恕立茶法，召茶商各條利害，恕第其等，裁損而輕重布之。趙開爲轉運，悉榷茶買馬之害，其大指亦不過蘇茶之困、惠茶商而已，遂收息至一百七十餘萬緡，買馬踰二萬匹。置錢引，務興州鼓鑄，錢引兩料通行，初纔一百五十萬有奇，後添至四千一百九十餘萬。國收其利，民無怨言，盈虚之算，豈不在人哉！使當時能用賁聞居淮楊〔六〕間，理鹽法，兼鼓鑄，又或理秦、蜀茶馬，便宜行事，何詎不如劉晏諸君子？僅僅施之兩邑，口碑膾炙，未竟其用，惜哉！余既誌之，不能不三致慨云。

## 【校記】

〔一〕法　康熙本及山右叢書本均作"去"，不通，當是筆誤，徑改。

〔二〕誠　山右叢書本作"成"。

〔三〕平　山右叢書本作"半"。

〔四〕鈇　康熙本及山右叢書本均作"鉄"，誤。按，竊鈇，指竊取王權。《漢書·諸侯王表》："自幽平以後，日以陵夷，至虖阸區河洛之間，分爲二周，有逃責之臺，被竊鈇之言。"注："鈇鉞，王者以爲成，用斬戮也。言周室衰微，政令不行于天下，雖有鈇鉞，無所用之，是謂私竊隱藏之耳。"

〔五〕辨　山右叢書本作"辦"，誤。

〔六〕楊　山右叢書本作"揚"。

# 孝廉王仁甫墓誌銘

蓋吾友王仁甫孝廉竟以丙辰四月九日死，死之踰月，我始得訃音。先是，尚懸仁甫以春官不報，恐其忽忽，寄聲爲加飱飯；比聞訃，不忍遽信，信而痛欲絶。又踰秋，始得馮木而哭焉。其兄孝横溥及友人孝廉楊季雨時化，皆以詩哭之，予見之爲不忍讀。

當仁甫以十七歲薦鄉書，以所自期許及知己最屬望，詎復難第一人？即老宿先鞭，遲仁甫十年，猶敚前茅。仁甫秋薦歸，季雨降纔彌月，若指曰："仁甫與彌月者，當同上公車。"旁人亦唾其面，蓋仁甫九上春官矣。吁！人嘗謂造物無窮，予謂殊不然。若造物有主，當令聰明才智之士達而貴，貴而壽，壽而究其用。然達而貴、貴而壽者，不盡才，反收一切膚淺險躁之人。才者或有奇病，或落拓，至或夭折以死，此何以故？蘇子瞻謂戰國時四公子之徒，皆食客至數千人，後秦坑儒逐客，前如四公子之客，將安歸乎？後遂"輟畊太息"，而秦卒以不祀。因此度造物收一切險躁無忌憚之小人，謂若輩不安置，其害甚於達而貴。至才者，使坎壈齎志以死，則不可解。聰明才智，造物之靈氣。富貴考終命，是爲厚氣。靈與厚，孰貴？想仁甫最得靈氣，造物無復有如許相償，直使夭折耶？然因此悟折之義，以我仁甫聰明夙慧，折世人濁壽，則仁甫所得爲奢。使古今才者盡達而貴，貴而壽，壽而令望，其才者無毫髪遺憾，才者益復發攄殆盡。光氣既索，是聰明才智盡在一途，世界亦大偏枯矣！靈恠之氣不得散山川，載竹簡，是寂寞今古也。故予居平譚造物有如許光華，或散在奇病，使展轉呻吟，咳唾皆爲珠璣；或散爲落拓不偶，遭奇禍，竄荒徼，友魑魅；又或如我仁甫，九上春官，病衄，出血幾斗，卒令僅四十八歲以死，是又使紫府幽都得有才鬼。因此又未嘗不嘆造物大而人見小也。往至都門，衢陌冠蓋如堵，西北偏，計未嘗有車轍馬跡焉。

比至，乃復有太學，未嘗不服其善，造物安置亦復如此。然終恨世之膚淺險躁者，皆達而貴，貴而壽；而仁甫聰辨，亦復沉篤不得用其所，未足以是窮造物，並哭吾所私也。

仁甫過目輒能成誦，如誦其所夙有。即在賓客雜沓，沉然若有所思，意向畧不相屬，或扣以事，瞪目如痦，答已，仍復自爲眉宇。及拉二三知己，呼盧大嚼，或盡一斗，亦或一石，真如酒人。乃披帷酣想，閉睫嚼指，至甲盡，繼之以血，屬文一揮而就。比就，輒幾易始脱稿；稿纔脱，人爭膾炙，仁甫猶點定無已時。膚者謂仁甫不善用世，以予見：仁甫父子兄弟間，孝友周至。及大參公辭事，仁甫食指衆，不必不問家人生産，周旋經緯，皆意表行事。往在龍泉時，譚《史》《漢》，至漢帝所以得時，諸人更端，皆未有當。仁甫曰："漢高諸政不必論，獨是約法三章，最是收拾人心，最吃緊耳。"爲予説《易》，至九，卦單指復義，更著《易説》二卷。所提唱在行墨之外，意所不屑，夷然棄之如遺。及情想篤至，不得不已。往者悲仲兄早世，仁甫承大參公及於宜人之旨，撫猶子，使仲兄及兩尊人瞑目者，仁甫殆權畧幾盡。以是知仁甫能用世也。

李卓吾贄極爲世人所排，仁甫獨排衆議，是之。殆後日殺其人，火其書，仁甫屹然味其書，猶恨御李之晚。至吾里人排佛轉甚，見禿居士如見盜賊。有郎目智和尚，仁甫至北面，里人罵之，不顧也。以余觀於仁甫，放於酒，藏於静，潛於《易》，逃於禪，沉於機，穎於辯，世人幾莫能測我仁甫。造物僅以一鄉書早及仁甫，聊塞儐才者之責。然仁甫取造物未嘗廉，第俗眼政大奢耳。世間何者不屬造化？聰明、富貴、壽考皆造化物，並儲於此，使世人酌取之。若富貴、壽考而目不識丁，不復知世有真君子，真有不朽之業，真有冷眼熱心之人，曰："造化既厚庇我，我第問田舍、長子孫耳。"果如是，無寧如仁甫放於酒、藏於静，潛於《易》，逃於禪，沉於機，穎於辯，而第以一鄉書、四十八歲以死，使吾爲恨造物者之口實，何不可也！

余爲仁甫小友，惜仁甫在時，恨無有蕭鄭侯客規相國之言一言於仁甫者。何爲漢元勳，功高位極，高帝出征時，使使勞相國，何聽客之言，置田宅自污，卒以自免，爲善處功名之際。仁甫聰辨太甚，政當讓以留於世之膚淺者。當其沉然若思，嚼指出血，追求造化無已時，故造物早收之，此亦不善處聰明之際矣。乃世之廣宫室、備極妻妾之奉，真宰輒任奢取，獨不能寬仁甫刻求玄工，吾終不能爲造物解嘲也。

仁甫父爲正吾公大參淑陵，母爲于宜人。其先自四以上莫可考。四生十，十生懷英，懷英生得剛。相傳懷英公善酒，一日自我屯城大醉歸，臨崖使酒，若御風然，卒墮下。得剛蓋墓而生。王氏爲三晉大族顯姓，乃以一綫僅懸酒人，此亦造化之奇也。後得剛遂生聰，聰兄弟始四人。聰生贈宫保尚書子文，以太宰疏菴公爲曾孫，追贈四世，皆得爲宫保云。子文弟遵卽中成化甲午榜第二人。子文生鼎，鼎生緯，以仁甫叔祖司農郎前山公道貴，贈如其官。緯生封司空副郎公言，卽以大參公爲司空時貤封也，後又以恩詔同三品服。大參公生子五，仁甫行在四。王氏故科第世家，然文采至仁甫稱一變云。卽仁甫文亦凡幾變。丙戌流麗，己丑遂奇肆，此政有少年裘馬氣，後又以刻至應壬辰制。戊戌後先，仁甫講性命之學。時以大司空劉晉川東星爲丈人行，嗜佛老，而仁甫戊戌制義沉雋有深理。後與余同計偕，日求澹遠，予得仁甫之餘，謬爲糠粃。政留仁甫爲吾里〔一〕後勁，文派纔振，方拔新領異，竟抱玉而泣，泣不已，以死繼之！吾料仁甫再世仍作文士，蓋光氣未盡也。

仁甫有兩兒，亦風氣日上，能讀父書。兩婿皆文學，皆有詩哭仁甫，雅稱仁甫玉潤矣。仁甫死而朋友哭之，諸弟若兄如孝横、載洋經紀其事，有加無已。妻以健婦持門。吁！仁甫死，知一味泣玉，畧無兒女之情矣。

仁甫名洽，號霈寰。大參塋之左，今月在庚子十有七日，是埋玉之日也。悲夫！誌已，仍爲之銘。銘曰：

與子傲遊，遐想千秋。白首遥期，恨我悠悠。緬矣芳訊，俄然兇問〔二〕。名利之心，頃刻都盡。昔子友予，今我謚子。謚曰文愍，子何〔三〕以死？

【校記】

〔一〕里　山右叢書本作“理”。

〔二〕問　山右叢書本作“聞”。

〔三〕何　康熙本誤作“可”，據山右叢書本改。

## 明茂才華甫栗君墓誌銘

丙寅秋，不肖言爲當事者嗾其所私，中以墨法，謫酒泉，道路以目。言既有酒泉之命，卽諸從昆弟不遑起居，縉紳握手之交不敢投刺，弗屑爲祖道、得一言半詞向臨岐分袂焉。獨華甫年且將六十許，毅然請行，行之日，言妻孥都不使知之。璫炎熾甚，當時言所與同朝諸君子逮而斃詔獄者，幾十餘人，詗知緹騎日幾輩出國門。既永戍，懼有後命，出門之日，止摩其春二月所生孫阿蘭頂而訣，永自謂不復生還。然華甫已陰伺吾意，具櫜鞬，先要我於沁水之南矣。壯哉！遂相與聯轡而西，渡黄河，登削成，縣絙而上，韓昌黎投書而泣，且幾倍過之。時有詩云：“歷井捫參安所求，戍臣騷首問清秋。”晚宿鉄牛峽，既而陟其巔，左右盼岐鎬、蒲坂之間，復〔一〕有詩云：“西顧周文東叫舜，蒼雲渭水各悠悠。”慷慨悲歌，泣數行下。華甫擊馬箠和之，不知帝座之邇也。崎嶇間關，悲喜多狀。至當壚貰酒，劇譚今往，華甫髮竪眦裂。風日清美，雪盡蹄輕，則從佽飛之士控弦鳴鏑，時有“短衣射虎隨飛將，野火椎羊傍健兒”諸詩，率當日實事也。

戊辰春賜環歸，踰庚午夏首，言以左司寇戴恩里居，無所事，且擬擊鮮釀醇，再要華甫，復作酒泉患難中當壚引滿、述往事佐觴，而君且以言抵里歲之杪千古矣。感今思昔,亦復胡能遣此!君少時伉爽,喜自負,恥事章句,狎馳捷,挽强,習劍術。君堂上謂君無賴,弗顧也。踰弱冠,且困於里選。丙申,再不報於有司,且擬負劍走塞下,得當用所,未足作千夫長,不復伊吾爲書生矣。幸而偕弟向甫,時忻歌采芹焉。君大父少參鎬山公家無多藏,明經濟菴公亦不治生産,仲父以無子廢産,爲劉、阮之業,其家子弟化之,將成風俗。里中豪遂睥睨之,君怒,且技癢,曰:"仍狎我耶?"衷鉄椎,欲得而甘心焉。豪詗〔二〕知之,遽用衰止。惡少年以隙譁於巷,君佯辟之。惡少乃謂君易與耳,再使酒噪其門,君挺出,左手抉其袖,右手批其頯,足捷掀之擲於衢,觀者如堵,君譚笑如平時。從此,明經公不復聞惡聲矣。前至酒泉譚其事,君仍浮白,余喜焉,亦酌大斗相樂也。當君不較,即褐寬博面折之,若罔聞知;意所不可,雖貴人長者,不降以相從。貴人長者習君久,謂是彊毅不可奪,且心服而安之。伉直,面折人之過,然不計其往。其從祖母與君母田孺人修鷄豚之隙,且呪詛焉。此從大母老而病,其子亦早歿,諸孫齠齔,君料理後世如其子。從大母屬纊,悔且泣,手額謝之。勤渠拮据,竟明經公所欲爲,如改卜少參公之兆暨其仲父。無中人十家之畜,而日振人之急,周三党之窮者。言每至其家,窮者率在坐。居平,人或以君直,不阿所私,輒憚而私議君。比既歿,親戚故舊,率思慕其爲人,且哭之甚哀。

君諱時榮,字華甫,以生於鳳翔宦〔三〕署,號爲鳳初云。銘曰:

如子之家,不可以無子。如蹶者以興、仆者起,詎必在富貴區區哉!"君子如怒","亂庶遄已"。噫!真不可以無子。人而果令其家不可無也,則可以生,可以死矣。



【校記】

〔一〕復　山右叢書本作"得"。

〔二〕詗　康熙本漫漶不清,據山右叢書本補。

〔三〕宦　山右叢書本作"官"。

# 祭大司農孫拱陽先生文

嗚呼！公正色立朝，政當萬曆之中，門户角立，黨禍藴祟。惟公侃侃彊直，昌言危論，欲剖黑白，辨邪正，使正人君子連茹牽復，大道爲公。憶壬人當軸，羣小用從，删除善類，朝廷一空。如設機布網，欲殺歸德，毒江夏，訛言妖書，譸張爲幻，大獄已起，公一疏直指其奸，如距斯脱，射隼高墉。南北兩臺〔一〕抗章爭論，不一而足。挽狂瀾於既倒，捲百川而遂東，居然爲衆君子之領袖。扶國是，爭職掌，一時正人吐氣，公論昭融。小人甚巧，君子易退。勢孤而氣直，仍以一身隻手，當憸邪四面之鋒。三十年來，是非邪正，人心氣運，真如更漢、唐、宋之季，俯仰三變，而公皆身當其衝。卽如樸遬，無足比數，投畀有北，以御魑魅。公惓惓慰藉，有戚其容。無何，我已荷戈而西，乃籍公之家，四壁其空。

及天開地闢，宜少展百一，恪位著績，鞠瘁其躬，容與於三事九列之間，總以扶持公道，保全善類，調停張主，憂心忡忡。孤憤所激，不禁爲感時悲俗之語，其忠愛殆可以告諸友朋。讒言誣蠛，緝緝翩翩，此身如蓬。公之出處明白，心跡皎然，屈伸成敗，安足概君子之始終？公蓋豪傑之士也。當其在朝，君子有所依庇，小人知所忌憚。膽識才智，皆可稱述，而出於公忠，卽瑕瑜不掩，要以勝畏首畏尾，身其餘幾之人，恥爲容容。吁嗟！已矣。言念今昔，徘徊惆悵，椒漿桂酒，望繐帷而一酹，徒洒淚於西風。嗚呼哀哉！

【校記】

〔一〕臺　山右叢書本作“台”。

# 附　録

## 張慎言詩文輯佚

### 靈泉新月〔一〕

晦日光明何處去，却從朔後見黄昏。世人不信補天手，看取天邊指甲痕。

【校記】

〔一〕本詩及以下三首均輯録自康熙版《陽城縣志·藝文志》。

### 仙人洞

柏林常掛青霞色，蘿洞時飛丹竈煙。往日夢遊今日到，翠微掩映水涓涓。

### 再游小崦山

千尺崖間掛古松，泉聲無恙答山鐘。遊人指引松間路，踏破蒼雲數十重。

## 夏日讀書白巖寺

通天石棧藏諸衲，只是千林掛一瓢。太平混沌何勞鑿，施食高頭養皂雕。

## 仲秋晦前菌閣〔一〕

終年無客到，辜負此林丘。所以扶筇者，常爲竟日遊。雲將心共遠，天與水爭秋。正爾沉吟處，斜陽不可留。

**【校記】**

〔一〕本詩及下一首輯録自《列朝詩集》。

## 白門重晤林茂之

三十年來懷所思，皤然再見喜還悲。應門投刺驚相訊，傾蓋前途知是誰？爾我慨仍談契闊，友朋嗟豈泣生離！中間歷落崎嶇話，少待挑燈夜雨時。

## 好　泉〔一〕

好泉如韻士，埋響在深谷。孤清漱山鬼，千載閟寒淥。中道逢知己，獎借標嘉目。幽人固有權，泉石生芳郁。

**【校記】**

〔一〕本詩及下一首輯録自《泊水齋文鈔》卷一《又玄〈雲水集〉序》。

# 高　僧

高僧如幽泉，寄托自迂遠。聊不關人意，政爾味滋雋。迫之不可求，眉宇堪玄緬。

# 八月初六日夜小集聯句〔一〕

睡起理夢殘張慎言，須臾故國身。好秋難作客鍾惺，新月易辭人張慎言。露咽蛩聲斷韓上桂，天低雁影親鍾惺。空將無奈意，砧急任西鄰林茂之。

**【校記】**

〔一〕此聯句詩載《隱秀軒集》玄集。乃張慎言、鍾惺、韓上桂、林茂之四人聯句。張慎言所作爲起句与第四句。今依原格式，將作者注於原句之後。

# 何文毅公全集序

當代名相之業，莫著於楚石首楊文定。值締建之初，補天浴日，策勛亡兩。於時文章，尚宋廬陵氏，號"臺閣體"，舉世嚮風。其後，權散而不收，學士大夫各挾所長，奔命辭苑。至長沙李文正出，倡明其學，權復歸於臺閣。蓋起衰救弊之功，往往百餘年，而僅遇其人，不戛戛乎難之哉！江陵張文忠，又變博大爲遒鍊，吞雲夢而撼岳陽，則經濟實相因也。文人矜習於言詞，事乃亡當。

漢東之國，隨爲大，何文毅公應運而興，受神祖知遇，承明著作之庭。摛藻如林公，代言補牘，春容剴切。歷佐宗伯，寢謀淮南。神祖留公以貽光廟，類先朝之貽楊文定，而迨正揆席，煬竈伏莽。又李文正之厄會也，批大郤，道大窾，識機歸潔。尋有鈎黨甘露之變，疇能浼之？嗟乎！公之所就大矣。名相以納諫進賢爲第一，格天之德，彙茹之徵，皇皇偉偉，正正堂堂，惟公有焉。雕蟲小技，楊子雲猶羞之，矧名相如我公，詎僅僅潔長較大於操染之間乎？雖然，日月經天，光彩常鮮，文猶日也，謨訓以之，三代而下，標體乂繁，宏裁巨製，如燕、許之稱於唐，范、富之名於宋，固自不乏，如公崛起南服，經國之大業，不朽之盛事，倍光曩哲。恢度如文定而加其亮，達變如文正而高其潔，鎮重如文忠而善其藏，蓋合楚相之賢，凡數家，亡以逾公。即合楚相之文，凡數變，誰則邁斯而往哉？楚人善怨，屈大夫以騷聖。今讀公集，非六藝之言不道，間獵西藏汲冢，東西京而下，一裁之以灝氣□識，波恬味腴，終歸醇雅，則臺閣之文，實我公再造也。

昔人有言，君以此始，必以此終。雅文始於楚，得公而終之。誠冠冕寰宇，凌壓來祀。而予猶沾沾焉稱楚不置，奈何！夫文章，經國大業。公，楚人也，而爲楚重。如唐之昌黎，宋之眉山，各崇地望爾。公孫一公來贊部事，手梓是集，問序於予，予亦言其才之所從著者而已。（録自黄宗羲編《明文海》卷二百五十三）

## 改官練兵事宜疏

臣恭遇皇上俯允副將楊德政疏，各於府、州、縣改官練兵，此誠建威銷萌、安民戢暴之策，但創建之初，當觀究竟。大綱之内，尤有科條，若不斟酌審定，蚤絶其紛紜滯礙之端，此亦天下大利大害之關也。臣謹畧陳管見，敕該部從長斟酌，須上有益於國，下無害於民，庶可經遠，不負銷萌戢亂之初意。

臣先以一縣論，先止以兵一百名論。每兵一名，日給銀五分，一年當得一十八兩。弓箭、腰刀、胖衣、快鞋，復歲得三兩。是一兵非二十一兩不可。每百名領銀二千一百兩矣。過則倍之，遞過則遞倍之。況復有火藥、神器、操賞、旗幟等費，又約得銀多寡有差。止以五百名計，已費萬金有奇。此項錢糧，不知議之丁徭乎？地畝乎？抑富民士紳乎？兵荒之後，丁徭地畝既當酌議，士紳復有貧富、多寡、有無不等，甚至一邑之中，並無一榜。借令有之，何以定其多寡之額？恐徵斂不敷，必勢不可支。此錢糧之當酌議也。

郡縣兵數定多寡遞增，少則無濟於成敗之數，多則錢糧當漸增於一萬之外。且此兵未知議於户口抽丁乎？抑招募也？若抽户口，恐窮鄉下里不識此舉。原以安民戢亂，復懸慮有徵調之役，百計規免。不則遊手應募，無事縻餉，有事恐其掉臂。此抽募之當議也。

此徵派錢糧、抽募兵丁，中間綱目殊多，果盡委之把總以上，抑兼之以郡縣正官也？兼則有一柄兩操之患，若盡委之把總等官，則糧徭里甲，皆郡縣守令之事，恐彼此齟齬，事理難行。把總等官徑行派抽，亦恐士民未肯帖然。此事權之當議也。

且州縣已如此矣，至府中守備，其所抽募者，仍是縣中之里甲，所徵派者，仍是縣中之士民，里甲士民既已應本州本縣之抽募徵派，復能再應府守備之抽派乎？此郡與縣之當議也。

且守備等官，官新而事創，任大而責重。驟膺此任，非諳練老成者比，不知果用武科，抑選之各衛所世職也？更練兵之役，錢糧至數千金，人至數百名以上，非小役也，中間紀律訓練之方，若才不足以濟，立至僨事。此選用考核之當議也。

臣閱吏部覆疏，意將盡改天下之府判、州判、主簿等官，臣再四思之，未必槩天下之府州縣，皆改官練兵也。且如真定府，已有巡撫，保定已有鎮臣，昌平已有鎮道等官，則此三處，或盡改之，抑不必再添於鎮道巡撫之外也？推之省直，皆以此類具詳之。又如府已改府判爲守備矣，附郭縣似不必再改也。此府州縣有宜改、不盡改之當議也。

且沿邊有要害緩急不等，邊徼且然，況腹裏乎？當確議各省直郡縣，有必可改者，有必不盡改者。三輔重地，易見也。如閩、廣、吴、越、滇、黔之地，水鄉澤國及僻遠險絶之郡縣，爲寇兵從來所未至者，果盡改練乎？抑不必一例也？又郡縣有大小、腴瘠之異，物力亦且不等，百名、數百名之額，亦未可槩定。此郡縣未必盡改，兵數未可槩同之當議也。

且有事之時，盜賊猖獗，此改練之役，尚存見少。若已無事矣，郡縣之中，聚此數百帶劍挾弩之衆，無田可耕，無侮可禦，散則不可聚，則安可使之無事而食？如近者客兵，鎮督尚不能禁其噪劫，況守備乎？且訓練之初，此官此兵，亦當明告以無事養爾輩爲何？有事借爾輩之用敵愾禦侮。特征發之期，安家行糧，各有措處。庶有勇智，方臨期得用。若不明白申説，倉卒征調，必致譟譁，否則逃潰。此久與暫之當議也。

以上諸款，皆改官練兵中綱紀節目之繁，必該部確有成議，畫一可行，使受此責任者，遵定制而奉行之，庶不致紛紜滯礙。久之，將事習而民安矣。（録自清康熙二十六年刻本《陽城縣志·藝文志》）

## 楊文田墓志

公之先諱能者，以良二千石顯。大參公諱奇，其子森，又其孫河暨其仲洛，同登賢書，後先項背相望，悉膴仕。公以世閥華胄，乃察其僕從、居處，肅然如田舍翁。公後先文安、平山，悉赤縣。文安去白溝河三十里，爲九河下流，霸伯且用爲壑。公經營指畫，酷暑赫曦，躬先畚鍤。庶民子來，堤不致潰。鄭國、召信臣之烈爛焉。徭役之累，曰守陵、曰牧、曰解，率温室受役三千，編五百户有奇。餐壁爲政，不則豪有力居其間，公綜覈而裦益之。先爲簿正，人人厭其意，吏不得因緣爲奸利。遼左之警，既悉索敝賦供億，無逋負，征繕儲備，順流與之更始，吏習而民安之。繭絲保障，屹如也。當事者用循蹟啓事，後先積三章。無何，邑倅遽中盗，直指循故事以聞，持其章曰:"循令也,奈何!"公令無然,願爲法受過,邑父老扳轅軹道,父老挾緡扳輿,資廉府君薪水。尋補平山,仍取文安之治,輕重布之。廉里滑舞法,付城旦。有得地中錢千緡者,豪擬攘之,不可得,首而請公没諸官,公曰:"田者自得之,他何與焉。"行格伯長法,免濱河之逋租。昔柳諭蒙治京兆、河南,一人而寬嚴異張。復之治蜀,一人一地而寬嚴異。公平山、文安之治,蓋亦各有攸當也。逆璫祠將徧海内,檄且至,公力持不可,忤胥意,見諸聲色,公遂投牒去。兩邑口碑膾炙,循例隨牒,冀得當用。公毅然拂衣,恬介方幅,終身以之。嗚呼!跡其所設措,雖古之循吏何以加。期伸其志節,而不戀夫名位,抑又非人所可及也。公諱夢龍,字文田,號見吾。(録自清道光版《壺關縣志》卷九)

## 奏疏片段

自枝河而西,靜海、興濟之間,萬頃沃壤。河之東,尚有鹽水沽等處,爲膏腴之田,惜皆荒廢。今觀象開寇家口以南田三千餘畝,溝洫蘆塘之法,種植疏濬之方,皆具而有法,人何憚而不爲?大抵開種之法有五。一官種:謂牛、種、器具、耕作、顧募,皆出於官,而官亦盡收其田之入也;一佃種:謂民願墾而無力,其牛、種、器具,仰給於官,待納稼之時,官十而取其四也;一民種:佃之有力者,自認開墾若干,待開荒既熟,較數歲之中以爲常,十一而取也;一軍種:即令海防營軍種葛沽之田,人耕四畝,收二石,緣有行月糧,故收租重也;一屯田:祖宗衛軍有屯田,或五十畝,或百畝,軍爲屯種者,歲入十七於官,即以收入爲官軍歲支之用。國初,兵農之善制也。四法已行,唯屯種則今日兵與軍分,而屯僅存其名。當選各衛之屯餘,墾津門之沃土,如官種法行之。(録自《明史·河渠志六》)

# 《四庫全書總目·泊水齋文鈔三卷》提要



《泊水齋文鈔三卷》，山西巡撫採進本。

明張慎言撰。慎言字金銘，號藐山，《千頃堂書目》作號藐姑，疑其自號藐姑山人，而稱者各省其文也。陽城人。萬曆庚戌進士。官至南京吏部尚書，事迹具《明史》本傳。初，慎言官御史，時以論"三案"謫戍肅州，撰《悔草》。後官刑部侍郎時，讞獄失旨，罷官家居，著《泊水詩文集》，皆已散落。此集僅存奏疏三首，餘皆序記及雜著，卷首有康熙庚辰陳廷敬序，謂慎言在其鄉有興起文學之功云。

# 五卷本《虎谷詩集》附言〔一〕

張慎言,字金銘,陽城人〔二〕。萬曆庚戌進士,官至南京吏部尚書,事迹具《明史》本傳。著有《洎水齋集》,《四庫全書》存目中,录《洎水齋文鈔》三卷,未列詩集。是編都凡五卷。第一卷當系少作,第二卷乃謫戍肅州時遊草,第三卷爲崇禎初赦免後入都之作,第四、第五,則刑部罷官回里後所作也。牧齋《列朝詩集》選詩中,有《白門重晤林茂之》一首,是集未載。慎言客死蕪湖,綜其生平,似當有《江南詩草》一卷,此殆非全本歟?然其集流傳無多,"玄""弘"等字未缺末筆,當系原刻。威鳳一羽,亦可珍愛者也。己未臘月得於吴門,因記。

牧齋《列朝詩集》、竹垞《靜志居詩話》,皆極稱道其人。子履旋,附見《明史》傳中。

【校記】

〔一〕此附言見于山西文物局藏五卷本《虎谷詩集》卷末。此爲藏書者所作,并非詩集本身所著録。該附言介紹了詩集中每一卷詩歌創作的大致時間,并根據文字的避諱情況,認定其爲原刻。雖然該五卷本無序跋,我們無從考證其具體的刊刻者和刊刻時間,但據其所收録内容,可進一步判斷:因《勺水庵詩集》創作于崇禎九年至崇禎十一年,《友聲亭詩集》創作于崇禎十二年至崇禎十三年,查該本未收《勺水庵詩集》與《友聲亭詩集》,故該五卷本當爲崇禎九年之前刻本。這一結論也恰與藏書者此附言相吻合。另,《山右叢書初編》也將此附言收録。

〔二〕陽城人　山右叢書本誤作"陽人城"。

# 《明史》張慎言傳



張慎言,字金銘,陽城人。祖昇,河南參政。慎言舉萬曆三十八年進士。除壽張知縣,有能聲。調繁曹縣,出庫銀糴粟備振,連值荒歲,民賴以濟。

泰昌時,擢御史。踰月,熹宗即位。時方會議三案,慎言言:"皇祖召諭百工,不究張差黨與,所以全父子之情;然必摘發奸謀,所以明君臣之義。至先皇踐阼,蠱惑之計方行,藥餌之奸旋發。崔文昇投涼劑於積憊之餘,李可灼進紅丸於大漸之際,法當駢首,恩反賜金。誰秉國成,一至此極! 若夫鼎湖再泣,宗廟之鼎鬯爲重,則先帝之簪履爲輕。雖神廟鄭妃,且先徙以爲望,選侍不即移宫,計將安待?"無何,賈繼春以請安選侍被譴,慎言抗疏救之。帝怒,奪俸二年。

天啓初,出督畿輔屯田,言:"天津、静海、興濟間,沃野萬頃,可墾爲田。近同知盧觀象墾田三千餘畝,其溝洫廬舍之制,種植疏濬之方,犁然具備,可倣而行。"因列上官種、佃種、民種、軍種、屯種五法。又言:"廣寧失守,遼人轉徙入關者不下百萬。宜招集津門,以無家之衆墾不耕之田。"便,詔從之。嘗疏薦趙南星,劾馮銓,銓大恨。五年三月,慎言假歸,銓屬曹欽程論劾,誣盗曹縣庫銀三千,遂下撫按徵臟,編戍肅州。

莊烈帝即位,赦免。崇禎元年起故官。會當京察,請先治媚璫者附逆之罪,其他始付考功,報可。旋擢太僕少卿,歷太常卿、刑部右侍郎。讞耿如杞獄,不稱旨,并尚書韓繼思下吏,尋落職歸。久之,召爲工部右侍郎。國用不支,廷議開採、鼓鑄、屯田、鹽法諸事。慎言屢疏陳奏,悉根本計。大學士楊嗣昌議改府州縣佐爲練備、練總,慎言以更制事大,歷陳八議,其後卒不能行。由左侍郎遷南京户部尚書,七疏引疾,不允。就改吏部尚書,掌右都御史事。

十七年三月,京師陷。五月,福王即位南京,命慎言理部事。上中興十議:曰節鎮,曰親藩,曰開屯,曰叛逆,曰僞命,曰褒恤,曰功賞,曰起廢,曰懲貪,曰漕税。皆嘉納。時大起廢籍,慎言薦吴甡、鄭三俊。命殿陛見,三俊不許,大學士高弘圖所擬也。勛臣劉孔昭、趙之龍等一日朝罷,羣詬於廷,指慎言及甡爲奸邪,叱咤徹殿陛。給事中羅萬象言:"慎言平生具在,甡素有清望,安得指爲奸邪?"孔昭等伏地痛哭,謂慎言舉用文臣不及武臣,囂爭不已。又疏劾慎言,極詆三俊,且謂:"慎言當迎立時,阻難懷二心。乞寢甡陛見命,且議慎言欺蔽罪。"慎言疏辨,因乞休。萬象又言:"首膺封爵者,四鎮也。新改京營,又加二鎮銜,何嘗不用武?年來封疆之法,先帝多寬武臣,武臣報先帝者安在?祖制以票擬歸閣臣,參駁歸言官,不聞委勳臣以糾劾也。使勳臣得兼糾劾,文臣可勝逐哉!"史可法奏:"慎言疏薦無不當。諸臣痛哭喧呼,滅絶法紀,恐驕弁悍卒益輕朝廷。"御史王孫藩言:"用人,吏部職掌,奈何廷辱冢宰!"弘圖等亦以不能戢和文武,各疏乞休,不允。

甡既不出,慎言乞休得請,加太子太保,蔭一子。山西盡陷賊,慎言無家可歸,流寓蕪湖、宣城間。國亡後,疽發於背,戒勿藥,卒,年六十九。

慎言少喪二親,鞠於祖母,及爲御史,訃聞,引義乞歸,執喪三年以報。

子履旋,舉崇禎十五年鄉試。賊陷陽城,投崖死。事聞,贈御史。(録自清乾隆武英殿刻本《明史》卷二百七十五列傳)

# 清康熙版《陽城縣志·人物志》張慎言傳



張慎言字金銘，大參昇之冢孫也。幼穎敏絶倫，甫成童入郡試，太守許公維新有“小友”之譽。爲諸生，督學使首録其文，徧示三晉以爲楷式。庚戌成進士，令壽張，調曹縣，所至有循聲。興崇學校，人文蔚起。以績最擢陝西道御史，民立祠祀之。出按屯田，釐奸剔弊，不避權貴，以調劑三案忤旨，謫戍肅州。比至，構快雪亭，日著述其中，以《悔草》諸詩文當吹篪拊缶之樂。丁卯賜還〔一〕，補湖廣道，遷太僕少卿，太常卿，轉刑部左侍郎。以讞獄失旨，閑住歸里。經營泊水園亭，位置幽雅，怡情其中，窮典故，研臨池，若將終身焉。會秦寇發難，罄資築同閣，合里黨聚處，如第五倫故事，所全良多。起工部左侍郎，晉南户部尚書。以老成諳練，百寶肅清，改右都御史，掌院事，嚴劾貪墨，臺端震懾。遷吏部，旬餘即致政去。僑寓蕪陰，日研窮《周易》及經史内典諸書，手不釋卷。移宛水，登敬亭諸山，修李、謝舊祠。疽發於背，不事醫藥而卒。所著《泊〔二〕水齋詩文集》行世。（録自清康熙二十六年刻本《陽城縣志》卷六）

【校記】

〔一〕還　底本作“環”，據文意徑改。

〔二〕泊　底本作“洎”，據文意徑改。

# 清康熙版《陽城縣志》<br>載田六善撰《藐山先生傳》

明三百年清流之禍,種於靖難,蠱於奄奸,毒於盜賊,陵夷於渡江,而老成典刑澌没盡矣！人之云亡,邦國殄瘁。君子讀張太宰藐山《出山紀略》,未嘗不嘆息痛恨於其間焉。太宰生負夙慧,爲童子及諸生有聲。一受知於大冢宰王疏菴先生,再受知趙縣宰、許郡守、吴督學與撫軍希繡白公。逮成進士,文章聲譽已不脛而走。其得時行道,在神宗時爲良吏,光、熹時爲名御史,歷懷、赧,爲清忠亮節之元老,即其生平,槩可覩也。當其捷南宫,長安卿士私謂詞林增一文學載筆之人,可爲史局得人慶。值神廟倦勤,暫停館選,僅以例授山左之壽張。彈丸僻壤,遊刃恢恢。再調曹,曹之政莫苦于河工。俵馬逋税,曲爲申請,約已裕民,邑至今便之。明初用人無資格,中葉以後,非由翰苑,不得端。揆太宰居,嘗謂:“士不親民,不得周知民。依如進士,釋褐授庶常,方讀中秘書,即驟躋華膴,鮮不執成法以禍亂天下。”以故,兩爲令,皆著賢能聲。尋擢西臺,多所建白。出按屯田,夙弊一清。三案事起,抗章剖陳,至攖羣小之怒。當軸者修舊隙,嗾其所私,中以墨法。與周宗建、黄尊素、李成昇三君子並逮繫廷尉。三君者皆斃於獄,太宰遣戍酒泉。蓋羣小素憚公,猶畏清議,欲收爲己用,如蔡京之於龜山、王振之於文清,陰狡一也。酒泉,故荒徼地,詩文可娱,山川可尋,日與彼中人士䌷書正藝。酒泉人知向學,自太宰始。懷宗立,誅鋤閹黨,晋秩少司寇。以鞫獄失,出歸里。此囚無死法,於公之門高大矣。子孝烈隨以壬午捷賢書。癸酉,秦寇發難,築同閣以禦之,保全鄉人無算。戊寅,召起左司空,董修南郊饗殿成,親郊問:“髯者誰?”左右以對,懷宗爲改容。所條奏《本末兼治》《改官練兵》諸疏，悉中機宜，畧見孫北海承澤傳中。庚辰大祲，分俸遍三鄙，復遺書孝烈設法，全活甚衆。已改南大司農，州郡洊饑，諸庾告匱。時海内多難，勞心運籌卒之。庚癸，以老病乞閒，疏凡七上，不報。復遷南大中丞。首劾江寧墨吏，僚憲肅清。甲申之變，聞孝烈殉難，喜曰："兒得死所矣。"嗟呼！死生亦大矣，以孝烈之死爲得所，則太宰之生，其爲未得死所可知。福藩渡江，閣部史可法題主銓政，拜吏部尚書。明自文皇帝北平兩京並建，留都惟大司馬有彈壓權，餘悉吏隱閒曹吏不習成事。受事日一意屏絶竿牘，選望推補，首疏薦吴甡、鄭三俊、劉宗周、徐石麒、黄道周、解學龍、張國維、祁彪佳、左懋弟、葉廷秀、姜曰廣、陳子龍等十七人急宜擢用。羣小既失望，劉誠意孔昭，以前江寧令之故，指所引用人皆先帝罪臣，廷臣僉曰："太宰職在用人，宗社新定，不宜以此相牴牾。"坐是，凡三疏求去，不報。移居宛水，疽發背卒。

先是，馬士英、阮大鋮結羣璫賄賂公行，貂蟬盈坐，置國事不問，而以私意快夙憾。既鋤異己，又竊爲一網打盡之舉，借以傾覆東林，如要典之獄，貳心之獄，門户之獄，詞連太宰，緹騎逮治，或謂禍且不測，當急遁，太宰從容曰："言四朝老臣，不敢避禍，計惟留此耿耿耳。"賴朝廷素知其直。得免後，南都人追慕遺型，謂太宰僑涴水，請入五賢祠，與謝、李、韓、范、晏稱六賢云。其紀畧末有曰："奸臣賊子，何代無之，然未至有如今日之甚者，於戲！自蒲州去國，而揆席無人矣；倪黄道消，而寒蟬結舌矣；馬、阮盜柄，而國隨以去矣！太宰文章足以華國，才畧足以禦變，學術足以輔成，君德言論風采足以羽儀一世，使其生當成、弘，豈不明良喜起見、一堂都俞之盛！惜也，平臺之召，有同宣室，南庾之改，無殊左遷。潔身於濁亂，紛拏於盜賊，繫命於權奸閹豎，不幸而與東林諸君子鬱浥悲憤淪胥以没也。悲夫！"

太宰名慎言，字金銘，學者稱爲藐山先生。大父昇，以嘉靖丙午庚戌成進士，後六十年，而太宰亦以萬曆丙午庚戌成進士，與竟陵同榜，聲氣吻合，詩文稱伯仲。《列朝詩選》云："金銘爲人有別趣，詩亦有別調。"蓋知言。子履旋，即孝烈，别有傳。（録自清康熙二十六年刻本《陽城縣志》卷八）

# 清乾隆版《陽城縣志·志餘》載張慎言軼事三則



張太宰慎言性好山水，爲諸生時，往遊吴越名勝殆徧。爲御史時，與中官忤，謫戍甘肅。崇禎初起官，至南渡，拜吏部尚書，避跡江上以卒。其孫奉柩歸葬。方家居時，值流寇犯縣，乃造三層樓，使鄉人保其上。守械悉備，賊攻之不克，賴以全者萬餘。

慎言初知壽張縣，年饑，令各方設廠賑粥，而單騎往來覘視之。角巾布衣，援公座而坐。守者見衣冠如此，不知其即令也。呼之"相公"曰："官且至，何不省事如此！"將拽起之。會從者至，乃叩頭請罪。慎言徐曰："汝何以欲辱相公耶？"不校而去。

泊園，明太宰張慎言别業也。在縣東三十五里屯城。其地名虎谷，本王國光尚書小築，後太宰復營此爲菟裘。其處松柏蒼翠，溪澗曲折，秋冬之際，紅葉彌漫山谷間，尤爲奇勝。溪盡處爲小橋，橋北懸崖，建閣其上，狀若飛樓，顔曰"菌閣"，最稱幽曠之居。太宰與竟陵鍾伯敬提學、虞山錢牧齋宗伯友善，時以詩什相酬寄。宗伯選其詩入《列朝詩集》中。（録自清乾隆二十年刻本《陽城縣志》卷十六）

# 錢謙益《列朝詩集》小傳——張尚書慎言

慎言，字金銘，陽城人，萬曆庚戌進士。爲諸生時，裹糧襆被，徧遊吴、越名勝，雖牽絲入仕，神明寄託，恒在山水間。孤情迥照，翩翩然如野鶴之立鷄群也。爲曹縣令，有惠政，拜御史，爲逆璫所恨，謫戍甘肅。窮邊瀕死，猶傳羌中煎酪茶法，爲詩以寄余。崇禎初，起家太僕少卿，歷數階，拜南京吏部尚書。弘光南渡，舉遺賢，屏讒慝。卓然不回，黨人譟而逐之。僑居蕪湖，寄食蕭寺，繙經禮佛，瓢衲蕭然，遂以病卒，年七十餘。其孫奉其柩歸葬。

金銘爲人有别趣，詩亦有别調。懷負志節，敦篤友誼。家居時，流賊猖披，造三層樓，臨泊水上，樓櫓渠答，火砲悉備，一鄉人保其上，賊屢攻不克，所全活數萬人。有才如此，而置之冗散，不得爲國家當一臂，由今思之，尤可爲痛惜也！金銘有《泊水園集》，林茂之舉其佳者，爲録而傳之。（録自清順治九年毛氏汲古閣刻本《列朝詩集》卷十六）